Impressum

Bibliografische Information der Deutschen Nationalbibliothek: Die Deutsche Nationalbibliothek verzeichnet diese Publikation in der Deutschen Nationalbibliografie; detaillierte bibliografische Daten sind im Internet über dnb.dnb.de abrufbar.

© 2022 Ingrid Seemann

© Cover Ingrid Seemann designed by fiverr

2. Auflage

Herstellung und Verlag: BoD – Books on Demand, Norderstedt

ISBN 9783756209958

Sämtliche Figuren, Firmen und Ereignisse dieses Romans sind frei erfunden. Jede Ähnlichkeit mit echten Personen, lebend oder tot, ist rein zufällig und von der Autorin nicht beabsichtigt.

Die Holzfäller

Die dritte Generation

Passt auf Sie auf!

Ich bin nicht schwul!

Inhalt

Passt auf Sie auf!

Die liebenswürdige und hyperaktive Anastassja und ihr vertrauenswürdiger und verlässlicher Zwillingsbruder Aleksej, werden von ihren Eltern in eine Eliteschule für Mädchen und Jungen eingeschrieben. Aber vorerst sind sie von der schrulligen Tante Olga in den russischen Wald eingeladen. Schon am ersten Tag müssen sie schuften! Aleksej muss das Holz schlägern und schichten und Anastassja muss im Haushalt aushelfen…

Ich bin nicht schwul!

Der Charmebolzen Florian Jackson ist besonders bei den Mädchen in der Schule beliebt. Bei Olga, wo er mit Freunden seine Ferien verbring, begegnet er zufällig Justin aus der höheren Klasse. Sie fühlen sich zueinander hingezogen und es entwickelt sich mehr als eine Freundschaft, sehr zum Ärger von Papa Jackson... Als Florian sich vor seinen Eltern outet, rastet sein Dad aus. Das Familiendrama ist perfekt, sehr zur Erheiterung der Schüler vor dem Internat, die sich davon nichts entgehen lassen!

Anastassja

"Nein! Bitte nicht! Mama! Papa! Ich hasse Tante Olga!" Anastassja heult. Ihr feuchter Blick zeigt ihre tiefe Verletztheit. Wie können ihre Eltern ihr das nur antun? Aufgebracht springt sie auf und rennt in ihr Zimmer. Sie ist sehr, sehr wütend. Warum müssen sie und ihr Bruder zu der unheimlichen Hexe? Weil ihre Eltern ihrer überdrüssig sind? Schnaubend vor Frust lässt sie sich auf die Couch in ihrem Zimmer fallen. Ihre Augen sind mit Tränen gefüllt. Es ist sowas von unfair! Hart schlägt sie mit der Faust auf die Matratze. Immer wieder und wieder... Herzhaft weinend ergibt sie sich ihrem Elend.

Aleksej sitzt schweigend auf dem Sofa und guckt verdrossen seiner Zwillingsschwester hinterher. Er ist der ruhige Part der Geschwister und wartet erst einmal ab. Er will aufstehen und zu seiner Schwester. Sein Vater hält ihn fest. „Aleksej, bitte bring deine Schwester zur Vernunft!" Beschwörend sieht ihn sein Vater an. Aleksej nickt automatisch, obwohl er im Moment nicht direkt weiß, wie er das anstellen soll. Er kennt seine Tante. Sie ist ihnen beiden unheimlich. Sogar seine Eltern fürchten sie. Warum werden sie weggeschickt? Er ist erschöpft. Bald fängt ein neuer Lebensabschnitt für sie beide an. Anastassja mit ihren Allüren... Da brauchen sie sich vorher nicht mit der schrulligen alten Tante in der russischen Einöde abgeben. Oder doch? Er ist sich nicht sicher. Es ist alles so unfair! „Eure Mum braucht ein wenig Pause! Sie hält es mit Anastassja nicht mehr aus. Nur für ein paar Wochen! Tante Olga hat euch eingeladen.", fügt Papa beschwörend hinzu. „Wir haben uns überlegt, euch ab dem nächsten Schuljahr, wenn ihr sowieso die Schule wechselt, in ein Internat einzuschreiben.", sinniert er weiter, ohne auf die Reaktion seines Sohnes zu achten.

Entgeistert schaut Aleksej seinen Papa an. „Papa! Das könnt ihr uns nicht antun! Wir sind Zwillinge! Ana braucht mich! Sie dreht durch, wenn sie auf sich alleine gestellt ist!" Flehentlich hängt er sich am Ärmel seines Vaters fest. „Aleksej, wir haben ein Internat für Mädchen und Jungen gefunden. Es ist sehr schön! Sieh mal!" Seine Mama zeigt ihm am Laptop Bilder aus dem Internet. Aleksej sieht sich die Bilder an. Er ist noch immer betroffen. Warum wollen die Eltern sie beide loshaben? Wer hat sich immer um Ana gekümmert? Er. Wenn Tobsuchtanfälle über sie gekommen sind, hat er sie immer in ein anderes Zimmer geführt und sie beruhigt. Er hat sie im Schlaf gestreichelt, wenn Anastassja von Albträumen geplagt wurde. Er lernt mit ihr, wenn sie in der Schule mit dem Lernpensum nicht alleine fertig wird. Sie ist hyperaktiv. Ihre Gedanken wechseln von einer Minute zur nächsten, von einem Extrem ins andere, sodass sogar er oft Schwierigkeiten hat, sie zu verstehen. Aber er liebt sie bedingungslos. Sie ist seine Schwester. Sein Ein und Alles. Warum lieben Mama und Papa sie nicht, wie er sie liebt? Sie sind doch ihre Eltern!?

Jetzt sitzt er zwischen ihnen. Erwartungsvoll schauen sie ihn an und warten gespannt auf seine Antwort. Soll er ihnen sagen, dass die Bilder toll aussehen?! Was soll er sagen? Er will zu seiner Schwester! Bumm! Klirr! Irgendetwas wurde im oberen Stockwerk soeben zertrümmert. Ist es der Spiegel im Badezimmer? Drei Augenpaare richten sich seufzend nach oben. Aleksej springt auf und entert, immer zwei Stufen auf einmal nehmend, die Treppe. Die Eltern sitzen wie gelähmt auf der Couch. Der Mann versichert seiner Frau: „Liebling, das war es vorerst! Aber wir werden uns dieses Mal durchsetzen und Aleksej wird uns dabei helfen." Die Frau nickt vorsichtig. Sie hält es nicht mehr aus. Ihre Liebe zu ihrem Kind schwindet mit jedem zornigen und jedem verrückten Anfall mehr. Sie hält das nicht mehr aus. Es tut ihr leid, dass sie den Jungen nicht alleine behalten kann. Aber Anastassja braucht ihn. Beruhigend legt Herr Kaminov seiner Frau Nikita den Arm um ihre Schulter. „Aber vorerst haben wir die Einladung von deiner Schwester!"

In dem sicheren Wissen, dass etwas zerbrochen wurde, stürmt Aleksej in das Zimmer seiner Schwester. Sie liegt auf dem Boden und heult sich die Augen aus. Sofort kniet er sich zu ihr, zerrt sie in seine Arme und wiegt sie hin und her. „Wir beide, du und ich, wir schaffen das! Keiner kann uns etwas antun, nicht einmal Tante Olga! Vertrau mir!" Mit beruhigend leiser Stimme redet er auf sie ein, bis sich Anastassja schniefend die Wangen mit ihren Ärmeln abwischt. Sie nickt und steht auf. „Wir werden Tante Olga davonlaufen! Sie kann uns nicht verhexen, oder?" Anastassja sieht glühend und wild aus, wenn sie so spricht. Sie ist auch eine kleine Hexe, so wie sie mit ihren verwuschelten Locken und funkelnden Augen Aleksej taxiert. Er sieht sie lächelnd an. Seine Liebe zu ihr ist grenzenlos. Er nimmt sich den Laptop seiner Schwester und setzt sich gemütlich, mit dem Rücken zur Wand, hin. Er will sich die Bilder vom Internat ansehen. Es ist ein exklusives Haus. Hier kommt nur die Elite hinein. Seine Eltern können es sich leisten! Es gefällt ihm sogar. Ein modernes Haus mit viel Wiesen und Wald rundherum. Hier kann er sich mit Anastassja zurückziehen, wenn es notwendig wird. Die Innenausstattung ist hell und großzügig. Lichtdurchflutete Räume sind vorherrschend. Viele Grünpflanzen zieren die Räume. Die Bilder sind sehr vielversprechend.

„Was guckst du da?" Anastassja lässt sich neugierig neben ihn fallen. Sie hat Tante Olga schon wieder verdrängt. „Was denkst du? Gefällt es dir?" Aleksej zeigt auf die Bilder und scrollt sie langsam durch. „Sieht gut aus. Wieso?" „Was

würdest du sagen, wenn wir beide dort zur Schule gingen?"
Er wendet sich zu ihr und lacht sie an. Sie lacht zurück, nicht
wirklich ahnend, was er meint. „Spielen wir ‚Mensch ärgere
dich nicht'?" Anastassja hat genug von Internet Bildern. Ihre
Geduld, sich länger auf ein Thema zu konzentrieren, ist sehr
gering. Aleksej seufzt. Er wird es noch ein paar Mal
versuchen müssen, um in dieser Angelegenheit zu ihr
durchdringen zu können und beugt sich vor, um die
Spielsteine für das ‚Mensch ärgere dich nicht' aufzustellen.
Mitten im Spiel stößt sie das Brett willkürlich um. Aleksej
hat ihre rote Figur aus dem Spiel getrickst. Sie kann nicht
verlieren. Dabei ist es die erste Figur, die er hinausgeworfen
hat. Er hat durch sie schon alle seine Figuren an den Start
zurücklegen müssen. Das Spiel ist beendet. Sie springt auf
und überlässt es ihrem Bruder, Ordnung zu machen. Sie läuft
aus dem Zimmer, weil sie Hunger und Durst hat. Aleksej
wartet ab.

Kawumm! Der Kühlschrank fällt mit einem lauten Knall zu.
„Musst du die Kühlschranktür mit so einer Wucht
zuschlagen!", rügt Papa Anastassja. Sie schreit auf. Ihr Papa
hat sie, um sich Gehör zu verschaffen, an ihren Arm
festgehalten. Sie wehrt sich mit aller Kraft gegen den Griff
und er lässt sie augenblicklich los, um sie nicht noch mehr
aufzuregen. Anastassja funkelt ihren Vater an: „Lass mich!"
Hilflos geht der Mann zu seiner Frau ins Wohnzimmer und
setzt sich seufzend neben sie. „Ich bin froh, wenn Ruhe
einkehrt." „Aaarrrrgh!", schreiend steht seine Tochter hinter
ihm. Erschrocken springen die beiden Erwachsenen auf und
stehen wie angewurzelt gegenüber dem Mädchen. Sie fühlen
sich ertappt. Sie wissen nicht mehr, wie sie mit diesem
unkontrollierbaren Energiebündel umgehen sollen. Hilflos
und mit schlechtem Gewissen starren sie ihre Tochter an.
Aleksej schlendert in sein Zimmer, schmeißt sich auf das
Bett und denkt über die Zukunft nach. Sollen sich jetzt ihre
Eltern alleine mit Ana befassen. Er und Anastassja sind jetzt
fünfzehn Jahre alt. Dieses Jahr müssen sie die Schule
wechseln. Es wird Stress pur für seine Schwester und
anstrengend für ihn werden. Er seufzt. Es wird alles ein
bisschen viel für ihn. Er hat das Gefühl, als läuft sein Leben

andere Hand hängt, mit Leichtigkeit bewältigen könnte. Aber er beißt die Zähne zusammen und sie erreichen irgendwann das Haus. Es ist kein Lebkuchenhaus. Es sieht sehr alt und verwittert aus. Vereinzelt fehlen Ziegel auf dem Dach. Der Putz an den Wänden blättert ab. Die Fensterläden hängen gerade so in den Angeln. Da ist schon lange nichts mehr gemacht worden. Eine alte gebeugte Frau, auf einem Stock gestützt, kommt ihnen entgegen. „Hallo Tante Olga! Mama und Papa haben einen Termin. Sie sind gleich weitergefahren!", versucht Aleksej die Situation zu erklären. Tante Olga sieht die beiden Kinder schweigend an. Sie spürt, dass sie Angst haben und lächelt, was keine gute Idee ist. Denn sie hat große Zahnlücken. Die restlichen Zähne sehen auch verfault aus. Außerdem steht sie mit bunten Lumpen und ungekämmten langen, grauen und verfilzten Haaren vor ihnen… wie eine Hexe aus dem Märchenbuch! Aleksej zieht seine Schwester schützend hinter sich. Die Hexe ist ihm nicht geheuer. „Was ist los mit euch! Steht nicht so herum und kommt rein in die gute Stube!" Olga dreht sich um und humpelt voran. Aleksej stakst vorsichtig mit Anastassja hinter ihr her. Argwöhnisch betreten sie das Häuschen.

Er sieht sich um. Welches Durcheinander! Alte Möbel… bunt durcheinandergewürfelt, als wären sie vom Flohmarkt erstanden… uralt und verbraucht, wie Olga selbst. „Macht es euch gemütlich!", zwitschert sie. „Ihr habt sicher Hunger! Ich habe schon gekocht. Setzt euch!" Sie rührt in dem Kessel über der offenen Feuerstelle um und schöpft den Kindern je einen Schöpflöffel voll von der undefinierbaren Brühe auf ihre Teller. „Mahlzeit! Lasst es euch schmecken!" Tante Olga nimmt einen Bissen zu sich, um zu zeigen, dass es essbar ist und deutet wortlos den Kinder an, es auch zu probieren. Zumindest riecht es gut. Vorsichtig kostet Aleksej.

Es schmeckt sogar sehr gut! „Wirklich gut Tante Olga! Anastassja, iss!", fordert er sie auf. Sie lässt ihn endlich los und macht es ihm nach. Die Teller sind bald leer und werden wohlwollend nachgefüllt. Gesättigt und froh, dass es bis jetzt nicht so schlimm bei Tante Olga ist, lehnen sie sich zurück und warten ab. Tante Olga redet die ganze Zeit, ohne eine

Antwort zu erwarten. Irgendwann werden sie auftauen, denkt sie sich. „Anastassja, ich habe junge Kätzchen. Willst du sie sehen? Sie sind hinten im Schuppen!" Anastassja nickt und springt auf. Der Sessel fällt auf den Boden. „Ts…ts… nicht so stürmisch! Der Sessel muss noch eine Weile halten!", meint sie kopfschüttelnd. Sofort ist Anastassja wieder auf Tauchstation hinter Aleksej. Sie hat Angst. Die Tante ist ihr nicht geheuer. „Kommt!", fordert die alte Frau sie auf und geht gichtgeplagt voraus. Aleksej folgt ihr, mit Anastassja an der Hand und mit etwas Abstand zur Tante, zum Schuppen.

Als seine Schwester jedoch die kleinen Kätzchen sieht, reißt sie sich endgültig von ihrem Bruder los und kniet entzückt vor den niedlichen Tieren nieder. Hingerissen von den flauschigen Wollknäueln, sieht sie glückselig zu Aleksej auf. „Schau! Aleksej! Sind die nicht süß?" Ich möchte auch so ein Kätzchen!" Sie hält ein flauschiges weiß-schwarzes Kätzchen in die Höhe und fängt an mit dem Tierchen zu schmusen. Sie blendet ihre Umgebung komplett aus. Aleksej schmunzelt. Die Kätzchen werden den Aufenthalt bei Tante Olga retten. „Gefallen sie dir? Du kannst sie versorgen, derweil ihr hier seid. Sie haben ihre Mutter bei der Geburt verloren und müssen gefüttert werden. Wenn du willst zeig ich dir wie es geht." Tante Olga weiß, dass diese Aufgabe dem Mädchen gefallen wird. Anastassja nickt begeistert. Sie will die kleinen Lebewesen gar nicht mehr verlassen und setzt sich ganz nah an den Korb und streichelt eins nach dem anderen. Vergessen ist der Kummer wegen der Eltern… vergessen die Angst vor ihrer Tante.

Olga wendet sich Aleksej zu. „Für dich habe ich auch eine wichtige Aufgabe. Ich habe hinter dem Haus einen Haufen Holz. Es muss gestapelt werden. Glaubst du, dass du das hinbekommst?" Aleksej nickt. Klar. Er ist stark. Olga begleitet ihn zu dem wilden Holzhaufen auf der hinteren Seite des Hauses. Zuerst muss er schlucken. Da liegen ja sehr viele Scheite herum! Er steht vor einem überdimensional hohen Holzberg. Olga zeigt ihm, wie sie es sich vorstellt und meint: „Na ja, es schaut sehr viel aus. Aber fang erst einmal an. Es ist nicht so wichtig, wenn du damit nicht fertig wirst. Aber ich bin froh, wenn ich nicht mehr alles alleine machen

muss. Ich bin schon alt und die Gicht tut schon sauber weh!",
klagt sie und hält sich ächzend die Hand auf das Kreuz und
versucht sich gerade aufzurichten, was ihr nicht ganz gelingt.

„Tante Olga! Schau! Die Kätzchen klettern auf mir herum!"
Anastassja liegt im Gras und lacht. Die Kätzchen liegen auf
ihr und neben ihr. Ein seidenweiches Schwänzchen schlägt
ihr ins Gesicht. Anastassja fühlt sich glücklich. Olga gackert.
Die Einladung der Hexe scheint nicht so schlimm zu sein,
wie erwartet. Aleksej hat seine Schwester, seit ihrer Ankunft,
vor ein paar Tagen, immer wieder beobachtet. Seit sie hier
sind, ist sie ausgeglichener, als zu Hause. Die Tante ist toll.
Sie hat immer für sie Zeit. Sie zeigt ihnen alles. Sie erklärt
ihnen alles und sie sagt nie, dass sie zu jung für etwas sind.
Er versteht gar nicht mehr, warum sie sich gefürchtet haben.
Er seufzt. Am liebsten würde er für immer mit Ana hier
bleiben. Eine Woche bleibt ihnen noch. Dann müssen sie
wieder nach Hause und dann in die neue Schule. Ihm graut
davor, seiner Schwester klarzumachen, dass sie nach den
großen Ferien in ein Internat ziehen müssen.

„Fleißig! Fleißig Aleksej! Wenn du so weitermachst, habe
ich nichts mehr zu tun. Komm! Du hast dir ein kräftiges
Abendessen verdient!" Mit Anastassja an der Hand, geht
Olga in die gute Stube voran. Aleksej folgt ihnen. Die
körperliche Arbeit und die frische Luft tun ihm gut. Seine
Muskeln sind erstarkt und sein T-Shirt spannt über den
trainierten Armmuskeln. Anfangs hat er über unerträglichen
Muskelkater geklagt. Aber jetzt fühlt er sich stark und frei.

Frei...? Ja, frei...

Er hat dementsprechend einen riesigen und
nachvollziehbaren Heißhunger und langt kräftig zu. Auch
seine Schwester isst mit Appetit. Ihre Wangen haben eine
gesunde und nicht mehr die blasse Farbe. Ihr Gesicht spiegelt
Zufriedenheit wider. Die Versorgung der jungen Tiere macht
ihr Spaß. Sie nimmt ihre Aufgabe sehr ernst. Er kennt seine
Schwester so nicht. Ihre Aufmerksamkeit war in der
Vergangenheit sehr beschränkt. Aber hier? Sie ist wie
ausgewechselt. „Schmeckt es dir?", fragt Olga. Der Junge
nickt mit vollem Mund. „Deine Schwester hat mir geholfen!"

„Ja, Olga hat mich das Gemüse schneiden lassen. Das war toll! Dann habe ich den Teig für das Brot geknetet! So etwas habe ich noch nie gemacht! Zu Hause probiere ich das auch! Es gefällt mir! Olga wird mir die Anleitung diktieren." Anastassja hat Gefallen an ihren neu entdeckten Kochkünsten gefunden. Sie lacht.

Aleksej freut sich für sie. Seit sie hier sind, kann er durchatmen. Er muss sich nicht um sie kümmern, wenn sie wieder ihre Anfälle hat. Sie hat hier keine. Er merkt selbst, dass es ihm hier gefällt. Olga hat zwar immer wieder schweißtreibende Arbeit für ihn. Aber es macht ihm nichts mehr aus.

„Anastassja! Heute müssen wir die Betten wechseln! Machst du das? Wir müssen auch die Wäsche waschen. Du hilfst mir heute. Du weißt ja, meine Glieder tun schrecklich weh!" Immer wieder schiebt Olga ihr Gebrechen vor. Aleksej glaubt ihr nicht mehr. Aber solange Anastassja glücklich ist, ist er zufrieden. „Natürlich, ich fang schon an!" Das junge Mädchen springt hilfsbereit auf und eilt in das Schlafzimmer, das sie sich mit ihrem Bruder teilt.

„Aleksej, ich muss mit dir sprechen!", Tante Olga sieht ihn stirnrunzelnd an. Ihr Gesicht bekommt dabei noch mehr Falten, als sie schon im Normalzustand hat. „Deine Schwester hat Albträume? Hat sie Probleme zu Hause?" „Sie hat sie jede Nacht. Wenn es schlimm wird, lege ich mich zu ihr ins Bett und drücke sie ganz fest an mich. Das hilft einigermaßen." „Was sagen deine Mutter und dein Vater dazu?" „Sie wissen es wahrscheinlich nicht, weil ich sie immer beruhige. Sie kommen mit ihr nicht klar. Wenn sie was von ihr wollen, muss ich es ihr beibringen." Olga sieht ihn lange schweigend an. Ihre Augenbrauen sind fast zusammengedrückt. Ein steile Falte auf ihrer Stirn zeigt ihren Unmut. Sie hat gemerkt, dass er anfangs nicht von der Seite seiner Schwester gewichen ist. Er hat sie immer beschwichtigt und abgelenkt, wenn ihr etwas nicht gefallen hat. Der Junge wird komplett von seiner Schwester vereinnahmt, sodass er kein eigenes Leben hat! Nachdenklich folgt sie Anastassja ins Schlafzimmer, um sie weiter anzuleiten.

Vladimir

„Hallo Tante Olga, ich bin's!" Ein junger Mann kommt zur Tür herein und wirft seine schwere Tasche in die Ecke. „Vladimir! Komm rein! Was für eine Freude! Nimm dir einen Teller und iss mit uns!" Vladimir setzt sich an den Tisch und salutiert lässig in Richtung der Zwillinge. Anastassja ist mit ihrer Arbeit fertig und hat sich wieder zu ihrem Bruder gesellt. „Vladimir, das sind Anastassja und Aleksej." Stumm nicken sich alle zu und essen weiter. Unauffällig beobachtet der junge Mann das Mädchen.

Anastassja ist ein auffällig hübsches Mädchen. Sie hat dichte, kastanienbraune Locken, die ihr ungezähmt über die Schultern fallen. Rehbraune Augen blicken in seine. Sofort senkt sie ihren Blick wieder auf den Teller. Ihre Wangen sind gerötet. Sie gefällt Vladimir. Warum guckt er mich so an? Anastassja ist verwirrt. Seine blauen Augen schauen wissend in ihre. Schnell senkt sie sie wieder auf ihren Eintopf. Er macht sie nervös. Klirr! Auch das noch! Ihr Löffel ist ihr aus der Hand gefallen. Wie peinlich! Schnell nimmt sie ihn wieder in ihre zitternde Hand. Sie wird hibbelig. Sie kann nicht mehr ruhig sitzen. „Tante Olga, ich bin fertig! Darf ich aufstehen?" Olga nickt. Sofort ist Anastassja zur Tür hinaus. Sie braucht Luft. Aleksej macht sich Sorgen. Er erkennt die Vorboten, wenn sich seine Schwester einem Anfall nähert. „Darf ich auch aufstehen?" Er wartet nicht auf das bejahendes Zeichen von seiner Tante, sondern springt auf und eilt seiner Schwester besorgt hinterher.

Er findet sie im Schuppen bei den Katzen. „Was war das eben?" Aleksej nähert sich ihr und setzt sich auf die andere Seite des Katzenkorbes. „Hast du gesehen, wie Vladimir mich angesehen hat? Es hat mich nervös gemacht. Ich habe es nicht ausgehalten. Ich musste raus!", Anastassja hat keine Scheu mit ihrem Bruder über ihre Gefühle zu sprechen. „Mein Körper hat angefangen zu kribbeln. Hier!", sie zeigt ihm die Stelle, wo es kribbelt: „Es war so komisch. Es hat mich verlegen gemacht." Sie krabbelt zu ihrem Bruder und kuschelt sich in seine Armbeuge. Dort fühlt sie sich sicher und beschützt.

Plötzlich kommt Vladimir in den Stall. Er sieht Aleksej vorsichtig an. Das Mädchen klammert sich an den Burschen, als müsste der Junge sie beschützen. Es irritiert Vladimir. Es sind doch Geschwister? Oder nicht? „Hi. Darf ich mich zu euch setzen?" Die Zwillinge nicken. Er nimmt sich ein Kätzchen und es schmiegt sich an seine breite Brust. Aleksej mustert ihn. Vladimir ist älter als sie beide. Vielleicht neunzehn, vielleicht zwanzig, oder älter? Seine Statur ist von Natur aus begünstigt. Breite Schultern, schmale Hüften. Groß. Dunkle, fast schwarze Haare, die kurz geschnitten sind, aber vorne immer wieder in die Stirn fallen. Blaue Augen, die seine Schwester intensiv mustern. Es gefällt Aleksej nicht. Sein angeborener Beschützerinstinkt lässt ihn seine Arme noch fester um die schlanke Gestalt seiner Schwester schlingen. Vladimir sieht Aleksej in die Augen. Keiner gibt nach. Bis Vladimir seufzend wegsieht.

„Wie lange seid ihr schon hier?" „Lange genug!" Plötzlich springt Anastassja auf. „Hey, spielen wir verstecken!" Vladimir sieht sie verständnislos an. „Kommt schon! Ihr versteckt euch und ich suche euch!" Vladimir grinst. „Ja, komm Aleksej, spielen wir! Anastassja dreh dich um. Nicht gucken!" Vladimir sucht sich ein Versteck. Das kann ja nett werden, denkt er sich. Aleksej steht träge auf. Seine Schwester mit ihren Gedankensprüngen! Er will sich in der Nähe verstecken. Er muss ein Auge auf Vladimir haben. Der Mann ist scharf auf seine Schwester! Ana hat keine Ahnung, auf was sie sich da einlässt. „Zehn! Ich komme! Wo seid ihr?" Aleksej macht absichtlich ein Geräusch. „Ah, habe ich dich! Alek, ich habe dich!" Aleksej kommt hinter dem Strohballen hervor, der nicht weit von ihr entfernt ist. „Vladi, jetzt suche ich dich! Wo bist du!" Er wird es ihr nicht so leicht machen wie ich, ahnt Aleksej. Vielleicht verliert sie vorher auch die Lust am Spiel, hofft er.

Vladimir läuft den Schuppen hinaus und steht nun hinter dem Karren. Er beobachtet belustigt, wie Anastassja aus dem Tor herausläuft. Das Kätzchen, das er noch immer im Arm hat, miaut. „Jetzt habe ich dich!" Anastassja sieht die Beine von

Vladimir und läuft um den Karren herum. Sofort umschlingt er sie mit einem Arm und hält sie fest. „Ich habe dich!" Sie hat sich furchtbar erschrocken. Der Fremde hält sie fest. Sie kann sich nicht rühren. Sie ängstigt sich. Diese Geste des Begehrens ist für sie völlig neu und sie ist überfordert. Sie kämpft mit Leibeskräften in den muskelbepackten Armen und fährt die Krallen aus. Sie kratzt und beißt ihn und wehrt sich wie eine Katze. Sie schreit laut und schrill. „Lass sie sofort los… Dreckskerl!" Aleksej steht da und holt seine Schwester aus der festen Umschlingung Vladimirs. Wie nicht anders zu erwarten, erholt sich Anastassja schnell von dieser Schrecksituation. Sie befreit sich augenblicklich, indem sie kräftig gegen die Brust des Mannes drückt. „Lasst uns zum Bach gehen und einen Damm bauen!" Sie hüpft trällernd davon.

„Anastassja! Du wolltest mir beim Wäsche waschen helfen!", ruft Olga nach ihr. Anastassja macht sofort kehrt. „Ich komme Tante Olga!" Sie hat den Damm augenblicklich vergessen. Vladimir ist perplex. „Ist sie immer so?" „Wie?" „Na ja, einmal das… dann wieder das. Sie hüpft von einer Idee zur Anderen?" „Ja." Vladimir schüttelt den Kopf. Sie beobachten wie Olga und Anastassja die Wäsche in Körben zum Bach hinunter tragen. Olga hat keinen Strom und deshalb auch keine Waschmaschine.

Aleksej arbeitet an dem Aufschichten der Holzstücke weiter. Er ist fast fertig. Vladimir hat den Auftrag bekommen, die größeren Stücke in kleinere Klötze zu zerhacken. Aleksej beobachtet Vladimir bei der schweißtreibenden Arbeit. Die Muskeln des Älteren sind sehr ausgeprägt. Nicht nur am Oberkörper, auch an den Beinen.

„Wie trainierst du deinen Körper, Vladimir?" „Gar nicht besonders. Ich komme oft hierher und helfe Olga. Ich mache alles, was sie nicht mehr tun kann. Der Stoß, den du wegschlichtest, ist von mir schon kleingehackt worden. Sie bekommt laufend ganze Stämme geliefert, die ich das Jahr über zerkleinere. Alles aus eigener Muskelkraft! Es gibt keinen Strom, wie du selbst schon mitbekommen hast." Vladimir streift mit einer Hand über seine schweißnasse Stirn. „Wahnsinn! Was machst du, wenn du Olga nicht zur

Hand gehst?" „Ich arbeite für einen Bauingenieur als Assistent. Gerade wegen der Ausbildung, die ich zusätzlich mache, habe ich nur begrenzt Zeit. Ich spare mir die Fahrtkosten und laufe hierher. Dafür brauche ich eine Stunde. Je nachdem wie schnell ich laufe." „Wie oft bist du da?" „Na ja, ich versuche, jedes zweite Wochenende herzukommen. Da hacke ich bis zum Umfallen, übernachte hier und laufe wieder nach Hause." Vladimir keucht. Er hat während seiner Erklärungen ohne Unterlass weiter geschuftet. Sein ganzer Körper ist schweißnass. Auch Aleksej schwitzt. Der Haufen ist weg. Jetzt kommen die bearbeiteten Holzklötze von Vladimir dazu.

„Hi.", Anastassja taucht plötzlich auf. Sie gafft Vladimir mit offenen Mund an. Es gefällt ihr, was sie da sieht. Es macht ganz komische Sachen mit ihr. Ein nackter, schweißüberströmter Männerkörper. Die Muskeln bewegen sich mit der Arbeit. „Wow!", flüstert sie. „Darf ich mal?" Ohne weiter zu fragen, geht sie einen Schritt auf Vladimir zu. Sie greift auf seine muskulösen Oberarme und tastet sie bewundernd ab. Dann gleitet ihre schmale Hand zu seinem Sixpack hinunter und fährt die einzelnen Muskelstränge entlang. Vladimir hält die Luft an. Er ist irritiert. Anastassja überrascht ihn wieder einmal. Aber was sie da macht, törnt ihn maßlos an. Er sieht in ihre glänzenden braunen Augen, die von langen schwarzen, dichten Wimpern fast verdeckt sind. Sie konzentriert sich ganz auf seinen Körper. Er steht unter Strom. Er wagt es nicht, sich zu rühren. Er lässt sie gewähren. Aber sein Penis führt ein Eigenleben. Er ist prall in seiner Jeanshose. Die kleine Hand ist jetzt bei den unteren Partien angelangt und hält bei seinem schmalen Haarstreifen kurz an. Sie will doch nicht…? Seine Hand hält ihre fest. Fragend schaut sie in seine blauen Augen hinein. „Du hast ganz dunkle Augen heute! Wieso? Gestern waren sie noch richtig blau!", bemerkt Anastassja. Vladimir stöhnt laut auf. Sie hat keine Ahnung, was sie mit ihm anstellt! Er schiebt sie entschlossen von sich weg und schnappt nach Luft.

„Aleksej, Vladimir! Kommt essen! Es ist angerichtet!", Anastassja schwenkt augenblicklich auf ihr eigentliches Vorhaben, Olga zu helfen, zurück. Die Jungs beobachten, wie sie nun fröhlich davonhüpft. „Ich hoffe, du siehst das nicht als Aufforderung für mehr! Sie ist zu jung für so etwas! Sie weiß ja nicht einmal, was sie da tut!" Aleksej will nur sicher gehen. Er hat den gierigen Blick des Älteren gesehen. Vladimir gibt ein Schnaufen von sich. Langsam folgen sie ihr ins Haus.

„Ich habe heute die Wäsche im Bach gewaschen! Das war anstrengend, aber lustig. Olga hat mir Geschichten erzählt. Es war sooo schön!" Das Mädchen schnattert ohne Unterlass. Olga gackert bei einigen Übertreibungen laut auf. Seit die Kinder hier sind, geht es ihr gut. ‚Ich werde sie jeden Sommer einladen. Vielleicht auch in den Winterferien?', nimmt sie sich still vor. Olga macht sich dennoch Sorgen um das Mädchen. Ana hat Albträume. In ihrem Haus kann sie Abhilfe schaffen. Jede Nacht sitzt sie aufmerksam neben Anastassja, spricht heilende Worte und legt ihre Hände auf ihren Kopf, um sie zu beruhigen. Es tut auch Aleksej gut. Er kann schlafen und sieht gesünder aus, als an dem Tag, als sie beide von den Eltern hier abgeladen wurden.

Sie sind nicht mehr blass. Aleksey ist die Last seiner Sorge um die Schwester abgenommen und er entwickelt sich zu einem entspannten jungen Mann. Sie freut sich für sie beide. Das Mädchen ist nicht mehr so sprunghaft wie an den ersten Tagen ihrer Anreise. Sie hat Aufgaben, die sie halbwegs bei der Sache halten. Sie versorgt die Kätzchen, die wunderbar unter ihren zärtlichen Händen gedeihen. Sie kocht gerne und lässt sich auch anleiten. Sie hat die Wäsche mit Freude gewaschen. Sie ist ein liebes Mädel!

Zufrieden sieht sie in die Runde. Sie liebt diese zusammengewürfelten jungen Menschen. Vladimir ist wie ein Sohn zu ihr. Er ist immer da, wenn sie ihn braucht. Aber sie hat auch beobachtet, dass er zu intensiv auf das Mädchen schaut, als gut für ihn ist. Sie hat die jungen Leute beim Versteckspiel beobachtet. Sie hat gesehen, dass Anastassja ohne Scheu seinen Körper abgetastet hat. Armer Vladimir! Er musste sich so zurückhalten. Aber sie hat auch mitbekommen, dass Aleksej ein beschützendes Auge auf seine Schwester hat. Da muss sie sich keine Sorgen machen und braucht selbst nicht einzugreifen.

„Ich wasche ab! Olga du musst heute nichts tun!" Olga wird abrupt aus ihren Gedanken gerissen. Die Burschen sitzen Olga gegenüber und schauen, jeder seinen Gedanken nachhängend, Anastassja bei ihrem Tun zu. Anastassja werkelt fröhlich summend herum. Das Geschirr scheppert und sie lacht. Überschwänglich küsst sie Olga auf der Wange. Olga kichert. Dann läuft Anastassja auf Aleksej zu und schmatzt ebenso auf seine Backe. Dann nähert sie sich Vladimir.

Er fängt sie ab und dreht seinen Kopf, bevor sie seine Wange erwischt und küsst sie auf die Lippen, wobei er sie eine Sekunde zu lange festhält. Sie kostet ihn neugierig. Er schmeckt ihr. Sie leckt naschend über seine Lippen. Er öffnet sie und zieht stöhnend ihre vorwitzige Zunge in sich hinein. Sie vergisst ihre Umgebung. Im ganzen Körper kribbelt es. Ihre Zehen ziehen sich unwillkürlich zusammen. Schmetterlinge flattern wild in ihrem Bauch herum. Scheu erwidert sie den Zungenkuss. Vladimir fällt es schwer, den biegsamen Körper des wunderschönen Mädchens, nicht an sich zu reißen. Irgendjemand räuspert sich. Es ist Aleksej. Vladimir lässt sie augenblicklich los und sie richtet sich langsam auf. Ihre Hände sind auf seinen Schultern gestützt. Ihr ist es nicht peinlich. Sie lacht fröhlich auf. Olga sieht sich das Ganze interessiert an und schaut Vladimir lange in die Augen. Er wendet als Erster den Blick ab. „Vladimir, kann ich dich unter vier Augen sprechen?", Olga winkt ihn in ihr Schlafzimmer, wo sie ungestört sind. Vladimir steht auf und folgt ihr.

„Ist da etwas, was ich wissen muss? Du weißt, Anastassja ist fünfzehn. Ich habe für sie die Verantwortung während der Zeit, in der die Zwillinge hier sind." Vladimir schweigt. „Junge! Ich sehe doch, dass sie dich nicht kalt lässt! Sprich mit mir!" Der junge Mann ringt einige Zeit mit sich. Immer wieder nimmt er Anlauf, dann endlich. „Ich bin scharf auf sie! Nur weil ich weiß, dass sie noch sehr jung ist, versuche ich ihr nicht alleine zu begegnen. Sie geht mir unter die Haut! Mann! Es ist reinste Folter, sie nicht haben zu können." „Ich habe es schon gespürt, dass du Gefühle für sie hast. Aber nimm dich zusammen. Sonst muss ich dich von meinem

Haus verbannen, solange sie hier sind." Er nickt und geht niedergeschlagen aus dem Zimmer. So etwas ist ihm noch nie passiert. Gibt es das... Liebe auf den ersten Blick? Es scheint so. Aleksej sitzt noch immer stocksauer in der Stube. Vladimir ist ein nicht einkalkuliertes Problem. Warum muss er gerade jetzt bei seiner Tante zu Besuch sein? Hat er nicht genug damit zu tun, dass es seiner Schwester gut geht? Muss da noch jemand mitmischen?

Anastassja richtet gerade die Fläschchen für ihre Kätzchen her. „Hey Vladimir, willst du mir heute mit den Tieren helfen? Bitte!", Anastassja schaut Vladimir treuherzig an. Vladimir nickt. Er kann es ihr nicht ausschlagen. Er tritt an ihre Seite, um ihr beim Zubereiten der Mahlzeit für die Kätzchen zuzuschauen. Er hat seine Hände in die Hosentaschen gesteckt, damit sie nicht ihre eigenen Wege gehen.

Aleksey geht schulterzuckend hinaus und setzt sich in die Nähe des Schuppens. Er muss auf die beiden achtgeben, um im schlimmsten Fall seine Schwester von dem Mann loszureißen. Der Kuss zu Mittag hat ihn in Alarmbereitschaft gesetzt.

Was ist das für ein Hokuspokus?

Irgendetwas hat Aleksej aufgeweckt. Er schlägt die Augen auf. Nachdem er sich an die Dunkelheit gewöhnt hat, dreht er seinen Kopf in Richtung seiner Schwester. Es ist dunkel. Er sieht fast nichts. Zum Glück ist Vollmond. Der fahle Lichtstrahl des Mondes erleuchtet einen Pfad zum Bett seiner Schwester. Er hört ihre wimmernden Laute... Automatisch steht er auf, um, wie zu Hause auch, nach seiner Schwester zu sehen. Er tastet sich an ihr Bett heran. Entsetzt erkennt er, wie ein dunkler Schatten aus einem Teil des Bettes aufragt und über den Kopf von Anastassja gebeugt ist. Er hört einen Singsang... unheimlich... Tante Olga! Was tut sie da?! „Tante Olga, was tust du bei meiner Schwester?!", flüstert er entsetzt. Irgendwie hat er das Gefühl, dass hier irgendetwas nicht mit rechten Dingen zugeht. Olga dreht ihr Gesicht dem Jungen zu. Ihre zerzausten grauen Haare stehen wild von ihr ab. Ihr Gesicht ist zu einer grotesken Fratze verzerrt. Er muss wieder einmal an eine Hexe denken. Er bekommt Angst, große Angst. Angst um seine Schwester. Er muss etwas tun. Was ist, wenn sie seiner Schwester wehtut!? „Geh weg!", fordert er. Olga beschwichtigt ihn. „Ich will ihr helfen. Sie hat wieder einen ihrer schlimmen Albträume. Siehst du, sie hat aufgehört zu wimmern. Sie schläft wieder ruhiger." Tatsächlich, jetzt merkt es Aleksej auch. Sie beobachten einen kleinen Moment das schlaffe, entspannte Gesicht von Anastassja. Olga nimmt endlich ihre Hände von dem Mädchen.

„Komm hinaus! Ich erklär dir das! Wir lassen die Tür offen, damit wir sie hören können, falls sie wieder schlecht träumt." Er folgt ihr in die Stube. Sie entzündet einige Kerzen, damit sie beide nicht vollständig im Dunkeln sitzen. Der Junge blickt zu einer dunklen Ecke, in der Vladimir schläft. „Er wird nicht aufwachen. Er schläft tief und fest", versichert ihm Olga. Warum weiß sie das? „Was hast du mit Anastassja gemacht?", will er jetzt wissen. „Ich habe ihren schlechten Traum in einen guten umgewandelt. Ich habe positive

Erlebnisse aus dem Alltag verwendet. Es lenkt ihre schlechten Erinnerungen in gute um und beruhigt sie so.", erklärt sie ihm. „Wie machst du das?" „Ja weißt du, da sind viele Jahre Erfahrung nötig. Du musst gut beobachten können. Du musst dich mental hineinversetzen. Das könntest du sogar mit deiner Schwester machen, da du eine enge Verbindung zu ihr hast. Aber du brauchst viel Übung. Ich kann deine Chakren öffnen und du probierst es unter meiner Anleitung. „Chakren?" Aleksej versteht nur Bahnhof. „Chakren sind Energiekanäle. Es gibt Stirnchakra, Halschakra, Herzchakra, Sakralchakra. Das sind einige wichtige Chakren. Aber ich will dich jetzt nicht mit der Geschichte aus Vergangenheit, Gegenwart und Zukunft durcheinander bringen. Durch das Einwirken der Chakren kann ich Geist und Seele in Einklang bringen. Es ist auch möglich, Krankheiten zu lokalisieren und zur Heilung beizutragen. Es gibt hier unendlich viele Möglichkeiten."

„Äh?", Aleksej versteht rein gar nichts. „Ich habe Anastassja jeden Abend im Schlaf Energie zugeführt und versucht, ihr im Schlaf etwas Ruhe für den Alltag zu ermöglichen. Hast du es nicht bemerkt, dass sie weniger sprunghaft ist?" Er muss zugeben, dass es ihm auch schon aufgefallen ist. Aber er dachte, dass es eher an der ruhigen Umgebung liegt, weg vom hektischen Alltag. „Kannst du mir das zeigen?" „Natürlich! Aber vorerst muss ich deine Chakren öffnen, dann geht es mit Übung bei dir auch. Aber versprich dir anfangs nicht zu viel! Komm, nimm hier Platz." Sie drückt ihn auf einen Stuhl hinunter und stellt sich hinter ihm. Geradeaus ist nichts, nichts was ihn ablenken könnte. „Was muss ich tun?" „Lehn dich gemütlich zurück, lege deine Hände auf deine Oberschenkel und konzentriere dich auf schöne Erlebnisse, die du bisher hattest!" Sie nimmt ihre Hände und faltet sie über seinen Kopf. Sie murmelt für ihn unverständliche Sprüche und er wartet gespannt, was jetzt passieren wird. Nichts... Er konzentriert sich auf seine Aufgabe, an etwas Schönes zu denken. Verkrampft, um nicht zu versagen, denkt er nach... Bald wird er entspannter. Seine Gedanken driften ab. Er sieht sich mit seiner Schwester zu Hause im Garten. Sie spielen im Baumhaus. Sie denken sich lustige Geschichten aus. Sie lachen. Frieden... Er ist so in sich gekehrt, dass er seine Umgebung nicht mehr wahrhaftig realisiert. Aber er schläft nicht. Er weiß, dass seine Tante neben ihm Sprüche murmelt und ihre Hände über seinem Kopf hält und auch über seinem Körper streifen lässt. Es stört ihn nicht mehr. Es ist ihm ebenso bewusst, dass Vladimir im selben Zimmer schläft und jederzeit aufwachen kann. Aber er ist mit seinem inneren Frieden versponnen. Nichts kann ihn erschüttern…

„So, jetzt sind deine Chakren offen." Just in diesem Moment nehmen seine Sinne seine Umgebung schärfer auf, als wäre er aus einer Trance erwacht. Etwas benommen sieht er seine Tante an. Noch immer hat er die Vision einer Hexe vor sich. Aber er nimmt es gelassen hin. Es erschüttert ihn nicht mehr. „Um sie offen zu halten, musst du sie auch oft nutzen.", hört er seiner Tante zu. „Ich zeig dir wie. Wir werden den Rest eures Aufenthaltes jeden Tag eine Übung machen, damit du deiner Schwester zu Hause helfen kannst. Glaube mir, du wirst immer besser werden…", versichert sie ihm lächelnd. „… und jetzt geh wieder schlafen!" Sie schickt ihn ohne weiteres ins Bett. Er nickt. Verwirrt folgt er ihren Anweisungen. Im Bett, kauert er sich unter seine Decke. Was war das eben? Zweifelnd grübelt er über das eben Erlebte. Was soll der Hokuspokus?!

Hände weg von ihr!

Am nächsten Morgen wacht er voll ausgeruht auf. Er sieht sich um. Anastassja ist schon draußen. Sie steht oft vor ihm auf. Er gähnt und streckt sich ausgiebig und erhebt sich schwungvoll. Er ist voller Tatendrang. Er geht in die Stube und sieht seine Schwester und seine Tante das Frühstück zubereiten. Vladimir liegt noch auf seinem Lager und sieht lächelnd zu. „Guten Morgen!", macht Aleksej sich bemerkbar und setzt sich zu Tisch. Er hat gute Laune. „Aleksej, dir auch einen schönen Morgen!", Anastassja gibt ihm überschwänglich einen lauten Schmatzer auf die Backe. Das macht sie jetzt schon jeden Morgen! Seufzend lässt er es sich gefallen. Er käme auch ohne den Schmatzer aus. Aber um des lieben Friedens willen… Auch Vladimir bekommt seinen Kuss, sobald er auf seinem Sessel sitzt. Jedes Mal übernimmt er die Führung und küsst sie auf die Lippen, was sie, für Aleksejs Geschmack, zu lange auskostet. Dieses Mal zieht Vladimir Anastassja auf seinen Schoß und hält sie fest an sich gedrückt. Sie küssen sich zu lange. Sie kleben direkt zusammen! Aleksej räuspert sich. Einmal, zweimal. Sie kleben immer noch zusammen. „Es reicht schon!" Aleksej wird lauter. Olga kichert dämlich… einer Hexe ähnlich. Aleksej greift ärgerlich nach dem Oberarm von Vladimir. Endlich, aber sichtbar mit Widerwillen lässt der Ältere los. Anastassja springt unbekümmert auf. „Wer möchte Kaffee?" Vladimir gefällt ihr. Sie lacht glücklich. Aleksej grummelt. Er weiß nicht, was das soll. Sie ist seine Schwester! Er muss mit ihr reden!

Nach dem Frühstück findet er sie im Schuppen bei den Kätzchen. Neben ihr lungert Vladimir im Heu herum. Hat er nichts zu tun, denkt sich Aleksej. „Hey! Kann ich dich alleine sprechen Ana?" Er schaut Vladimir provozierend in die Augen. Grinsend erhebt sich der Mann und verzieht sich zu seinen Holzstämmen. Bald hört man das Aufschlagen des Beils auf das Holz. „Hallo Brüderchen! Was gibt es?" „Was hast du mit Vladimir? Sag es mir!" Sie guckt ihn verständnislos an. „Was meinst du?" „Du küsst ihn. Ja, du verkriechst dich ja schon in ihn! Mein Gott, du bist fünfzehn! Du bist noch zu jung für so was!" Er beobachtet sie mit Argusaugen. Aber sie lacht fröhlich. „Aber Brüderchen! Ich küsse so gerne! Vladimir schmeckt gut. Es gefällt mir so gut. Wenn ich küsse, fliegen tausende Schmetterlinge in meinem Bauch herum! Es ist so aufregend!" Dann fügt sie noch hinzu: „Das musst du unbedingt auch ausprobieren!" Mein Gott! Wie naiv muss man sein! Aleksej rauft sich die Haare. „Anastassja hör mir bitte genau zu! Vladimir ist ein Mann. Männer wollen nur das Eine. Ich kann nicht immer hinter euch her sein und aufpassen!" „Was meinst du, sie wollen nur das Eine? Was weißt du schon davon?" Grollend lässt er sie im Schuppen zurück.

Aleksej kann ihr unmöglich sagen, dass er schon viele eklige Sachen gehört und gesehen hat. Seine Schulkameraden haben schon mit Mädchen herumgemacht und damit geprahlt. Sie haben an gemeinsamen Abenden heimlich Pornofilme geschaut. Es hat ihn angewidert. Es hat ihn jedes Mal erschreckt. Er geht hinaus zu Vladimir, um seinen Standpunkt klarzumachen und an seine Vernunft zu appellieren. Bei Anastassja kommt er nicht weiter.

„Hey Vladimir, kann ich dich auch kurz sprechen?" Vladimir nickt und stellt den Rasenmäher aus. Eine weitere Aufgabe, die er Olga abnimmt, wenn er da ist. Sein T-Shirt klebt an seinem Oberkörper wie eine zweite Haut. Aleksej versucht den Mann mit den Augen seiner Schwester zu sehen. Er kann verstehen, dass ihr Vladimir gefällt. In den Pornos sind die meisten Männer trainierte Muskelprotze. Unbewusst greift er an seine Oberarme. Sie sind hart, aber weit nicht so ausgeprägt wie die von Vladimir. „Was gibt's?", Vladimir setzt sich zu ihm auf den querliegenden Holzstamm und streckt seine Beine gerade aus. „Äh… na ja… äh.", stottert Aleksej. Irgendwie ist es ihm jetzt schon peinlich. Vladimir spielt in einer anderen Liga als er. „Na los! Sag es schon!", Vladimir kann sich sehr gut vorstellen, was den Jungen beschäftigt. Aber er hilft ihm keinen Schritt weiter. „Na ja… äh… du küsst meine Schwester!" „Ja, und?" „Sie ist nichts für dich!" Jetzt ist es heraus. „Ich mag sie und sie mag mich."

„Sie ist zu jung dafür! Du nutzt sie aus! Sie weiß ja gar nicht, was sie da tut."

„Aber du weißt es? Hattest du schon Mädchen?", Vladimir ist neugierig. Der Junge ist erst fünfzehn! Mann, wie jung fängt man heute schon an?! Aleksej wird rot. „Nein!" „Aha, aber du weißt, wovon du sprichst? Junge schnapp dir ein Mädel und mache es mit ihr. Dann kannst du mitreden!" Aleksej wird wütend. Er kann sich kaum zurückhalten. Vladimir stichelt weiter. „Wenn sie meine Küsse genießt, kann sie nicht zu jung sein!" „Aber sie weiß ja gar nicht, was du sonst noch von ihr willst. Sie ist arglos!" „Mann, hab dich nicht so! Ich will sie nur küssen, sonst nichts! Außerdem braucht sie einen Mann, der ihr zeigt, wo es lang geht!"

Er sieht sie nicht kommen, und schon spürt er knallhart die Faust Aleksejs gegen sein Kinn rammen. Der Junge hat seine ganze Muskelkraft, die er durch die Arbeit bei Olga erlangt hat, in den Fausthieb gesteckt. Vladimir fällt steif, wie der Holzstamm unter ihm, auf den Boden. Wow, Aleksej kann es nicht fassen, dass er den stärkeren Mann umgeworfen hat! Besorgt steigt er über den Stamm und beugt sich über Vladimir. Er rührt sich nicht. Scheiße! „Tante Olga!", schreit er von Panik erfüllt. Er befürchtet das Schlimmste. Anastassja kommt als Erste an den Tatort. „Vladimir! Oh mein Gott! Was ist passiert?!" Sie kniet hin und streichelt besorgt über die Stirn des Mannes. Mit feuchten Augen schaut sie vorwurfsvoll zu Aleksej. „Was hast du getan?", flüstert sie. „Ich… ich wollte das nicht! Wirklich!" Aleksej ist entsetzt. Vladimir rührt sich noch immer nicht. „Olga!", schreit er erschüttert.

Endlich kommt die Tante aus dem Haus. Stumm kniet sie sich, ohne Rücksicht auf ihre Kleider, in den Schmutz auf den Boden neben Vladimir und legt ihre Hände auf den Körper und Kopf des wie leblos liegenden Mannes. „Komm her!" befiehlt Olga Aleksej. Er gehorcht sofort. „Du machst jetzt dasselbe wie ich. Du kannst mir dabei sagen, ob du etwas spürst. Sieh es als eine Übung!" Sie nimmt seine Hände in ihre und leitet ihn an, auf dieselbe Weise, wie sie, über den Körper zu gleiten. „Konzentriere dich!" Er ist geschockt. Er weiß nicht, was er machen soll. Vladimir liegt die ganze Zeit ohne Bewusstsein da und er soll hier eine Übung machen?! Geht's noch?! „Sammele dich!", wiederholt sie ungeduldig. Sie hält seine Hände über das leblose Gesicht. Er hält still und versucht sich zu konzentrieren. Ihm ist heiß. Der Schweiß drückt sich aus seinen Poren. „Was spürst du?" „Mir ist heiß!" Zaghaft versucht er das Richtige zu sagen. „Wo ist dir heiß?" „Überall. Besonders auf den Handflächen!" „Das ist gut!" Zufrieden bewegt Olga die Hände Aleksejs auf die eine und andere Region des leblosen Körpers. „Und hier?" „Gar nicht heiß?" Unsicher fragend, aber nachdenklich erwidert Aleksej die Frage Olgas. Warum ist es beim Gesicht heiß und beim Bauch nicht? „Siehst du? Du machst es sehr gut! Deine Energie fließt durch dich hindurch. Noch ist es nicht so ausgeprägt. Aber durch meine Hilfe, wird es schnell besser!" Sie leitet seine Hände zurück zum Gesicht Vladimirs. Seine Handflächen werden augenblicklich wieder heißer. Er ist verwirrt. „Lass sie da, bis Vladimir wach ist. Ich komme gleich." Sie eilt zurück ins Haus. Sie kann mich da jetzt doch nicht alleine lassen? Aleksej bekommt Panik. Aber er bleibt wo er ist und hält seine Hände da, wo sie ihn zurückgelassen hat.

Da! Vladimir bewegt sich und stöhnt laut auf. Sofort beugt sich Anastassja, die bis jetzt neugierig zugesehen hat, zu Vladimir hinunter und streichelt behutsam seine Haare aus der Stirn. „Hey…", Vladimir ist erfreut, dass ein so schönes Mädchen sich um ihn kümmert. Er hebt die Hand und streift eine Strähne aus Anastassja Gesicht. Er bemerkt den Jungen über ihm. „Was ist los? Hey Mann! Du hast mich k.o. geschlagen! Was machst du da?" Höchst misstrauisch schaut er zu Aleksej. Dieser nimmt sofort seine Hände weg. Er wird rot. Es ist ihm peinlich, so erwischt zu werden. „Äh… Olga hat gesagt, ich soll dir die Hände auflegen!" Im gleichen Moment, als er das gesagt hat, fällt ihm ein, wie dumm das jetzt klingt. Oh Mann! Sein Gesicht kann nicht heißer werden! Vladimir schnaubt und widmet sich nun seinem Mädchen. Er zieht sie im Nacken zu sich hinunter und küsst sie. Er stöhnt qualvoll auf. Sein Kinn ist blau angelaufen und pocht auf das Heftigste. Sofort zieht sich Anastassja zurück und sieht ihren Bruder strafend an.

„Da hast du einen nassen Waschlappen!" Olga klatscht Vladimir den Lappen schwungvoll ins Gesicht. „Aua!" Vladimir schiebt den nassen Lappen zum Schmerzpunkt und lässt ihn dort liegen. „So eine Memme! Er nutzt seine Lage voll aus, weil er weiß, dass meine Schwester sich liebevoll um ihn kümmert!", grummelt Aleksej verärgert.

Was geht da vor?

„Hallo Kinder!" „Papa... Mama!" Anastassja springt von Vladimirs Schoß auf, den sie schon wieder geküsst hat. Sie läuft hinaus und umarmt freudig ihre Eltern. Aleksej folgt ihr gemäßigt. Er weiß nicht, ob er sich freuen soll, oder nicht. Sie werden bald in das Internat kommen. Dann ist er wieder auf sich alleine gestellt und muss auf seine unberechenbare Schwester aufpassen. Er liebt sie innig, aber jetzt hat er ein Stück Freiheit kennen gelernt. Von seinen Eltern kann er keine Hilfe erwarten. Er hat Anastassja noch nicht auf das Internat vorbereitet. Seine Schwester hat keine Ahnung. Seine Gefühle sich zwiespältig. „Hallo Aleksej!" Seine Mutter kommt auf ihn zu und umarmt ihn liebevoll. Er freut sich trotzdem. Er liebt sie. Es sind seine Eltern. „Mama... Papa!" Er gibt seinem Papa wie ein Großer die Hand und schüttelt sie. „Habt ihr alles gepackt? Wir können gleich los."

Anastassja macht es ihren Eltern nicht so einfach. „Mama... Papa! Ich habe Kuchen gebacken! Ihr müsst noch dableiben und Kaffee trinken und ihr müsst Vladimir kennen lernen!" Aleksej stöhnt auf. Er fürchtet sich schon auf die Begegnung. Hoffentlich liefert Anastassja ihnen kein unpassend peinliches Schauspiel! „Na gut!" Mama schaut vorsichtig in Richtung Haus. Fürchtet sie sich etwa vor Tante Olga? Aleksej gluckst. Er erinnert sich, wie schnell sie hier anfangs abgeliefert wurden! Olga kommt heraus und begrüßt sie. Vorsichtig reichen sie sich die Hände und gehen hinter Olga hinein. Anastassja hüpft voraus und stellt ihnen Vladimir vor. Demonstrativ bleibt sie neben ihm stehen. Ihr Vater sieht misstrauisch von seiner Tochter zum jungen Mann und wieder retour. Seine Tochter steht eindeutig zu nah an dem Mann. Herr Kaminov runzelt die Stirn. Was geht da vor?!

Sie nehmen rund um den Tisch Platz. Alle Sessel sind besetzt. Anastassja läuft eilfertig zwischen Tisch und der wackeligen Truhe hin und her, damit alle gut bedient werden. Man merkt ihr die Freude am Besuch ihrer Eltern an. Als sie alle mit Kaffee und Kuchen versorgt hat, bemerkt sie, dass sie keinen freien Sessel mehr hat. Schulterzuckend geht sie auf Vladimir zu und lässt sich auf seinen Schoß plumpsen und hält sich mit einem Arm um seinen Nacken fest. Sofort legt er einen Arm um ihre Mitte, aber er zieht sie nicht, wie sonst, eng an sich. Er spürt die überraschten Blicke ihrer Eltern. Aleksej wagt nicht, seinen Blick zu heben. Die Mutter schaut irritiert zu ihrem Mann und deutet, mit einem fast unmerklichen Ruck ihres Kopfes, zu dem Pärchen. Der Vater räuspert sich lautstark. Aber es kommt keine Reaktion. Sogar Olga trinkt aus ihrer Tasse, als geschähe nichts Ungewöhnliches. Seelenruhig knabbert sie an ihrem Kuchen. Aleksej ignoriert absichtlich die Blicke der Eltern und senkt den Blick ebenfalls auf seinen Kuchenteller.

Alleine Anastassja plaudert munter drauflos. „Mama… Papa, Tante Olga hat kleine Kätzchen hinten im Schuppen. Ich durfte sie aufpäppeln. Sie waren so süß! Jetzt sind es richtige Katzen geworden. Sie fangen ab und zu schon selbst die Mäuse!", schwärmt sie und dabei krault sie den Nacken von Vladimir. Dann erzählt sie weiter: „Tante Olga hat mich kochen lassen. Ich muss einige Rezepte unbedingt einmal zu Hause ausprobieren! Einfache Gerichte und sooo lecker!" Sie gestikuliert viel beim Reden. Dabei rutscht sie auf dem Schoß Vladimir ständig herum. Er stöhnt leise. Sein Penis ist längst hart. Er versucht sie mit seinem Arm zum Stillhalten zu zwingen. Vergebens…

„Wir sind zum Bach Wäsche waschen gegangen. Das war lustig. Stell dir vor Mama, es gibt hier keine Waschmaschine und keinen Strom! Abends haben wir Kerzen angezündet. Ist das nicht romantisch?" Vladimir ist verzweifelt. Bald kann er für nichts mehr garantieren und er spritzt ab! Sie hüpft auf seinem Penis auf und ab. „Baby, bitte! Halt still!", flüstert er leise verzweifelt in ihr Ohr. Anastassja sieht ihn irritiert an. „Du springst ständig auf mir herum!" „Oh entschuldige! Bin ich dir zu schwer?" Er nickt. Sie ist so unschuldig! Sie hat keine Ahnung, was sie bei ihm angerichtet hat. Die Eltern haben den Wortwechsel pikiert mitangehört. Die Mutter kann sich nicht mehr zurückhalten. „Anastassja! Geh bitte sofort von diesem jungen Mann runter!"

Olga kann sich jetzt nicht mehr halten und gackert los. Zuerst leise, verhalten. Aber dann schnaubt sie laut los. Wie oft hat sie dem Mädchen zu erklären versucht, was zwischen einer Frau und einem Mann passiert. Anastassja hat aufmerksam zugehört, aber sie hat die Verbindung zwischen ihr und Vladimir nicht gesehen. Olga hat bald aufgegeben und sich gedacht, dass dies künftig ein Ende haben wird, sobald die Geschwister von den Eltern abgeholt werden. Vladimir hat sich auch nicht zu wehren gewusst und hat sich den Anstürmen von Anastassja ergeben.

Die Mutter erschrickt. Der Anblick der lachenden Tante ist gruselig. Ihr Kichern wird immer lauter. Die Zahnlücken kommen zum Vorschein. Mit den wirren grauen Haare und den notdürftig bunt geflickten Kleidern, ähnelt sie einmal mehr einer Hexe aus dem Märchenbuch! „Was haben die Kinder nur erdulden müssen!?", denkt sie sich, vollgepumpt mit schlechten Gewissen. Andererseits sehen alle sehr entspannt aus. Sie erkennen ihre Tochter nicht mehr wieder. Sie ist zwar lebhaft, aber nicht sprunghaft. Ausgeglichen. Das Herz ihrer Mutter weitet sich, voll mit Liebe. Aber Vladimir ist ihr noch ein Rätsel. Was war da los? Sie haben doch nicht etwa…? „Nein haben sie nicht!", flüstert Aleksej seinen Eltern zu. Er ahnt, was sie quält.

Anastassja versucht inzwischen Vladimir zu küssen, was dieser wohlweislich zu verhindern versucht. Sie zieht eine Schnute und probiert es wieder. „Lass das!", raunt er ihr ins Ohr. Es ist ihm unangenehm, weil er die Blicke ihrer Eltern auf sich spürt. Es ist schon der Gipfel, dass sie vor seinen Eltern so ungezwungen auf seinem Schoß sitzt. Er kennt Anastassja und hat inzwischen begriffen, dass sie in dieser Situation die Peinlichkeit absolut nicht erkennt.

„Mama… Papa kommt! Ich zeige euch alles!" Anastassja ist in ihrem Überschwang nicht zu bremsen. Seufzend stehen die Eltern auf. So lange wollten sie sich hier eigentlich nicht aufhalten. Aber sie wahren ihre gute Miene. Sie lassen sich von Anastassja herumführen. Sie müssen die Katze begutachten, die zufällig im Stall ist. Die anderen sind nicht auffindbar. Anastassja führt sie schnatternd zum Bach und erzählt ihnen begeistert vom Wäsche waschen. Sie zeigt ihnen, den von Aleksej hoch aufgeschichteten Stapel Brennholz und die noch herum liegenden Klötze und Stämme. Vladimir spaltet gerade die Holzklötze mit einem großen Beil. Anastassja ist vom Muskelspiel seines Oberkörpers und seiner Arme abgelenkt und seufzt leise. „Na, da wart ihr ja alle fleißig!", meint ihr Papa. Er staunt, wieviel Arbeit seine Kinder hier verrichtet haben und wie gesund und zufrieden sie aussehen. Dann kehren sie zum Haus zurück.

Aleksej hat inzwischen das Gepäck in das Auto getragen und wartet. Er hat sich schon von Olga und Vladimir verabschiedet. Er beobachtet, wie sich seine Eltern noch immer vorsichtig seiner Tante nähern und Vladimir zurückhaltend die Hand schütteln. Er zuckt zusammen, als sich Anastassja Vladimir an den Hals wirft und ihn auf den Mund küsst und ihn lange nicht loslässt. Der Vater drückt Anastassias Hand grob von Vladimirs Körper und zerrt sie regelrecht zum Auto. Seine Schwester schwärmt ohne Unterlass von dem Aufenthalt. Es hat Aleksej auch gefallen, aber dennoch ist er in Gedanken weiter in der Zukunft.

Ist schon in Ordnung!

„Anastassja, konzentriere dich doch einmal!" Der Vater ist verzweifelt. Er will seinen Kindern das Internat schmackhaft machen. In zwei Wochen ist es soweit und seine Tochter hat sich dazu noch nicht wirklich geäußert. Sie ist so sprunghaft wie eh und je. Die Eltern suchen Aleksejs Blick. Der Junge nickt und nimmt die Hände seiner Schwester fest in seine. Sein Blick ist beschwörend auf ihre Augen gerichtet. „Ana! Mama und Papa wollen dir etwas zeigen! Was sagst du dazu?" „Ja, sieht gut aus! Machen wir da Urlaub?" „Nein! Du und ich, wir werden da in die Schule gehen! Wir schlafen dort und in den Ferien kommen wir nach Hause!" „Aleksej, schau, da draußen! Komm!" Irgendetwas hat Anastassja abgelenkt. Sie will ihren Bruder hinauszerren. Aber er hält sie eisern auf der Couch fest. Irritiert schaut sie ihn an. So kennt sie ihren Bruder gar nicht mehr. Er ist doch sonst so lustig. Heute sieht er so ernst aus.

Seufzend wendet sie sich wieder den anderen zu. „Ich habe es kapiert, ihr wollt, dass Aleksej und ich in ein Internat gehen. Es ist in Ordnung! Können wir jetzt über etwas anderes sprechen?" Überrascht über den Ton und der plötzlich gezeigten Scharfsichtigkeit ihrer Tochter, sind die Eltern verunsichert. Frau Kaminov nimmt vorsichtig die Hand ihres Mannes in die ihre und drückt sie. Sind sie jetzt an ihr Ziel gekommen? „Mama! Ich habe kein Problem damit. Aleksej ist ja bei mir, nicht wahr? Ihr könnt euch entspannen." Anastassja schaut ihre peinlich berührten Eltern an. Die Mutter sucht nun die Nähe ihrer Tochter. Es ist ihr unheimlich, wie sie sich gerade vernünftig verhält. „Mama ich liebe dich!" Wie ein Kätzchen schmiegt sich Anastassja in die Arme ihrer Mutter. Sie umarmen sich fest. Tränen benetzen die Augen der Mutter. Diese Innigkeit ist selten. Sie liebt es. Aber die Tränen laufen nun ungehindert über die Wangen der Mutter. Auch die Augen des Vaters sind verdächtig nass. „Na ja, wenn wir das geklärt haben, dann zeig mir, was du da draußen gesehen hast, Ana!"

Aleksej hält die rührselige Stimmung nicht aus. Aber die drei hören nicht auf ihn.

Spät in der Nacht wacht Aleksej auf. „Nein... lass mich... geh weg!", Anastassjas Albträume sind wieder da. Mühsam steht Aleksej auf und eilt an die Seite seiner Schwester. „Sch... sch...!", versucht er sie zu beruhigen. Aber sie reagiert nicht. Er erinnert sich an die Übungen mit Olga. Ob er es alleine zustande bringt, seine Schwester auf diese Weise wieder in ruhigen Schlaf zu lenken? Er steht auf und kniet sich an das Kopfende ihres Bettes. Seine Hände legt er links und rechts ihres Gesichts. Immer wieder verrutschen seine Hände, da sie den Kopf heftig hin und her wirft. Er spürt schwach Wärme, die sich allmählich in Hitze verwandelt. Er ist hoch konzentriert. Olga hat ihm gesagt, dass er ihre schlechten Träume in gute umwandeln solle, indem er ihr die guten Erinnerungen suggeriert. Fieberhaft überlegt er, was ihr gefällt. Olga? Vladimir? Ja. Vladimir! Das ist gut. Er hat ihr gefallen. Er denkt an ihre Unbekümmertheit gegenüber dem Mann. Wie sie ihm immer wieder um den Hals gefallen ist und ihn ungeniert vor allen geküsst hat. Immer wieder versucht er, ihr seine Bilder in ihren Geist zu pflanzen. Es funktioniert. Sie beruhigt sich zusehends und hört auf, den Kopf hin und her zu werfen. Sie hört auf, zu schreien. Sie wimmert nur mehr leise, bis sie schließlich ganz aufhört. Langsam nimmt er seine Hände weg. Sie sind ganz heiß. Er wartet ab, ob sie einen Rückfall erleidet. Aber sie seufzt im Schlaf auf und rührt sich nicht mehr. Zufrieden, dass er ihr helfen konnte, geht er wieder in sein Bett. Im Stillen dankt er Olga, dass sie ihm das gezeigt hat und dass es so gut funktioniert, seine Schwester wieder zu beruhigen.

„Aleksej, du glaubst nicht, was ich heute geträumt habe!" Anastassja sucht ihn, wie so oft, sehr bald in der Früh in seinem Zimmer auf. Sie lässt sich auf sein Bett plumpsen und er zieht sich stöhnend die Decke über den Kopf. Der nächtliche Besuch in ihrem Zimmer, hat ihn lange nicht einschlafen lassen. „Geh weg! Ich bin müde!", murrt er. „Aber ich habe von Vladimir geträumt! Das war so schön!", schwärmt sie. „Ja? Was denn?", brummt er verdrossen. Anastassja wird er so schnell nicht mehr loswerden. „Ich bin auf ihn zugelaufen und er hat mich mit seinen starken Armen aufgefangen und dann haben wir uns so richtig schön geküsst! Wie bei Olga!", fügt sie noch träumerisch hinzu. „Ach ja?", Aleksej ist verwundert. Genau das hat er ihr im Traum gewünscht! Wahnsinn! Es funktioniert wirklich! „Ja, schön für dich! Aber jetzt geh! Ich bin müde!"

Anastassja ist schon weg. Ihre Fröhlichkeit ist durch das ganze Haus zu hören. Sie singt ein lustiges Kinderlied und klappert dabei mit den Kochtöpfen in der Küche. Sie ist dabei, Frühstück für alle zu machen. Aleksej dreht sich noch einmal um und schläft wieder ein.

Die Zeit zu Hause vergeht wie im Fluge. Anastassja ist wieder sprunghaft, aber die Albträume sind seltener. Wenn sie einen hat, ist Aleksej stets zur Stelle und pflanzt Vladimir in ihre Träume. Er weiß, dass er ihr nichts Gutes damit tut. Sie vermisst den Mann. Aber Aleksej hat keine andere Idee, wie er die bösen Träume durch andere gute Erinnerungen ersetzen soll.

Einzug in die neue Schule

Die Koffer sind gepackt und im Auto gut verstaut. Die Familie Kaminov sitzt im Wagen. Aleksej und Anastassja werden ins Internat gebracht. Jeder hängt seinen Gedanken nach. Sogar Anastassja ist still. Nach einer überwiegend stummen Autofahrt lenkt der Chauffeur der Familie die Limousine die weite Auffahrt zum großen Tor des imposanten Bauwerkes hinauf. Das Anwesen sieht ausgedehnter, großartiger aus, als im Internet. Eine moderne Konstruktion mit einer weitläufigen Grünanlage, inmitten eines dichten Waldes. Kein anderes Gebäude, als das Internat, ist weit und breit zu sehen.

Aleksej und Anastassja stehen vor dem großen schmiedeeisernen Tor. Das Mädchen hat die Hand ihres Bruders fest umklammert. Sie ist verunsichert. Sie hat keinen Schimmer davon, was auf sie zukommt. Aber sie ahnt, dass es ihr Leben einschneidend verändern wird. Beruhigend drückt er ihre Hand. Aber er ist sich auch nicht sicher, was ihn hier erwarten wird. Es ist eine unvorhersehbare Zukunft. „Kommt ihr?" Seine Eltern stehen untergehakt vor dem Tor. Zögernd setzt sich Aleksej in Bewegung und zieht seine Schwester mit sich. Er hat das Gefühl, als würde eine unbekannte Last ihn erdrücken. Er wird wieder mit ihr auf sich allein gestellt sein, befürchtet er.

Sie klopfen an der Tür mit dem Schild ‚Sekretariat' an. „Herein!" Die Sekretärin empfängt sie. „Guten Tag! Bitte sehr, was kann ich für Sie tun?" Sie sieht die Familie erwartungsvoll an. „Grüß Gott! Mein Name ist Kaminov!", stellt er sich knapp vor. „Das sind meine Frau und unsere Kinder Anastassja und Aleksej! Wir haben einen Termin bei Direktor Dr. Kokoff!" Die Sekretärin heißt sie herzlich willkommen und bittet sie, sich ein wenig zu gedulden. „Ich gebe Dr. Kokoff sofort Bescheid. Wenn Sie bitte mit mir mitkommen? Sie können sofort in seinem Büro Platz nehmen! Es wird nicht lange dauern." Sie hält die Tür auf und lässt die Gäste eintreten.

Sie müssen nicht lange warten und der Direktor begrüßt sie vornehm lächelnd. Die Sekretärin hat inzwischen eilig die fehlenden Sitzgelegenheiten aufgestockt und schließt leise die Tür hinter sich. Der Direktor reicht den Eltern die Hand. „Frau und Herr Kaminov! Ich freue mich herzlich, sie in diesem ehrwürdigen Haus begrüßen zu dürfen!" Wohlwollend blickt er auf seine zukünftigen Zöglinge hinunter. „…und ich freue mich sehr, euch beide kennen zu lernen! Du bist Anastassja und du bist Aleksej, nicht wahr? Herzlich willkommen in unserem Internat! Bitte setzt euch wieder!" Der Direktor lehnt sich lächelnd zurück und sieht seine neuen Zöglinge eine kleine Weile wohlwollend an. Seine Hände hat er auf seinem Wohlstandsbauch verschränkt und fängt erneut zu sprechen an.

„Frau Kaminov, wir haben zwei sehr schöne Zimmer für Ihre Kinder reserviert. Die Besonderheit in unserem Haus ist, dass wir sowohl Mädchen als auch Jungen in unserer Schule unterrichten. Wir haben diesbezüglich nur gute Erfahrungen gemacht. Unser Personal ist bestens geschult, um keine pikanten Vorkommnisse aufkommen zu lassen. Wenn Sie wissen, was ich meine? Aus Sicherheitsgründen haben wir die Jungen im Südtrakt und die Mädchen im Nordtrakt untergebracht. Jeder Trakt hat natürlich seine eigenen sanitären Anlagen. Die Speisesäle sind in gemeinsamer Nutzung, ebenso die Gemeinschaftsräume, die Bibliothek und die Veranstaltungsräume. Die Unterrichtsräume befinden sich im Nebentrakt. Wir führen gemischte Klassen. Die Einzigartigkeit des Aufenthalts beider Geschlechter gibt den jungen Menschen die Möglichkeit, den Umgang mit dem anderen Geschlecht, für die Zeit nach der Ausbildung, zu lernen. Ich…"

„Papa!", Anastassja unterbricht rüde den Monolog des Direktors. „Aleksej darf nicht weit von mir sein! Das mag ich nicht!" Der Vater nickt und richtet das Wort an den Direktor. „Herr Dr. Kokoff, Aleksej und Anastassja sind Zwillinge. Sie waren noch nie getrennt! Sie haben zu Hause ihre eigenen Zimmer, aber diese sind direkt nebeneinander. Anastassja ist ein sehr lebhaftes Mädchen. In der Nacht ist sie von Albträumen geplagt. Niemand kann sie so effektiv beruhigen wie ihr Bruder. Es wird sicher eine Möglichkeit geben, Zimmer im gleichen Trakt nebeneinander zu bekommen!"

Der Direktor ist etwas pikiert, erstens über die rüde Unterbrechung des Mädchens und zweitens über ein Ansinnen, das nicht den Regeln dieses Internats entspricht. „Herr Kaminov! Ich verstehe ihre Bedenken sehr gut. Aber es ist uns nicht möglich hier nachzugeben! Wo kämen wir da hin? Jeder will dann irgendwo schlafen. Wir haben mehrere Geschwister in unserem Internat. Wären Ihre Kinder gleichgeschlechtlich, hätten wir damit kein Problem!"

„Herr Dr. Kokoff! Ich habe gehört, dass heuer an der Schule Renovierungs-, beziehungsweise Anbauarbeiten anstehen? Ich denke, mit einer großzügigen Unterstützung meinerseits ist alles möglich!?" Die Augen des Direktors blitzen kurz auf. Betont zögerlich lässt er sich auf dieses Niveau herab. „Ich überlege gerade… da lässt sich sicher etwas machen. Lassen sie mich kurz die zuständige Person des Nordtrakts zu uns bitten." Er nimmt den Hörer des Telefons zur Hand. „Bitten Sie Frau Tschechova zu uns. Sofort!" Er legt auf und erzählt inzwischen von den geplanten Arbeiten am Haus. „Sie müssen keine Angst haben, dass der wichtige Lernprozess am Unterricht dadurch gestört wird. Auf keinen Fall! Wir haben einen genauen Plan mit dem Baumeister erarbeitet, wobei unumgängliche Bohrungen, oder andere lärmaufwändige Arbeiten nicht während des Unterrichts stattfinden werden. Sollte es nicht anders möglich sein, werden die Stunden entweder versetzt, oder gar ausfallen. Auch haben die Pädagogen sich bereit erklärt, den Unterricht auch im Freien abzuhalten. Es gibt sicherlich viele interessante Eventualitäten, nicht nur für die Pädagogen, auch für die Schüler."

Es klopft. Frau Tschechova kommt herein. „Herr Direktor, Sie haben mich gerufen?" „Ja, kommen Sie doch herein Frau Tschechova! Darf ich vorstellen? Das ist die Familie Kaminov, Anastassja und Aleksej." Frau Tschechova nickt ihnen freundlich zu. Der Direktor erklärt die heikle Situation der Zwillinge. Frau Tschechova steht stocksteif da. Sie hat den für ihre Person bereitgestellten Stuhl nicht angenommen.

Ihre Miene verrät nicht, was sie von dem hält, dass ein Junge im Mädchentrakt unterkommen soll. „Frau Tschechova, Herr Kaminov wird sehr großzügig gegenüber dem Internat sein. Ich glaube, da können wir etwas entgegenkommend reagieren, nicht wahr? Haben sie einen annehmbaren Vorschlag?" Sie zögert. „Also, ich habe kein freies Zimmer für dieses Semester! Leider!" Frau Tschechova ist ganz strikt gegen eine Zusammenlegung der Geschwister. Geld hin, oder her…

„Aber… aber!" Der Direktor sieht sich den Zimmerplan auf seinem Computer an. „Wir haben hier zufällig etwas abseits ein großes Zimmer frei! Sehen sie! Ist es schon reserviert?" „Herr Kokoff! Dieses Zimmer liegt zwischen den Trakten der Schüler und dient derzeit als Aufenthaltsraum der Pädagogen!" „Na ja, einen Aufenthaltsraum können wir woanders auch einrichten, glauben sie nicht auch Frau Kollegin? Wir haben einen Notfall und wie ich sehe, ist dieses große Zimmer frei. Die Geschwister müssten es sich teilen. Der große Vorteil ist, dass wir hier ein eigenes kleines Badezimmer mit Toilette haben! Was sagen Sie dazu, Herr Kaminov?" „Das klingt schon einmal ganz gut. Können wir es besichtigen?" „Aber sicher! Frau Tschechova, bitte geleiten Sie erst einmal Frau Kaminov und unsere zukünftigen Schüler in ihr neues Zuhause!" Lächelnd nickt er allen zu.

„Aleksej, das wird wunderbar!", seine Mutter ist begeistert über das schnelle Angebot. Aleksej ist sich da nicht so sicher. „Aleksej, wenn du es nicht willst, dann sag es bitte! Du kannst auch bei den Jungen schlafen. Ich bin sicher, dass Anastassja auch alleine zurechtkommen wird!", schaltet sich die Mutter ein. „Nein, Mama. Ist schon recht. Herr Direktor wir nehmen das Zimmer vorerst." Er fühlt sich verantwortlich für seine Schwester. Sie hat Albträume. Sie braucht ihn. Der Direktor beruhigt ihn und bietet ihm an. „Natürlich Junge! Du kannst es jederzeit revidieren! Im Jungentrakt haben wir einige Betten frei!"

Herrn Kaminov hält er vorerst bei sich im Büro. „Herr Kaminov darf ich Sie bitte um ein abschließendes Gespräch bemühen? Wir müssen die notwendigen Papiere ausfüllen."

Herr Kaminov ist sich bewusst, dass es jetzt um die großzügige Spende geht.

Die Kinder und Frau Kaminov werden von Frau Tschechova in den Nordtrakt geleitet. Der Weg ist unendlich. Treppauf... treppab. Scheinbar unzählige Stufen hinauf und teilweise wieder hinunter werden zurückgelegt. Glas, wohin man schaut. Die Gänge und offene Sitzbereiche strahlen eine angenehme Atmosphäre aus und sind lichtdurchflutet. Der ganze Mittelbereich des Hauses ist frei einsehbar. „Das Haus wird saniert werden. Rolltreppen sind geplant, um gefahrloser hinauf und hinunter zu kommen. Viele Schüler sind unkonzentriert. Letztes Jahr hatten wir drei Unfälle auf den Treppen." Frau Tschechova plaudert hin und wieder, um geplante Veränderungen zu erläutern. Aleksej, Anastassja und ihre Mutter bekommen große Augen. Das Gebäude wirkt innen riesig, aber schön. Viele Topfpflanzen recken sich dem Licht entgegen, das großzügig von Glasdecken hereinflutet. Farben spielen hier eine bedeutende Rolle. Viele verschiedene Farbtupfer sind zu sehen. Die Türen, entlang der Mauern, am Rande des Stiegenhauses, haben jede eine eigene Farbschattierung. „So werden die Schüler eingeteilt. Jede Klasse hat seine eigene Farbe! Im Mädchentrakt herrschen die Farben grün, rot und gelb vor! Im Burschentrakt herrschen die Blau-, Braun- und Ockertöne vor."

Plötzlich kommen Mädchen an ihnen vorbei. Eines davon fällt Aleksej auf. Er dreht sich um. Sie hat sich auch umgedreht! Er lächelt sie an und bleibt stehen. Sie gefällt ihm! Lange Beine, blonde, lange, wild gelockte Haare. Strahlende, blaue Augen. Errötend dreht sie sich wieder um. Die Mädchen stecken die Köpfe zusammen und kichern. „Aleksej! Kommst du?", Anastassja zieht ihn am Ärmel. Aleksej geht widerstrebend weiter. Er will das Mädchen wiedersehen. Sie kann ja nicht weit sein. Die Schule gefällt ihm schon besser!

Endlich sind sie da. Frau Tschechova zieht den Schlüssel aus ihrer Jackentasche und sperrt das Schloss auf. Anastassja bekommt große Augen. „Das ist aber ein riesiges Zimmer! Super! Da ist soo viel Platz!", Anastassja lässt ihren Bruder von ihrer Hand und läuft tänzerisch weiter in den Raum hinein und dreht sich ein paar Mal im Kreise herum. Immer wieder hüpft sie zwischen den Tischen, die für die Lehrer als Arbeitstische zur Verfügung stehen. Aleksej checkt die Einrichtung ab. Eine große Couch steht an einer Ecke des Zimmers, viele Schreibtische befinden sich verteilt im Raum und Regalschränke stehen an zwei der Mauern entlang. Das Zimmer ist hell.

„Da wir im obersten Stockwerk sind, sind die Decken komplett verglast. Es hat einerseits den Vorteil, von viel Licht, andererseits auch den Nachteil, dass man eventuellen Unwettern gnadenlos ausgeliefert ist. Die Akustik ist in diesem Falle enorm stark. Deshalb hätte ich dieses Zimmer nicht vorgeschlagen." Alle drei nicken. Aber die Kinder haben jetzt noch keine genaue Vorstellung, was in diesem Fall auf sie zukommt. Vorerst gefällt ihnen die verglaste Decke. „Cool!", sind sie sich einig. Frau Tschechova geht hinaus.

Die Mutter bleibt mit ihren Kindern vorerst alleine im Zimmer. „Was meint ihr? Gefällt es euch?" Beide nicken. „Jetzt müssten wir nur auf die notwendige Einrichtung warten, damit ihr eure Koffer ausräumen könnt!" Frau Kaminov zückt ihr Handy und wählt ihren Mann an. „Wladimir! Wie weit bist du? Hast du alles abgewickelt? Frag Herrn Kokoff, wann die Hausmeister kommen, um das Zimmer einzurichten. Die Kinder nehmen es." „Ja, ich denke wir sind hier fertig. Wir kommen gleich!" Herr Kaminov nickt seinem Gegenüber zu und zeigt auf sein Handy. „Meine Frau. Können sie einen Mitarbeiter beauftragen, damit wir über die Einrichtung des Zimmers sprechen können?" „Natürlich! Sofort Herr Kaminov! Wir werden heute noch alles zu ihrer Zufriedenheit erledigen." „Kommen sie, Herr Kaminov? Ich begleite sie zum Schlafraum ihrer Kinder.", fordert er sein Gegenüber auf.

Herrn Kaminov gefällt, was er sieht. Ihm gefällt die helle, freundliche Architektur. Seine Tochter läuft ihm strahlend entgegen. „Papa schau dir unser Zimmer an! Wir haben ein Glasdach! Ist das nicht aufregend?" Sie zieht ihren Papa durch die Tür und tänzelt fröhlich im Zimmer herum. Ihr

Papa lächelt und blickt seine Frau zuversichtlich an. Die Kinder fühlen sich offensichtlich wohl. Sie nimmt seine dargebotene Hand in ihre und sie schmiegt sich an seine Seite.

Der Direktor ergreift wieder das Wort. „Die Handwerker sind unterwegs. Bitte überlegen Sie, wie Sie die Möbel stellen wollen. Es ist nachher nicht mehr erlaubt, die Einrichtung wieder anders zu gestalten! Bitte haben sie Verständnis. Wenn sie zusätzliche Möbelstücke einbringen wollen, so ist dies auf eigene Kosten möglich, aber nur mit Zustimmung der Schulleitung. Nägel dürfen ebenso nur mit Zustimmung der Schulleitung in die Wand geschlagen werden und nur von einem Handwerker der Schule. Schäden, die aufgrund zuwiderhandeln der Hausordnung entstehen, werden natürlich auf Kosten der Schüler ausgebessert." Die Eltern nicken.

Der Direktor sieht Aleksej an. „Nun zu dir, Aleksej. Du musst dir bewusst sein, dass du in der Nähe des Mädchentrakts wohnst. Ich verlasse mich auf dich, dass du keine Mädchen belästigst. Du wirst die Attraktion sein. Widerstehe den Mädels und wir haben kein Problem miteinander. Alles klar?" Der Junge nickt und denkt gleichzeitig an das Mädchen mit den goldenen wirren Locken und den blauen Augen. „Die Neuen an der Schule haben heute um fünf eine Unterweisung durch die zuständigen Leiter des Süd und Nord Traktes. Da werdet ihr über den gesamten Umfang der ‚Do & Don'ts‘ aufgeklärt. Aleksej, ich rate dir auch, an der Unterweisung des anderen Trakts teilzunehmen. Sie ist um sieben. Diese finden jeweils in der Aula des Hauses statt."

Inzwischen sind der Hausmeister und die Handwerker gekommen. Nachdem eine mögliche Umgestaltung des Raumes mit Zustimmung der Kaminov geplant wurde, lädt der Direktor die Familie zu einem Mittagessen in den Speisesaal ein. „Das wird jetzt etwas länger dauern!", meint er. Währenddessen werden die Möbel ausgeräumt und das Zimmer wird durch eine Mauer getrennt. Durch den kleinen neu entstandenen Vorraum wird die Verbindung beider Räume hergestellt. Beide Zimmer werden mit Schiebetüren separat verschließbar sein. Die Tür auf den Gang bleibt, wo sie ist. Die Wände werden neu gestrichen und entsprechende, zweckmäßige Möbel in die Zimmer gestellt. Der Hausmeister zeigt den Kindern noch, wie sie das Glasdach durch Knopfdruck öffnen und schließen können. Ebenso gibt es ein Rollo, das nach Bedarf genutzt werden kann. Die Kinder sind begeistert.

„Hey, was ist? Überlassen wir die beiden ihrem Schicksal?", grinsend beugt sich Herr Kaminov zu seiner Frau und küsst ihren Handrücken. „Mhm…! Geht ihr noch mit hinaus?" Frau Kaminov schaut zu ihren Kindern. Aleksej und Anastassja nicken und begleiten ihre Eltern zum Auto. Sie sehen zufrieden aus. Es hat gut angefangen. Ihre Mama umarmt und küsst ihre Kinder mit Tränen in den Augen. Sie will und kann sich nicht von ihnen lösen. Papa umarmt seine Tochter und herzt sie noch einmal, dann wendet er sich seinem Sohn zu und schüttelt ihm kräftig die Hand und ihm fällt auf, dass Aleksej seine Mutter längst mit seiner Körpergröße eingeholt hat. Wird er das nächste Mal seinem Sohn in Augenhöhe gegenüber stehen? „Kumpel, ich habe wunderschöne Mädchen gesehen!", versucht er grinsend seinen Sohn zu verabschieden. Aleksej wird rot. „Ich denke, du weißt es schon!" lachend klopft er seinem Sohn auf die Schulter. Die Eltern steigen ein und fahren los.

„Hey, es ist noch viel Zeit und zu schön, um schon wieder reinzugehen. Setzen wir uns dort auf die Bank vor dem Eingangstor?" Anastassja nimmt ihrem Bruder die Entscheidung ab und zieht ihn hinter sich her und lässt sich auf die Bank plumpsen. Die erste Hürde wäre geschafft…

Neue Freunde

Sie beobachten ein Auto entlang der Auffahrt. Eine Frau, zwei Männer und ein Junge steigen aus. „Der ist ja süß! Guck doch!" „Du küsst den Jungen nicht auch noch vor allen anderen, wie Vladimir! Hast du mich verstanden?", warnt Aleksej. Anastassja schmollt kurz und starrt interessiert auf den Jungen.

„Alexander! Du weißt, dass du nicht ins Internat gehen musst, wenn du nicht willst. Du kannst dich jetzt noch entscheiden!" „Mama, wir haben das besprochen! Ich muss hinaus. Ich werde noch verrückt in der Wohnung, in der Papa gestorben ist! Ich brauche eine andere Umgebung. Außerdem hast du jetzt Holger!" Einer der beiden Männer legt sofort einen Arm um die Frau. „Alexander, ich kann die Wohnung verkaufen und eine andere für uns suchen!" „Nein, Mama! Ich denke, dass du gerne in der Wohnung bist. Mach dir keine Gedanken. Ich komme alleine zurecht." „Prima Junge! So ist es recht! Zeige deiner Mutter, dass du kein Baby mehr bist. Du kannst mich aber jederzeit anrufen. Alles klar?" „Alles klar, Mann!" Der Junge schlägt mit dem Mann an der Seite seiner Mutter ein. Dann verschwinden sie im Haus, nicht ohne, dass der Junge, der Alexander heißt, einen neugierigen Blick auf Anastassja wirft.

„Hey… nicht so stürmisch! Ihr geht hier noch nicht in die Schule! Benehmt euch, sonst nehmen sie euch nächstes Jahr nicht hier auf! Zwei vollkommen identische Jungs laufen bis vor das Tor und schauen neugierig zu den Geschwistern auf die Bank. „Hallo! Ich bin Sebastian und das ist mein Bruder Michael. Der dort, ist unser älterer Bruder Florian." „Hallo! Ich bin Anastassja und das ist mein Zwillingsbruder Aleksej! Lustig, dass wir alle Zwillinge sind, nicht wahr?" Begeistert stupst sie ihren Bruder an. Aleksej beobachtet gerade den Rest dieser Familie. Der Mann kann seine Finger nicht von seiner Frau lassen. Sie versucht sich ihm ständig lachend zu entwinden, bis sie streng zu ihm etwas sagt. Er lacht. Der ältere Sohn kommt auf sie zu. „Hi, ich bin Florian!" Alle nicken. Aleksej stellt sich und seine Schwester vor. „Hallo, ihr beiden! Habt ihr euch schon bekannt gemacht? Nette Schule hier. Dürfen wir uns zu euch setzen?" fragt der Vater der drei Jungen. „Ich bin Noah und das ist Sarah!" Aleksej und Anastassja schütteln den Erwachsenen höflich die Hand und alle rücken zusammen. „Jungs wir haben noch eine halbe Stunde zu unserem Termin beim Direktor. Also entspannt euch!" Noah legt seiner Ehefrau, die auf seinem Schoß sitzt, den Arm um die Schulter und lehnt sich breitbeinig entspannt zurück.

Während Anastassja und Aleksej das erwachsene Paar mit offenen Mündern erstaunt beobachten, plaudern die Jungs aus dem Nähkästchen. „Warum seid ihr hier?" Florian redet sofort weiter, ohne eine Antwort zu erwarten. „Also, ich komme offiziell wegen der guten Ausbildung hierher." Ohne den Blick von Noah zu wenden, fragt Aleksej. „… und inoffiziell?" „Na ja, Mum wurde entführt und Papa will uns alle in Sicherheit wissen! Seb und Micha kommen nächstes Jahr nach. „Äh… " Aleksej wendet sich nun Florian zu. „Du machst Witze!" Nun schaltet sich Sarah ein. „Florian, halte deinen Mund!" Florian sieht seine Mutter an und zuckt die Achseln.

Noah küsst seine Frau schon wieder. Diesmal auf den Hals. Er hat seine Hand um ihr Haar geschlungen um sie festzuhalten. Sie versucht auszuweichen. Es ist ihr aber nicht unangenehm. Anastassja beobachtet die beiden neugierig. Es gefällt ihr, was sie da sieht und seufzt. Ob sie je so einen leidenschaftlichen Mann bekommt? Mit etwas geringerem wird sie sich nie zufrieden geben, nimmt sie sich vor. Die Brüder erzählen ohne Unterlass. Die Geschwister Aleksej und Anastassja erfahren, dass der Vater ein Biker ist und früher der Anführer einer Biker Bande war, aber heute nicht mehr. „Warum nicht mehr?", will Aleksej wissen. „Weil Dad sich um seine Familie kümmern muss und keine Zeit mehr hat, den Boss zu spielen!" „Seb! Was erzählst du da?" Noah reicht es jetzt. Er schaut mahnend seinen Sohn an. Aber seine Augen lachen. Er schnellt in die Höhe und schnappt sich Sebastian und hält ihn fest und strubbelt energisch seinen Haarschopf. Der Junge kreischt empört. „Lass mich los!

DAD!" Bald steht er wieder auf seinen eigenen Beinen und lacht. „Habt ihr immer so viel Spaß?", wundern sich die Geschwister. Sarah nickt und meint: „Mit der Zeit kann es auch sehr anstrengend werden. Dann brauche ich eine Auszeit!" Sie schmiegt sich an ihren Mann, der sie sofort zu sich heranzieht und auf die Stirn küsst. Sie blickt auf ihre Uhr. „Jungs, es ist soweit! Wir sind dran!" Laut schwatzend und lachend gehen sie zu ihrem Termin mit dem Direktor.

Inzwischen kommt die andere Familie wieder aus dem Gebäude heraus. Der Junge verabschiedet sich innig von seiner Mutter. Von den beiden Männern verabschiedet er sich mit einem kumpelhaften Knuff mit der Faust. „Hey Kumpel, wir holen dich zu den nächsten Ferien ab! Bis dahin versuchst du, bei den Mädchen zu landen! Alles klar?" Der Junge grinst. Verstohlen guckt er zu dem Mädchen auf der Bank. Sie ist ihm schon vorhin aufgefallen. „Alexander, wenn du einen Freund in den Ferien einladen möchtest, habe ich nichts dagegen!", fordert ihn seine Mutter auf. „Okay Mama, werde ich!" „Wenn es zwei sind, ist es auch recht!" Sie wendet leicht ihren Kopf zu dem Jungen und dem Mädchen auf der Bank und lächelt ihnen zu. Der Mann, der seinen Arm um ihre Mitte gelegt hat, flüstert ihr zu, dass sie sich endgültig verabschieden muss. Also drückt sie ihren Sohn fest an sich und steigt, ohne den Blick von ihrem Jungen zu lassen, ein. Die Männer folgen ihr und sie fahren ab.

„Hi! Ich bin Alexander! Seid ihr auch neu?" „Ja, ich bin Aleksej und das meine Zwillingsschwester Anastassja." „Waren das die Liebhaber deiner Mama?", fragt seine Schwester ungeniert Alexander. Er lacht. „Nö... Mama hat Holger ursprünglich als Aufpasser für mich engagiert." Er lacht. „Jetzt ist er der Verlobte. Der andere ist Joe, mein Patenonkel und bester Freund meiner Mama, seit sie zusammen in der Sandkiste gespielt haben." Anastassja ist neugierig. „Was hat der Freund gemeint, dass du versuchen sollst, bei den Mädchen zu landen?" Alexander wird rot. „Äh... äh... " „Sei nicht so neugierig!" Aleksej kommt ihm zu Hilfe. Er schaut auf die Uhr. „Anastassja wir haben unsere Einweisungsstunde!" „Dachte die für Jungen ist erst später?"

„Ich muss zu beiden!" Aleksej lässt den Jungen stirnrunzelnd zurück. Sie gehen hinein. Die Aula ist schon stark frequentiert. Viele Mädchen in ihrem Alter sitzen schon vor einer Projektionstafel. „Dort, zweite Reihe sind noch zwei Plätze frei!" Frau Tschechova winkt die Geschwister heran und lotst sie zu den freien Sesseln.

Aleksej nimmt Anastassja, die durch die vielen Menschen abgelenkt ist, bei der Hand und zieht sie weiter. „Entschuldigung! Sorry!" Immer wieder muss irgendwer die Füße einziehen, damit die zwei durch den schmalen Gang der Sitzenden kommen. Aleksej schaut sich um. Seine Sitznachbarin ist die Blonde mit den wilden Locken! „Hi! Ich bin Aleksej! Wie heißt du?" Noch einmal lässt er sich die Gelegenheit nicht entgehen. „Verena! Hi!", sie hält ihm die Hand hin. Er nimmt sie und hält sie fest. Er starrt in ihre strahlend blauen Augen. Sie ist wunderschön! Er kann den Blick nicht abwenden. Sie errötet und schlägt als erste ihre Augen nieder. „Hi, ich bin Anastassja, die Zwillingsschwester von dem da!", und sie zeigt mit dem Daumen auf ihren Bruder. Aleksej hatte noch nie ein Problem mit ihr. Aber heute nervt ihn seine Schwester! Verena lacht und schüttelt die Hand von Ana.

„Meine lieben Schülerinnen und Schüler! Ich bitte um eure Aufmerksamkeit!" der Direktor klopft mit einem Hämmerchen auf das Pult. „Ich darf euch herzlich in unserem Internat begrüßen." Er erzählt kurz den Werdegang und dass Sanierungsarbeiten anstehen. Die Termine und wichtigen Informationen werden den Schülerinnen und Schülern auf Anzeigetafeln rechtzeitig bekanntgegeben. Er wünscht einen angenehmen Aufenthalt und übergibt das Wort an eine Lehrkraft. Die üblichen ‚Do & Don'ts' werden verkündet. Während der Ansprache ergreift Aleksej die schmale Hand von Verena. Sie entzieht sich ihm nicht. Im Gegenteil! Sie lächelt ihn an.

„Wie ihr schon gesehen habt, ist ein junger Mann unter euch! Äußerst ungewöhnlich, das wissen wir. Aber besondere Umstände haben zu diesem Arrangement geführt. Ich verlasse mich auf Aleksej, dass er diese besondere Situation weder zu seinen Gunsten, noch zu Ungunsten eines

Mädchens ausnutzt! Aleksej!" Seinen Namen über ihre laute schrille Stimme zu hören, schreckt ihn aus seiner Versunkenheit. Schnell nimmt er seine Hand zurück. „Äh… äh… ja…!" „Ich hoffe, sie haben mir genau zugehört!?" „Natürlich!" Er setzt sich gerader, als er schon ist, auf und lächelt. Aleksej ist ein sehr gutaussehender Junge. Er ist dunkelhaarig wie seine Schwester. Seine verträumt blickenden bernsteinbraunen Augen verleihen ihm einen romantischen Touch. Seine Statur ist groß für seine fünfzehn Jahre. Seine Muskeln sind seit dem Sommer ausgeprägter, weil seine Tante ihn sehr hart arbeiten lassen hat. Viele der Mädchen werfen ein lockendes Auge auf den hübschen Jungen.

Dann ist es endlich vorbei. Die neuen Mitschüler werden in den Speisesaal zum Abendessen entlassen. „Setzt du dich zu uns?" Aleksej will die neu gefundene Verena nicht aus den Augen lassen. Sie nickt. Hand in Hand marschieren sie der Menge nach. Anastassja ist abgelenkt und bleibt hinter ihnen. Er denkt heute ausnahmsweise nicht an sie.

Anastassja hat sich während der Rede neugierig umgesehen. Von dieser hat sie sehr wenig gehört. Sie sitzt, weil sie von Aleksej anfangs auf das eindringlichste gebeten wurde, durchzuhalten. Das hat sie geschafft. Aber jetzt kann sie wieder machen was sie will. Aleksej ist beschäftigt. Sie will raus. Es wird ihr zu viel. So viele Leute auf engem Raum machen sie nervös. Sie bewegt sich mit dem Menschenstrom in Richtung Ausgang. Keiner bemerkt sie. „Wo willst du denn hin?" Sie erschrickt und piepst mit lauter hoher Stimme. „Hi, ich kenne dich! Du bist auch heute angekommen." „Ja, ich bin Alexander! Komm, du musst Hunger haben. Ich begleite dich!" „Ach ich habe noch keinen Hunger! Ich muss hier raus. Ich habe Angst!" Alexander sieht sie kurz an. Er beobachtet sie. Ihre Augen sind etwas geweitet und blicken hastig von einer Seite auf die andere. Eine Hand ist leicht abwehrend nach vorne gestreckt. Er nimmt sie an der Hand und zieht sie ins Freie. „Besser so?" Anastassja schließt ihre Augen und holt tief Luft. Sie nickt. „Danke!" Sie lehnt sich leicht an den Körper dieses Jungen. Es beruhigt sie. Ihre Hand ist noch immer in seine gekrallt.

„Was war da drinnen los?" „Ich weiß nicht! So viele Menschen...!" Plötzlich fällt ihr gerade ein, dass sie Aleksej vergessen hat. „Aleksej! Er ist noch da drinnen! Er wird sich Sorgen um mich machen! Ich muss da wieder rein!" Sie springt panisch auf. Aber die Hand hält sie zurück. „Beruhige dich erst einmal. Er wird dich nicht vergessen haben!" Alexander streichelt beruhigend über ihren Rücken. Das Zittern hört auf. Ihre Augen sind wieder klar. Sie umarmt ihn. „Danke, dass du für mich da warst. Es geht schon wieder."

Hilflos steht er da und lässt sich fest an ihren Körper drücken. Er weiß nicht was er tun soll. Soll er seine Arme um sie legen? Er versucht es. Sie wehrt sich nicht. Er geht weiter und drückt ihren Kopf auf seine Brust. Engumschlungen stehen sie da. Sein Herz pocht. Was mache ich da, denkt er sich. „Dein Herz klopft schnell!", das Mädchen spricht ihre Gedanken laut aus. „Spüre es, mein Herz schlägt auch schnell!" Sie nimmt seine Hand und presst sie auf ihr Herz. Er spürt ihre kleine Brust in seinen Händen. Er ist aufgeregt. Soweit ist er noch nie bei einem Mädchen gewesen. Küsse ja, aber noch nicht weiter. Das ist Neuland. Er ist verwirrt. Wie soll er reagieren? Das einzige Mädchen, mit dem er je ausgegangen ist, hat er nur einmal geküsst. Der Kuss mit Bianca war nicht so berauschend, wie er es erwartet hatte und die Euphorie beim ersten Date war schnell vorbei. Nun blickt er dem Mädchen in seinen Armen in die Augen. Sie hat wunderhübsche Augen! Klar und voller Unschuld blickt sie in seine und lächelt. „Anastassja, wir müssen rein." Vorsichtig nimmt er seine Hand von ihrer Brust und zieht das Mädchen hinter sich in den Speisesaal.

„Anastassja, wo warst du? Ich habe dich überall gesucht!" Aleksej ist wütend. Kann man sich nicht einmal darauf verlassen, dass sie ihm folgt, wenn er sie nicht bei der Hand nimmt? Er ist sauer. Er musste ihr nachgehen! „Aleksej, schau, da ist Alexander! Er hat mich aus der Menge hinausbegleitet und jetzt geht er mit uns essen!" Anastassja wirkt richtig glücklich. Aleksej beäugt den anderen misstrauisch. „Wo wart ihr? Was hast du mit ihr gemacht?" Drohend geht er einen Schritt auf Alexander zu. „Deine

Schwester ist verängstigt zum Tor gelaufen. Ich konnte sie nicht alleine draußen stehen lassen. ich habe sie beruhigt und jetzt sind wir wieder da!", verteidigt sich Alex. Aleksej knurrt. Er weiß, dass er Mist gebaut hat, weil er sich nicht um seine Schwester gekümmert hat. Aber er wird diesen Kerl im Auge behalten müssen. Er kennt seine Schwester. Sie hat keine Grenzen. Sie kennt Gut und Böse nicht auseinander.

„Komm Aleksej!" Verena stupst ihn in am Arm an. Sie hat ihm geholfen, nach seiner abgängigen Schwester zu suchen. Nun sitzen Anastassja und Alexander ihnen gegenüber. „Darf ich mich zu euch setzen?" Florian mustert sie der Reihe nach mit fragenden Blick. Alle nicken stumm. Drei Mädels kommen kichernd an den Tisch. „Verena! Wo bist du so schnell hin? Hi, Jungs! Dürfen wir uns setzen?" Florians Lächeln ähnelt stark dem seines Vaters… zum Dahinschmelzen und mit Charme! Anastassja beobachtet, wie Florian von einem Ohr zum andern lacht und dabei perlweiße Zähne zeigt. Grübchen bilden sich links und rechts seines Mundes. Sie ist entzückt. „Hey Girls! Kommt, für euch Hübschen ist gerade noch genug Platz da!" Florian ist frech und ein großer Charmeur. Anastassja starrt ihn neugierig an. Er plaudert ohne Unterlass. Immer wieder gibt es Komplimente. Er versteht es, die Mädchen zu unterhalten. Sie kichern ohne Unterlass.

Alexander nimmt unter dem Tisch die Hand von Anastassja. Sie ist zu sehr von dem Gequatsche des Burschen hingerissen! Das muss sich ändern. „Er ist lustig, nicht wahr?", meint sie. Alex murrt. Er mag es nicht, dass sie von dem Kerl schwärmt. „Erzähl mir von dir. Was hast du im Sommer so gemacht?" Nun dreht sie sich vollends ihm zu. „Wir waren bei Tante Olga in Russland. Sie wohnt wie im Mittelalter. Stell dir vor! Sie hat kein Telefon, keinen Strom, kein Klo! Wir mussten alles selber machen. Wir mussten über dem Feuer kochen. Ich habe gern gekocht. Aleksej hat Feuerholz geschichtet. Später ist Vladimir gekommen und hat die Stämme zu Feuerholz gehackt. Ich habe Wäsche im Bach gewaschen. Es gab keine Waschmaschine und keinen Geschirrspüler!" Skeptisch schaut Alex sie an. „Ist das wirklich wahr? Ohne Strom kann man doch nicht überleben!" Anastassja schwelgt noch in ihren Erlebnissen. „Sicher! Es war sooo romantisch! Vladimir hat mich geküsst! Mhm...!" Alexander nimmt die Hand von Anastassja weg. Ihre Schwärmerei wirkt wie ein kalter Guss auf seine Gefühle. Wer will es schon hören, dass das Mädchen, das ihm so gut gefällt, jemand anderen geküsst hat und noch dazu schwärmend die Augen verdreht? Schweigend essen sie weiter. Nur das Geplänkel von Florian und den Mädchen ist zu hören.

Bald müssen die Jungs zu ihrer Unterweisung gehen. Anastassja verspricht ihrem Bruder in der Schule zu bleiben. Die Jungs überlassen Anastassja den Mädchen, die ihnen versprechen, gut auf sie aufzupassen, dass sie sich auch nicht verläuft.

Was macht Sie jetzt schon wieder!

Die Mädchen haken sich bei Anastassja unter. „Wir haben gesehen, dass Alexander auf dich steht." „Äh...? Wie kommst du darauf?", fragt sie verwirrt. „Er hat dich die ganze Zeit angestarrt und deine Hand gehalten, bis du angefangen hast, von Vladimir zu schwärmen. Wer ist Vladimir?" „Oh, er ist ein schöner Mann! Er kann küssen... ooohh!", Sie verdreht entzückt die Augen. „Wo ist Vladimir jetzt?", neugierig fragt sie eines der fremden Mädchen. „Er ist nicht hier. Aber er besucht uns vielleicht." Mehr bekommen sie aus der naiven Anastassja nicht mehr heraus. „Ich muss mal!" Anastassja will weg von den Mädels. Sie fühlt sich nicht wohl. Sie läuft in die Richtung, die ihr gezeigt wird und geht in die Toilette hinein. Sie schließt sich sofort in eine Kabine ein und wartet ab. Sie will alleine sein. Nachdem sie lange genug auf der Kloschüssel gesessen ist, steht sie auf und horcht an der Tür, ob draußen noch etwas zu hören ist. Die Luft ist rein und sie geht ungesehen hinaus. Die Mädels sind nicht mehr da. Anastassja geht den Gang entlang. Sie kennt sich nicht aus. Sie hat keine Ahnung, wo sich ihr Zimmer befindet, noch wo sie hingehen muss, um Aleksej zu suchen. Sie ist optimistisch und freut sich, dass sie den neugierigen Mädels entkommen ist. Pfeifend läuft sie treppab, dann weiter vorne wieder die Treppen hinauf. Die Stockwerke sehen alle gleich aus... lichtdurchflutet und überall bunte Türen. Sie setzt sich auf eine einladend gelbe Couch, die von hohen Topfpflanzen umgeben ist. Bücher stehen in einem Regal und sie liest die Buchtitel der Reihe nach durch. Aber sie nimmt sich keines heraus. Ihr ist langweilig, sie steht auf und läuft weiter. Treppauf, den Gang entlang und wieder treppab. Dann ruft sie: „Aleksej, wo bist du?" Sie bekommt natürlich keine Antwort und wird leicht unruhig. Sie probiert es noch einmal. „Alexander!" Sie ist schon leicht panisch und läuft unkontrolliert weiter.

„Hey, was machen wir heute noch?", Florian ist dazu aufgelegt, Blödsinn zu machen. „Ich muss nachsehen, wo meine Schwester ist. Wir treffen uns später auf Gang sieben, zweiter Stock?" Florian nickt. Alexander begleitet Aleksej. Er will das Mädchen unbedingt wieder sehen. „Hast du das gehört? Deine Schwester ruft nach dir! Es wird ihr doch nichts passiert sein?" Die Jungs laufen der Stimme nach. Aber es ist nicht so einfach, sie zu orten. Der Schall hallt durch die ganzen Stockwerke. Sie trennen sich. Alexander findet sie schließlich zwei Stockwerke treppab. „Anastassja!" Sie dreht sich um. Bestürzt sieht er in ihr tränenüberströmtes Gesicht. Sie läuft auf ihn zu und wirft sich in seine Arme. „Wo ist Aleksej?", schluchzt sie herzerweichend. Ihr Körper zittert. Tränen benetzen sein T-Shirt. Seine Arme halten sie fest. „Weine nicht, Mädchen! Dein Bruder ist auf der Suche nach dir! Komm! Wir gehen in den zweiten Stock. Da finden wir ihn." Er nimmt fest ihre Hand in seine und führt sie hinauf, wo Aleksej gerade auf sie zukommt.

„Sag mal, warum bist du alleine gewesen? Ich habe dir gesagt, du sollst bei den Mädchen bleiben!" Aleksej ist sauer und doch froh, dass er sie gefunden hat. Er holt sie aus den Armen des anderen. „Die haben mich nur ausgefragt. Einmal über Alexander, dann über Vladimir. Ich hatte die Nase voll von den dummen Kühen und bin aufs Klo und habe gewartet, dass sie weg sind. Dann hab ich mich verirrt." Ein letztes Schniefen kommt ihr durch die Nase. Dann lächelt sie Alexander an. „Dass du mich gesucht hast, ist sehr lieb von dir gewesen!" Sie befreit sich aus Aleksejs Umarmung und küsst Alexander mitten auf den Mund. „Anastassja! Lass das!", ihr Bruder zieht sie streng von dem Jungen weg. Alexander ist perplex. „Entschuldige, aber meine Schwester ist so überschwänglich. Sie denkt sich nichts dabei. Nimm das nicht ernst." Alexander nickt, sieht das Mädchen an und leckt sich unbewusst die Lippen.

Die Geschwister gehen weiter zu ihrem gemeinsamen Zimmer. Wie vom Donner gerührt, stehen die Zwillinge da. „Wow…!" Das Zimmer ist wunderschön geworden. Aber es riecht noch nach Mörtel und Farbe. Die Deckenfenster stehen offen. Es dämmert bereits. Aleksej und Anastassja sind begeistert und packen ihre Koffer aus, die vorsorglich vom Hausmeister hier abgestellt wurden.

Es klopft. Alex und Florian stehen vor der Tür. „Kommt rein." Aleksej hat auf seiner Seite des großen Zimmers einen Tisch bereitgestellt und lädt die neuen Freunde ein, Platz zu nehmen. Nachdem sie das besondere Arrangement der Geschwister bewundert haben, meint Florian: „Ich habe Schnapskarten mitgenommen! Spielen wir?" Er holt eine Packung aus seiner Hosentasche. „Kenne ich nicht!" „Ja!" Alexander und Florian erklären das Spiel im Schnelldurchlauf und bald ist Aleksej mitten drin. „Ich gehe duschen!", Anastassja schlendert vorbei. Sie hat auf dem Bett gelegen und hat ein Buch gelesen. Nun ist ihr langweilig. Sie geht duschen, um sich nachher in aller Ruhe einen Film anzusehen. Ihr Bruder nickt abwesend. Das Kartenspiel ist spannend. Er hat es schnell gelernt und hat schon einige Spieleinsätze gewonnen. „Alex! Du bist dran!", Aleksej blickt auf. Sein Gegenüber ist, von etwas hinter ihm, abgelenkt. Sein Mund steht offen und seine Augen sehen glasig über ihn hinweg. Auch Florian sieht über ihn hinüber und gafft. Was haben sie? Er dreht sich um und erstarrt entgeistert „Anastassja!" an.

Anastassja steht hinter ihm in einem schwarzen Negligé. Es ist durchsichtig! Ihr kleiner Busen blitzt durch die Spitze hindurch. Sie trägt noch dazu keinen Slip! Scheiße! „Zieh dir sofort etwas an!" Er stößt sie quer durch das Zimmer auf ihre Seite und zieht ihr einen Hoody über ihren neckischen Aufzug. Böse funkelt er sie an. „Sag mal, schämst du dich nicht? Kannst du nicht einen Pyjama anziehen? Es sind Männer hier!" Er ist außer sich. „Aber ich habe nur dieses. Ich habe keinen Pyjama!" Anastassja jammert. Sie ist sich keiner Schuld bewusst. Zu Hause ist sie auch immer mit solchen Sachen herumgelaufen. Es hat sich nie jemand beschwert. Warum macht ihr Bruder jetzt solch ein Aufheben?! „Geh ins Bett!" Beleidigt, weil er sie jetzt schon ins Bett schickt, mault sie: „Aber es sind doch noch unsere Freunde da!" „Es sind meine Freunde, Anastassja!" „Ach, lass sie doch zu uns setzen Aleksej! Sie stört uns nicht!" Florian hat einen Sessel herangezogen und klopft einladend darauf. Alessandra lächelt strahlend, tänzelt auf ihn zu, gibt ihm einen dicken Schmatz auf die Backe und setzt sich. Florian grinst. Alexander sitzt mit offenen Mund gegenüber.

„Können wir weiter machen?", Aleksej ist genervt. Immer muss sie dazwischen funken! Kann er nie etwas alleine mit seinen Freunden machen? Grummelnd sitzt er da. „Kumpel! Du bist dran!" Alexander rempelt seinen Arm. Aleksej wirft wahllos eine Karte auf den Tisch. Er ist unkonzentriert und verliert das Spiel haushoch. „Kumpel, was ist los mit dir?" Irritiert sieht Aleksej auf seine Freunde. Er merkt, dass seine Schwester schon wieder auf der anderen Seite des Zimmers ist und ihren Laptop hochgefahren hat. „Ich bin frustriert. Ich muss ständig auf sie aufpassen! Sie ist eine tickende Zeitbombe! Immer stellt sie irgendwas an und sie checkt es nicht. Sie hat ADHS müsst ihr wissen." Er seufzt gottergeben. „Was ist das?" „Ja, ihr seht es ja selbst! Sie ist spontan, überaktiv, lässt sich schwer was sagen und fällt mit Auffälligkeiten auf. Sie kann sich nur kurz konzentrieren. Ihr habt es ja gesehen, sie sitzt nicht lange auf dem Sessel, sie ist schon wieder im Bett. Seht nur! Sie springt schon wieder auf. Wo geht sie denn jetzt hin! Oh neiiin! Anastassja komm zurück!", Aleksej springt auf und eilt seiner Schwester nach, die schon auf dem Gang zur Treppe ist. „Wo willst du denn hin?!" „Heute ist Vollmond! Den will ich mir anschauen. Komm mit. Das wird romantisch!" Schwärmerisch hakt sie sich bei ihm ein. „Anastassja, du hast zu wenig an. Es ist kalt da draußen. Komm wir gehen wieder in unser Zimmer und ziehen dich an." Aber sie hat schon wieder eine andere Idee. Seufzend setzt sich ihr Bruder zu den Jungs. „Hey, du hast ein Problem!" „Du sagst es!" „Vielleicht können wir dir helfen?" „Wie?" Wir können uns abwechseln, auf sie aufzupassen." „Das würdet ihr tun?" „Ja wieso nicht? Wir brauchen einen Plan."

„Also ich bin mit ihr in zwei Unterrichtsfächern. Da kann ich mich um sie kümmern. Ich hole sie ab und bringe sie wieder dorthin, wo der nächste übernimmt." Florian lehnt sich fragend zurück. Aleksej nickt. „Ich habe sogar drei Fächer mit ihr!", bietet Alexander an. „Jungs das ist klasse, wenn das hinhaut! Wir probieren es. Sie konkretisieren ihren Plan und sie gehen in ihre Zimmer schlafen. Es ist Mitternacht.

„Lass mich los… nein… geh weg!" Seine Schwester schreit und weint. Sie schlägt mit den Armen um sich. Ihre Beine sind in der Decke gefangen. Strampelnd versucht sie sich zu befreien. Als Aleksej endlich bei ihr ist, liegt sie schweißüberströmt und weinend im Bett. „Sch…! Ich bin ja da! Sch… sch… sch…!", versucht er sie zu beruhigen. Er geht an ihr Kopfteil und hält seine Hände an ihre Wangen. Er besinnt sich auf Tante Olgas Worte und schickt ihr gute Erinnerungen. Es fallen ihm nur die mit Vladimir ein. Anastassja wird ruhiger, bis sie seufzend still liegt und weiter schläft. Erschöpft, wegen der abrupten nächtlichen Störung und der Anstrengung, ihr die guten Erinnerungen zu suggerieren, geht er wieder in sein Bett. Er schläft sofort ein.

Früh am nächsten Morgen wartet bereits Anastassja fertig angezogen vor seinem Bett. Sie zupft an seiner Decke. „Aufstehen! Zeit zum Frühstücken!" „Lass mich in Ruhe! Ich bin müde!", mault er. Es klopft an der Tür. Sie hüpft auf und öffnet. Alexander lächelt sie an. „Guten Morgen! Frühstück und dann Mathe!" Alessandra küsst ihn auf die Backe. „Guten Morgen! Aleksej ist noch im Bett. Aber wir zwei können schon einmal voraus gehen. Aleksej ich gehe dann mal!" Erschrocken springt ihr Bruder auf. Er hat seinen Freund noch nicht gesehen. „Halt! Warte auf mich! Ach, du bist ja schon da. Nimmst du sie mit? Du hast ja schon Mathe mit ihr, nicht wahr?" Aleksej sackt erleichtert in sich zusammen. Alex grinst und nimmt das Mädchen mit. Hand in Hand gehen sie in den Frühstücksraum. Er lässt sie keine Minute aus den Augen. Er nimmt seine Pflicht sehr ernst.

Aleksej dreht sich wieder um. Er hat eine Stunde später Unterricht und will sich den Luxus gönnen, etwas länger liegen zu bleiben. Von der zweiten bis zur vierten Stunde hat er die Aufsichtspflicht. Als er zum Frühstück kommt, ist von den beiden nichts mehr zu sehen. Es ist schon komisch, einfach so dazusitzen und nicht aufpassen zu müssen. „Ist da noch frei?" Verena sieht schüchtern auf ihn hinunter. Erfreut nickt er und rückt etwas zur Seite. Sein Tag wird immer besser!

Du dumme Nuss!

„Liebe Schülerinnen und liebe Schüler! Wir haben die Möglichkeit ihre Freizeitbeschäftigung etwas zu erweitern. Auf Ihren Plätzen liegen die Folder. Bitte lesen Sie sie sorgfältig durch. Jeder von euch muss sich für dieses Schuljahr bei mindestens einem Freizeitangebot im Sekretariat anmelden." Alexander hat Anastassja mit sich genommen. Er mag sie und er hat kein Problem mit ihr. „Setz dich! Wir sind noch nicht fertig!" Wieder einmal ist Anastassja aufgesprungen. Sie hält nicht lange durch. Aber der scharfe Ton ihres Begleiters lässt sie innehalten. Schulterzuckend plumpst sie wieder zurück und seufzt wieder einmal laut auf. Es ist nicht das erste Mal, dass er über sie bestimmt. Er hat sie dabei nur am Ärmel berührt. „Weißt du schon, was du machen willst?", fragt er sie. Sie liest noch immer die Seite des Folders durch. Er hat das Gefühl, dass sie nur draufstarrt, ohne etwas zu lesen. „Vielleicht möchtest du basteln, oder malen? Sag es mir!" „Mmm… Malen? Das mache ich! Und du?" Sie blickt zu seinem Folder hinüber. „Ich denke ich mache etwas Sport. Es gibt Holzfällerarbeiten. Das ist draußen und es ist eine gute Gelegenheit, um Luft zu schnappen." „Kann ich das auch machen?", fragt sie ihn. „Ich glaube eher nicht. Das wird sehr anstrengend. Vielleicht kannst du zuschauen, wenn du Zeit hast? Was ist? Nimmst du das Malen?" Sie nickt. „Na, dann gehen wir uns gleich anmelden, sonst sind vielleicht die Plätze belegt." Er nimmt wieder ihre Hand, damit sie nicht davonläuft und geht mit ihr zum Büro. „Morgen bin ich dran und du fängst erst nächste Woche an. Du kannst bei mir dabeisitzen, wenn du willst. Ich werde das regeln." Dann bringt er sie zu Florian, der als Nächster für Anastassja zuständig ist.

„Ich bin müde. Ich will auf mein Zimmer!", bettelt Anastassja. Sie ist heute schon die ganze Zeit unterwegs. Zuerst der anstrengende Unterricht. Dann die Verkündigung der Beschäftigungen und jetzt Florian an ihrer Seite. Er hält sie fest an der Hand und schäkert ständig mit den anderen herum. Gelangweilt gähnt sie und hält sich geziert die Hand vor den Mund. „Warte noch ein bisschen. Ich muss mich noch mit Nadja unterhalten. Dann gehen wir!" Florian lässt sich nicht beirren. Immer wieder zieht sie an seiner Hand und versucht sich loszureißen, bis es ihr gelingt. Sofort dreht sie um und geht schnurstracks weg von ihm. Fluchend läuft er ihr hinterher. „Hey! Was soll das? Kannst du nicht warten?" „Seit du bei mir bist, hast du dich mit allen, außer mir, unterhalten! Mir ist langweilig! Ich gehe! Dass du es nur weißt!" Sie läuft entschlossen die Treppe hinunter und die nächste wieder hinauf. Sie hat keine Ahnung, wohin sie gehen muss, um in ihr Zimmer zu kommen. „Wo gehst du eigentlich hin?" „Ich gehe nach draußen!" „Aber da geht es zum Turnsaal!", feixt er. „Lass mich! Ich finde meinen Weg!" Sie ist verärgert. Florian ist so gemein! „Komm schon Ana! Ich zeige dir, wo es nach draußen geht!" „Nenn mich nicht Ana! Nur mein Bruder darf mich so nennen." Sie geht auf ihn los und schlägt auf ihn ein. Sie ist beleidigt und hochgradig nervös. Florian beruhigt sie nicht gerade. Er hebt die Hände. „Ist schon gut... ist ja schon gut! Hörst du nicht? Reg dich nicht auf. Komm schon, da geht es lang." Er schlägt den richtigen Weg ein und hofft innerlich, dass sie ihm folgt. Er traut sich nicht mehr, sie in irgendeiner Weise zu berühren. Sie benimmt sich ja geradezu hysterisch.

Sie erreichen das Schultor. Das Mädchen rauscht an ihm vorbei. Sie würdigt ihn keines Blickes mehr und läuft zur nächstgelegenen Bank. „Hallo, was macht du denn da?" Ihr Bruder sitzt hier mit Verena. „Florian ist so ein Dummkopf! Er weiß gar nicht, wie er sich benehmen soll!" Anastassja schnappt empört nach Luft. „Bitte Aleksej, lass mich bei dir bleiben, ja?", bettelt sie. „Natürlich! Hi Florian.", begrüßt er seinen Freund, der erst jetzt bei ihnen ankommt. „Na, deine Schwester ist vielleicht anstrengend." „Das ist nicht wahr!", verteidigt sie sich weinerlich und drückt sich an ihren Bruder. „Darf ich sie gleich bei dir lassen? Ich weiß nicht, ob ich das noch mal machen kann. Sie ist wirklich anstrengend.", beschwert er sich zu wiederholten Male. „Idiot!", schimpft Anastassja mit bösem Blick auf ihn. Aleksej seufzt auf. „Florian ist schon gut. Ich übernehme.

Übrigens, habt ihr euch schon für etwas angemeldet?" „Ja. Holz fällen. Alexander auch." „Super, ich auch! Ana?" Sie zuckt mit den Schultern. „Weißt du nicht mehr, dass Alex dich zum Malen angemeldet hat, du dumme Nuss?" „Ich bin keine dumme Nuss!", schreit sie und ihre Unterlippe fängt an zu zittern. „Florian es reicht! Sie kann nichts dafür." „Ich glaube ich gehe jetzt. Ich werde nicht mehr gebraucht, oder?" Ergeben schüttelt Aleksej den Kopf. Florian wird sich nicht mehr für Anastassja zur Verfügung stellen wollen.

Anastassja hat zu weinen angefangen. Dass Florian sie beschimpft hat, geht ihr sehr zu Herzen. Dann spürt sie einen Arm um ihre Schultern. Verena. „Hör nicht auf den Trottel. Er ist ja nur ein Angeber. Er ist es nicht wert, dass du weinen musst! Komm, wir gehen spazieren." Anastassja nickt und nimmt die dargebotene Hand. Sie hat eine Freundin gefunden. Einträchtig marschieren sie zu dritt rund um das Gelände und haben viel Spaß. Aleksej kann seine Augen fast nicht von Verena abwenden. Er bewundert sie. Sie kann sich super mit seiner Schwester unterhalten. Er hört ihnen nur mit halben Ohr zu. „Alex ist so lieb!" Aleksej spitzt die Ohren. „Er macht mit mir alles. Er redet mit mir. Bei ihm ist mir nie fad.", schwärmt seine Schwester. „Dann bist du gerne mit ihm zusammen?", fragt Verena. „Ja!", schwärmt seine Schwester. „Wollen wir auch einmal was zusammen machen? Hey, ich habe mich ja auch zum Malen angemeldet! Da gehen wir zusammen hin. Magst du?" Alessandra ist begeistert und küsst Verena ungeniert auf die Wange. Sie will sie gar nicht mehr loslassen, bis sie beide vergnügt lachen und sich hin und her schaukeln. Der Junge kann nur mehr den Kopf schütteln. So viel Kitsch hat er schon lange nicht mehr erlebt. Aber er ist froh, dass seine Schwester eine Freundin gefunden hat, auch wenn er Verena für sich alleine wollte.

Später treffen sich die Jungs am Holzfällerplatz. Alexander hat bei Aleksej durchgesetzt, dass Anastassja mitgehen darf. Mangels einer Alternative, hat er zugestimmt. „Vladimir!" Das Mädchen reißt sich plötzlich von Alex los und rennt direkt in Vladimirs Arme. Sie küssen sich, als wären sie nicht getrennt gewesen, bis Aleksej sich räuspert. Der Mann trennt sich von dem Mädchen und lässt seinen Arm um ihre Hüfte geschlungen. Alessandra schmiegt sich an ihn und sieht ihm entzückt in die Augen. „Was machst DU hier? Bist du nicht in der Schule? Oder bei Tante Olga?" „Ich wohne ganz in der Nähe. Ich mache das, damit ich mir was dazuverdiene. Meine Ausbildung ist ganz schön teuer. Olga mache ich so nebenbei an den Wochenenden.", erklärt Vladimir grinsend. „Schön euch zu sehen! Ich bin euer Holzfällerlehrer. Ich zeige euch wie es geht und was zu tun ist. Aber seht es als Dienst am Internat. Mit dem Holz wird das Haus geheizt."

Alexander ist die Luft weggeblieben. Anastassja hat sich dem Mann ja förmlich an den Hals geworfen! Wütend nimmt er ein dort liegendes Beil in die Hand und spaltet mit aller Kraft einen Holzklotz. Vladimir sieht ihm zu und meint. „Du musst dir die Kraft einteilen, sonst bist du nach dem zweiten Holzklotz erledigt!" Alexander holt aus und diesmal würde er dem ahnungslosen Mann das Werkzeug über den Schädel hauen. „Scheiße! Pass auf, wohin du schlägst!" Vladimir stolpert zur Seite. Alexander knurrt. Irritiert blickt sein Lehrer ihn an und fordert ihn zu einem Gespräch auf. „Haben wir ein Problem? Oder bist du nur etwas abgelenkt? Rede mit mir!" Vorsichtig nimmt er das Beil an sich und legt es zur Seite. „Es geht mir gut!", grummelt Alexander. Er ist von sich selber schockiert, dass er sich so gehen lassen konnte. Aber der Anblick von Vladimir mit Anastassja knutschend in den Armen, hat ihn sauer aufstoßen lassen. „Es geht schon wieder." „Nein, so geht das nicht. Wenn du nicht reden willst, setzt du dich am besten auf den Stamm zu Anastassja. Murrend fügt der Junge sich. „Hallo Alex! Was ist los? Hast du schon genug?" Der Junge sieht stur geradeaus und knurrt. Anastassja zuckt mit den Achseln und küsst ihn auf die Backe, um Aufmerksamkeit zu erhaschen. Aber er dreht sich weg und rückt einen Meter ab. Missmutig starrt er ins Leere.

Irritiert zuckt sie mit den Achseln und guckt wieder auf die werkenden Männer und freut sich an Vladimirs Muskelspiel. Er arbeitet mit freiem Oberkörper. Immer wieder seufzt sie auf. Bis es Alex nicht mehr neben ihr aushält. Fuchsteufelswild läuft er ins Schulgebäude. Verwundert halten die Jungs inne. „Was ist denn in den gefahren? So kenne ich ihn gar nicht.", meint Florian und spricht Aleksej aus dem Herzen. Vladimir meint Eifersucht erkannt zu haben und hält sich bedeckt. Die sportliche Stunde ist schnell vorbei und sie verabschieden sich. „War echt super! Vladimir ist ein echter Kumpel, nicht wahr?", meint Florian. Aleksej nickt. Mit Alessandra fest an der Hand gehen sie in ihre Zimmer. Er ist verschwitzt und braucht dringend eine Dusche. „Vladimir ist da! Vladimir ist da!" Das Mädchen hüpft tanzend durchs Zimmer. Sie freut sich riesig. Sie hat ihn schon vermisst. Kopfschüttelnd geht ihr Bruder unter die Dusche.

Du schmeckst so süß!

Alexander passt nach wie vor auf das Mädchen auf. Aber er ist nicht mehr so zuvorkommend. Er ist sauer. Vladimir da, Vladimir dort. Er kann es nicht mehr hören! "Kannst du einmal von jemand anderem sprechen?", fragt er zum wiederholten Male. Anastassja sieht ihn vergnügt an. „Aber Vladimir ist sooo süß! Hast du ihn gestern gesehen?" Shit! „Komm schon! Wir müssen zum Unterricht!" Er zerrt sie weiter. „Aua, du tust mir weh!" Sofort lässt er locker. Das hat er nicht gewollt. Er mag sie noch immer. Um Verzeihung bittend, küsst er ihren Handrücken. Sie kichert. „Das kitzelt!" Spontan küsst sie ihn auf die Wange und geht hüpfend neben ihm her. „Wie war das Malen?" Alexander will sie auf andere Gedanken bringen. Sie runzelt nachdenklich die Stirn. „Mit Verena war es ganz lustig. Die Lehrerin hat mein Bild gelobt. Aber ich will nicht mehr dorthin." „Warum nicht, wenn es doch lustig war?" „Na ja, ich musste unbedingt still sitzen bleiben. Ich durfte gar nicht aufstehen, bis wir endlich fertig waren. Die Lehrerin war sehr streng." Oje!

Später sitzt sie mit den drei Jungs und Verena beim Mittagstisch. „Florian! Hallo, magst du mich nicht mehr?" „Wieso? Sicher mag ich dich noch", meint er lapidar und steckt sich eine Gabel voll Nudeln mit Soße in den Mund. „Du gehst nicht mehr mit mir in den Unterricht?" Florian überlegt, was er sagen soll. Er hat Aleksej gesagt, dass sie ihm zu anstrengend sei und deshalb seine freiwilligen Pflichten abgegeben. „Na ja, nachdem wir uns gestritten haben, dachte ich mir, dass wir nicht so recht harmonieren.", versucht er sich herauszureden. „Du hast mich dumme Nuss genannt!", erinnert sie ihn und schon sind sie in einem weiteren unschönen Schlagabtausch. „Du bist ein Dummkopf!", zetert sie. „Mach nur so weiter und ich setze mich in Zukunft woanders hin! Ich finde noch andere nette Mädels. Ich bin nicht auf dich angewiesen!", setzt er drohend an und nimmt zum Schein sein Tablett in die Höhe. „Mann beruhige dich doch! Ana meint es nicht so!", will Aleksej ihn besänftigen. Florian gibt nach. „Hi, Mädels!" „Hi Florian, sind die Plätze noch frei?" Breit lächelnd schauen sie den Jungen an. Er nickt ihnen zwinkernd zu. Schmelzend schauen sie ihm tief in die Augen. Florian ist jetzt mit den beiden hübschen Mädchen beschäftigt und schäkert angeregt mit ihnen. „Pff...!" Angewidert wendet sich Anastassja von Florian ab. „Ich muss hinaus. Es stinkt hier gewaltig!" Hoheitsvoll steht sie auf und kehrt ihnen den Rücken. Verena hält die Jungen zurück. „Ich gehe ihr nach. Bleibt sitzen. Dankbar, ihr nicht immer nachrennen zu müssen, drückt Aleksej ihr die Hand.

„Was hast du?" „Ich musste raus. Florian ist so ekelhaft zu mir. Er unterhält sich mit anderen, zerrt mich durch die Gänge und ignoriert mich." Verena denkt nach. Kein Wunder, wenn die beiden sich in die Haare kriegen. Florian hat es sich mit seiner Begleitung einfacher vorgestellt. Sie ist ein besonderes Mädchen und er sieht das nicht. Jetzt versteht Verena ihre Freundin besser. „Du musst nicht mehr mit Florian alleine sein, wenn du es nicht willst. Du hast ja immer noch deinen Bruder, mich und Alexander, nicht wahr?", versucht sie sie zu trösten. Dann gehen sie wieder hinein. Verena führt sie direkt in das Zimmer der Geschwister, da die Jungen nicht mehr im Speisesaal sind.

Die Jungs sind beim Karten spielen. „Shit, du hast schon wieder gewonnen! Wie machst du das nur? Immer du! Ich höre auf" Frustriert wirft Alexander die Karten auf den Tisch. „Was machen wir jetzt?" „Wir schauen uns einen Film an! Ich habe uns welche von zu Hause mitgenommen. Wenn wir schon hier im Zimmer ein Privatkino haben, nutzen wir es." Herr Kaminov hat seinen Kindern ein TV-Gerät mit DVD-Anschluss mitgebracht... sehr zum Missfallen der Direktion. Aber ein spendabler Kunde ist ein guter Kunde. „Spiderman, oder die Avengers?" Aleksej blickt in die Runde. „Avengers!" Er legt die DVD ein und setzt sich zu Verena. Sie rückt sofort zu ihm, zieht die Füße bequem auf die große Couch und lehnt sich an Aleksej. Zufrieden legt er seinen Arm um ihre Schultern und lehnt sich entspannt zurück. Anastassja hat sich an Alexander gelehnt, nachdem er den Arm angehoben hat. Gern schlüpft sie darunter und legt ihren Kopf an seine Brust. Durch das gleichmäßige Schlagen seines Herzens schläft sie schnell ein. Ein leises Schnarchen untermauert es.

Nachdem Florian merkt, dass es Anastassja zu Alexander hingezogen hat, verabschiedet er sich schnell. Er will nicht das fünfte Rad in der Gruppe sein. Er geht lieber in den Gemeinschaftsraum, um sich seiner Meinung nach, besser zu unterhalten als hier. „Bis morgen!" Alle winken kurz zum Abschied und die Tür fällt hinter Florian zu.

Alexander gefällt es, dass sich das Mädchen bei ihm so wohlfühlt. Sie bewegt sich kaum im Schlaf. Immer wieder streicht er leise über ihren Rücken. Vom Film bekommt er gar nichts mit. Bald fallen auch ihm die Augen zu. Ein Kuss auf seine Lippen weckt ihn auf. Er öffnet die Augen und lächelt froh. Er küsst zurück und Anastassja nimmt sein Gesicht in ihre Hände, leckt ihm über die Lippen und kostet ihn. Beide driften in ihre eigene, sie alles umhüllende Blase, ab. Sie können gar nicht genug vom anderen bekommen. Seine Hand hält sie im Nacken fest und die andere legt sich auf ihre Hüfte. Schmusend und küssend begegnen sich ihre Münder... immer mehr und mehr. Anastassja lässt sich auf seinen Schoß nieder, ohne von ihm zu lassen. Leicht und locker bewegen sie ihre Lippen und sie beschnuppern sich, bis sie beide ein Räuspern hören. „Anastassja reiß dich zusammen!" Aleksej steht vor ihnen. Kopfschüttelnd blickt er auf die beiden. Er kann gar nichts dagegen sagen. Hat er doch mit Verena ein ähnliches kostbares Erlebnis erfahren. Er hat Verena an der Hand. „Ich bringe Verena in ihr Zimmer." Seufzend und widerwillig gehen Alex und Anastassja auseinander. Verträumt blicken sie sich an. Sie sitzen nebeneinander und berühren sich nur mehr an den Händen. „Ich warte noch bis dein Bruder zurückkommt, damit du nicht alleine sein musst. Dann muss ich auch gehen." Er sieht sie an und lächelt. „Du schmeckst so süß, Kleines." Anastassja drückt ihm wieder und wieder einen Kuss auf die Lippen. Alexander reißt sich zusammen. Er will die Situation nicht weiter ausnutzen. Sie sind alleine. Er steht auf und fängt an aufzuräumen. Dabei fühlt er sich auf Schritt und Tritt beobachtet. Er grinst. „Warum lachst du?" „Du sitzt da, als hättest du, wie ein Kätzchen, Sahne geleckt!" „Ich habe Sahne geleckt!", dabei sieht sie ihn provozierend von unten an. Stöhnend sieht er weg. Er ist sich unsicher. Sie will mehr. Aber er nicht. Er muss unbedingt mit Holger, dem Verlobten seiner Mutter sprechen. Er hat da Erfahrung. Er weiß sicher, was er jetzt tun soll.

Endlich geht die Tür wieder auf. Aleksey ist da. „Süße, ich muss gehen!", flüstert Alexander dem hingebungsvollen Mädchen ins Ohr. Er merkt, wie Gänsehaut ihren Hals überzieht und trennt sich vorsichtig von ihr. Anastassja versteht die Welt nicht mehr. Es ist so schön gewesen. Der Kuss! Ah! Genussvoll leckt sie sich über die Lippen und schaut mit verhangenen Augen auf den Jungen. „Aleksej, bitte gehe noch einmal nach draußen!", verlangt sie dreist von ihrem Bruder. Der denkt gar nicht daran und sieht Alexander fest an. Was ist da passiert? „Alexander ich will mit dir reden! Alleine!" Zusammen gehen sie vor die Tür.

„Was ist da zwischen euch? Muss ich mir Gedanken machen?" „Nein!" „Du hast sie geküsst! Du weißt, wie leicht meine Schwester beeinflussbar ist. Mach sie nicht unglücklich!" „Nein!" Wortkarg entfernt sich Alexander und nimmt sich vor, von dem Mädchen Abstand zu nehmen.

Ihr dummen Kühe!

Am nächsten Tag findet, auf Wunsch der Teilnehmer, eine extra Einheit Holzfällerarbeiten mit Vladimir statt. Die Geschwister und Alexander sind schon da. „Hallo Florian." Florian zieht wie üblich eine Schar Mädchen, drei an der Zahl, hinter sich her. Kichernd nehmen sie auf einem Baumstamm, der etwas abseits, der zu bearbeitenden Holzstöße, liegt, Platz. Kichernd schauen sie immer wieder zu den drei Jungen. Sie richten ihre Oberteile, indem sie ihre Busen vorteilhaft zur Geltung bringen wollen und versuchen möglichst verrucht dreinzublicken. Anastassja beobachtet das Trio und schüttelt etwas angeekelt den Kopf. „Was haben die drei?", fragt sie Florian. Er schaut zurück, zwinkert die Drei an und das Trio kichert wieder drauflos und steckt ihre Köpfe zusammen. Immer wieder schaut ein Mädchen vorsichtig in die Richtung des Jungen und guckt ebenso schnell wieder weg. „Dumm!", Anastassjas einziger Kommentar und hakt sich bei Alex unter, um sich an ihn anzulehnen. Automatisch legt sich sein Arm um ihre Schultern und er zieht sie an sich. Bevor Aleksej etwas sagen kann, ist Verena an seiner Seite. „Hi! Bin etwas spät dran… habe die Zeit übersehen." Verzeihend bekommt sie einen Kuss von Aleksey und sie umarmen sich innig. Anastassja schaut interessiert zu und legt ihrerseits auch die Arme um Alexander. Er schweigt und genießt. Vergessen ist sein Vorsatz vom Vorabend und er küsst sie zärtlich hie und da.

„Hallo Jungs! Wir sind zum Arbeiten und nicht zum Knutschen hier!" Lachend kommt Vladimir vom Parkplatz. Etwas irritiert bemerkt er, dass Alessandra offensichtlich einen anderen Jungen zum Spielen gefunden hat. Sie winkt ihm gelegentlich von der Seite zu und es kommt ein kleines „Hi Vladimir!", von ihren Lippen. Offensichtlich widerstrebend trennt sie sich von dem Jungen und zieht sich mit Verena auf einen querliegenden Holzstamm, abseits, zurück. Die Äxte werden verteilt und man hört anfangs nur die ausführenden Schläge. Bald schon wird den Jungs heiß. Sie ziehen ihre T-Shirts aus und wie auf Kommando fängt das Trio an zu kichern. Hinter vorgehaltener Hand, fangen sie an, herumzualbern. Verena und Anastassja zucken nur mit den Schultern und bewundern ebenso die nackten Oberkörper. Besonders Vladimir mit seinen ausgeprägten Muskeln sticht hervor. Auch Aleksejs Muskeln sind vom Sommer bei Tante Olga gut trainiert.

Verena meint sich plötzlich verhört zu haben. „Was habt ihr gesagt?!" „Deine Freundin ist eine Schlampe! Sie treibt es mit jedem! Vorige Woche war es der Mann da drüben. Heute ist es Alexander! Wer wird es nächste Woche sein?", feixt eine der drei. „Oh, du…!" Verena ist sprachlos. Vorsichtig sieht sie zu Anastassja. Sie hat es offensichtlich nicht mitbekommen. Gott sei Dank! Sie wendet sich demonstrativ ab. Dann tritt Anastassja plötzlich vor das Trio. Ihre Augen blitzen mutwillig. Ihre Arme sind in ihre Hüften gestemmt. Sie holt tief Luft und zetert los. „Ihr dummen Kühe! Ihr kommt mit Florian hierher und was macht ihr? Ihr sitzt da und schmachtet ihn alle an. Wenn sich ein anderer für euch interessieren würde, würdet ihr sofort Florian stehen lassen! Was glaubt ihr, warum er euch mitgenommen hat? Es amüsiert ihn. Ja genau. Er würde sich mit keiner von euch abgeben. Nicht eine Minute! Ihr billigen Flittchen!" Schwer atmend und mit erhobenen Zeigefinger auf die Mädels fuchtelnd, steht sie da. Die Männer stützen sich auf ihre Äxte und schauen verdattert auf die wütende Anastassja. Immer wieder gestikuliert sie mit ihren Armen. Bald grinsen sie und warten ab. „Anastassja beruhige dich wieder! Komm, die sind es nicht wert, beachtet zu werden!" Versucht Verena die schweratmende Alessandra zu besänftigen, nicht ohne einen bösen Blick auf das Trio zu werfen. Das Trio wirft einen verunsicherten Blick von Anastassja zu den grinsenden Männern. Sie merken, dass sie hier nicht viel ausrichten werden und räumen naserümpfend das Feld. Vladimir schüttelt den Kopf und besinnt sich, wozu sie eigentlich hier sind. „Jungs, wir machen weiter!"

„Ich möchte in mein Zimmer! Gehst du mit mir?" Das Mädchen ist erschöpft. Sie kann sich nicht beruhigen. Sie hat gehört, dass sie als Schlampe tituliert wurde. Sie ist keine Schlampe! Nein! Verena ist natürlich bereit ihre Freundin zu begleiten und sie gehen, ohne sich zu verabschieden, in das Haus hinein.

Verschwörung

Aleksej hat viel freie Zeit, dank seiner Freunde Verena und Alexander. Auch Florian ist hin und wieder zur Stelle, um Anastassja zu begleiten. Aleksej nutzt die Zeit, um sie mit Verena zu verbringen und auch, um seinen Lernstoff nachzuholen. Er ist zufrieden damit, dass er nicht so viel Zeit mit seiner Schwester verbringen muss. Alexander ist in sie verliebt und holt sie ständig ab. Er kann nur darauf vertrauen, dass sein Freund die Situation nicht ausnutzt. Soviel er weiß, lernen die beiden zusammen. Auch die Nächte verbringen die Geschwister ohne Zwischenfälle. Ihre Albträume sind Geschichte. Seine Schwester ist viel ausgeglichener. Die ständigen Themenwechsel sind unter Kontrolle. Alexander hat sie offensichtlich gut im Griff. Aleksej weiß zwar nicht wie, aber er ist froh darüber, dass seine Schwester nicht mehr so extrem sprunghaft ist. Ihre Launen sind nicht mehr so unberechenbar.

„Was machen wir am Wochenende?", Florian wirft eine ‚Pik Drei' in die Mitte des Tisches. Die drei Freunde sind beim Karten spielen. „Was meinst du?" In Gedanken auf seine Karten blickend, nuschelt Aleksej und spielt seine gewählte Karte aus. „Wir sind hier und spielen Karten, oder nicht?", meint Alexander. Er ist dran und knallt seine Karte in die Tischmitte. Er hat gewonnen. Aleksej schreibt die Punkte auf ein Blatt Papier. „Wir könnten einmal hinaus. Ins Kino… die Stadt unsicher machen. Ich habe gehört, dass es eine geile Disco in der Stadt gibt!" Alexander, der Pragmatische der drei, meint: „Wir riskieren ein Disziplinarverfahren. Justin von der dritten hat es erwischt. Beim nächsten Mal fliegt er! Er hat sich einmal zu viel von der Tschechova erwischen lassen, als er zu spät nach Hause gekommen ist! Nach seinem Disziplinarverfahren ist er so klein geworden." Er verdreht die Augen nach oben, zeigt einen nicht sichtbaren Abstand zwischen Daumen und Zeigefinger.

„No Risk… No Fun!" „Wie willst du das machen? Wir sind hier weit weg von der Stadt!" Aleksej runzelt die Stirn.

Florian beugt sich vor und zieht einen Schlüssel aus seiner Hosentasche. „Wisst ihr was das ist?!" Er macht eine kurze Gedankenpause und schüttelt triumphierend den Schlüssel in seiner Hand. Grinsend erklärt er, welchen Notausgang dieser Schlüssel sperrt. „Na und? Wir können nicht zu Fuß hier weg!" „Wir legen zusammen und rufen uns ein Taxi etwas weiter weg vom Gelände!" Die drei Freunde schauen sich schweigend an. Aleksej entspannt sich als erster und rempelt sein Gegenüber fragend an. „Was meinst du Alex? Das könnte klappen. Das wäre doch einmal etwas anderes?" „Wir müssen das genau durchplanen! Da darf nichts schiefgehen!", mahnt Alex mit gerunzelter Stirn. „Was darf nicht schiefgehen?" Anastassja und Verena stehen hinter ihnen. Florian grinst sie an. „Wir machen nächstes Wochenende einen Trip in die Stadt und ihr seid dabei!" „Halt!" Aleksej hebt die Hand. Zu spät. Ana jauchzt auf und klatscht begeistert in die Hände. Enthusiastisch fällt sie Florian um den Hals. Sie wittert Aufregung. Sie macht sich keine Gedanken um das Drumherum. Nicht so Verena. „Wie habt ihr euch das vorgestellt? Wir könnten von der Schule fliegen. Ich habe gehört, dass Justin von der Dritten deswegen ein Disziplinarverfahren hatte. Seither ist er lammfromm. Das kann nicht lustig gewesen sein!" „Verena, wir machen es besser! Kein Mensch wird je davon erfahren! Wir sind gut im Planen!", setzt Florian großspurig drauf.

Verena sieht ihn scharf an. Der Kerl ist ein Draufgänger. Soviel weiß sie von ihm jetzt schon. Er ist ohne Verantwortung und spielt mit den Mädels, die ihm in Scharen hinterher laufen, um seine Aufmerksamkeit zu erhaschen. Verena verdreht angewidert die Augen. Sie hat keinerlei Vertrauen in ihn. „Er hat einen Schlüssel, mit dem wir nachts wieder herein kommen. Wir können Geld zusammenlegen und wir fahren mit dem Taxi vom Waldrand weg in die Stadt. Florian hat von einer geilen Disco gehört. Das wäre interessant." Aleksej hat offensichtlich angebissen. Alexander ist noch unentschlossen. Ana lässt sich schmeichelnd auf seinen Schoß fallen und umgarnt ihn. „Das wird sicher lustig. Da können wir tanzen bis zum Umfallen! Sag ja!" …und beißt ihn nahe dem Ohr. Vorsichtig sieht der Junge zu ihrem Bruder, der fragend eine Braue gehoben hat.

Dass sich seine Schwester auf seinen Schoß nieder gelassen hat, ist ihm peinlich. Absichtlich lässt er seine Hände weg vom Körper des Mädchens, um keine voreiligen Schlüsse aufkommen zu lassen.

„Wir brauchen einen Plan!", sagt er vorsichtig und lässt den folgenden süßen Kuss nicht nur über sich ergehen… er erwidert ihn. Er kann gar nicht anders. Sie leckt ihn ab und fordert seine Zunge zu einem Tanz mit ihrer heraus. Die Umgebung vergessend, schlingt er die Arme um sie und hält sie fest an sich gepresst. Weich und anschmiegsam presst sich der runde, kurvige Körper an seinen schlanken, durch die Holzarbeiten schon leicht gestärkten Körper.

Sie haben die Umgebung vergessen. Vergessen sind ihr Bruder, die Freunde. Sie hören das Räuspern nicht, das sich lauter wiederholt, bis Aleksej handgreiflich dazwischen geht. „Jetzt reicht es aber!" Alex zieht sich sofort zurück, aber sie lässt sich nicht abweisen und bleibt, wo sie ist. Alexander ist ein vertrauter Freund für sie geworden. Sie mag ihn. Er ist immer für sie da. Er weiß, was gut für sie ist und zeigt ihr ihre Grenzen auf, wenn sie diese übertreten will. Wenn sie vor lauter Langeweile ihre Meinung ändert und zum Beispiel mitten im Unterricht aufsteht und gehen will, braucht es nur einen Blick von ihm und sie setzt sich wieder. Diesen Blick hat er voll drauf. Sie wird dann immer unsicher und fügt sich. Aber er hat die Situation nie ausgenutzt. Heute hat sie ihn überrascht und überrumpelt. Er hat sich ihr gefügt und es genossen. Innerlich seufzend wünscht er sich alleine zu sein mit ihr.

„Naja, wenn ihr hier fertig seid, könnten wir den Plan durchbesprechen?!", meint Florian sarkastisch. Verena hat sich zu Aleksej gesetzt und beide nicken unisono. Sie sind noch skeptisch wegen der angeblich lückenlosen Durchführbarkeit ihrer unerlaubten Absichten. Langsam aber sicher kommen sie in eine angeregte Diskussion. Eigentlich kann gar nichts schiefgehen, sind sich alle am Ende einig. Zum Schluss sind alle aufgeregt und freuen sich auf das angesagte Wochenende. Anastassja klatscht in die Hände und springt auf. Begeistert tanzt sie im Zimmer herum. „Sei still! Du verrätst uns noch alle!", warnt Florian.

Er sieht auf die Uhr und meint grinsend: „Ich gehe noch in den Gemeinschaftsraum. Mein Bekanntheitsgrad lässt sonst nach!" Verena verdreht angewidert über solchen Blödsinn die Augen. Aleksej bringt Verena schließlich zu ihrem Zimmer und Alexander wartet bis dieser zurück ist und verabschiedet sich dann ebenfalls.

Der gestohlene Abend

„Ana! Was ist mit dir und Alex? Ist da etwas zwischen euch?" Aleksej schaut Anastassja strafend an. Seit er sie mit seinem Freund knutschend gesehen hat, ist er sich nicht mehr sicher, ob es ratsam ist, sie künftig miteinander alleine zu lassen. Was kommt nach dem Kuss? Sex?! Nein! Er darf sich das gar nicht vorstellen! Er ist für sie verantwortlich! Sie ist erst fünfzehn! „Ja! Alexander ist soooo süüüß! Ich liebe ihn!", schwärmt sie. Ihr Bruder schaut sie scharf an. „Hattet ihr Sex?" Sie schüttelt irritiert den Kopf. „Nein, so etwas würde er nie mit mir tun! Das weißt du doch, nicht wahr?" Beschwörend schaut sie ihn an und zuckt schließlich die Achseln. Was denkt er sich eigentlich? Sie ist doch ein anständiges Mädchen! Aleksej glaubt ihr. Seufzend umarmt er sie kurz und gibt ihr einen Kuss auf die Wange. „Du weißt, wenn du Probleme hast, kannst du jederzeit zu mir kommen. Versprich mir das!" „Du bist so lieb, Brüderchen!" Sie umarmen sich noch einmal innig und gehen schlafen.

Aleksej ist müde. Dennoch ist sein Kopf voller Gedanken. Auch wenn seine Freunde sich oft um seine Schwester kümmern, hat er ein schlechtes Gewissen. Er ist nicht mehr so viel für sie da wie früher. Er weiß nicht mehr alles über sie und das macht ihm zu schaffen. Wie soll er sie beschützen, wenn er nicht bei ihr ist? Dennoch gefällt es ihm, dass er Zeit für seine Freundin Verena hat. Sie gefällt ihm. Sie ist ein wunderbares Mädchen und er liebt die Zeit mit ihr alleine. Sie unternehmen oft händchenhaltend Spaziergänge rund um das Gelände des Internats. Ob er sie auch so küssen soll, wie seine Schwester von Alex geküsst wird? Vielleicht wartet sie schon darauf? Er ist sich nicht sicher. Außerdem hat Alex offensichtlich Erfahrungen, so wie er Anastassja geküsst hat! Er hingegen hat noch nie ein Mädchen so geküsst. Verena ist das erste Mädchen, mit dem er alleine ist. Er ist sich unsicher und grübelt nach. „Aleksej? Schläfst du schon?" Seine Schwester steht unmittelbar vor seinem Bett.

„Nein." Er rückt zur Seite, damit sie sich zu ihm auf das Bett setzen kann. „Glaubst du, dass es gut geht, wenn wir nächstes Wochenende in die Stadt verschwinden?"

Er ist verwundert. Sie macht sich offensichtlich Gedanken. So nachdenklich kennt er sie nicht. „Was beunruhigt dich so?" „Naja, wenn wir erwischt werden, kann es passieren, dass wir von der Schule verwiesen werden. Das wäre doch ziemlich blöd, glaubst du nicht?", sinniert sie. „Ja, da magst du recht haben." Er wundert sich über sie. Sie liebt das Abenteuer und an die Konsequenzen verschwendet sie normalerweise keine Gedanken. Er ist der Vorsichtige. Aber sie hat recht. „Wir haben das noch nicht so richtig durchbesprochen, denke ich. Aber es wird sicher lustig werden.", versichert er ihr. „Meinst du?" „Klar!" „Gute Nacht, Brüderchen!" Sie küsst ihn wieder auf die Wange, bevor sie frohgemut zu ihrem Bett schlendert.

Am nächsten Morgen steht Florian vor dem Frühstück vor der Tür der Zwillinge, um sie beide abzuholen. Die erste Stunde Unterricht hat er gemeinsam mit Anastassja. Die beiden haben inzwischen Frieden geschlossen. Florian missachtet sie nicht mehr wegen anderer Mädchen und Anastassja ist ihm gegenüber nicht mehr so zickig. Sie ist eigentlich ein ganz nettes Mädchen, denkt sich Florian. Sie haben viel Spaß. Er hat ihr von seiner Familie erzählt, wo es immer was zu lachen gibt. Anastassja wünscht sich auch so eine Familie, die immer lustig ist und hört ihm gebannt zu, wenn er von seinen Streichen erzählt. Lauter Blödsinn. Er muss immer wieder selbst darüber lachen. Irgendwie vermisst er es und freut sich, dass es bald die großen Ferien gibt und er nach Hause kommt. Vielleicht kann er seine Freunde einladen? Seine Eltern hätten sicher nichts dagegen.

Zu dritt gehen sie in den Frühstücksraum und stellen sich am Buffet an. „Hallo Verena!" Aleksej stellt sich neben sie und lässt Florian mit Ana alleine. „Die beiden sind auch ganz dick, oder?", flüstert Florian neugierig. Ana zuckt mit den Achseln. Sie klatscht nicht über ihren Bruder. Sie tragen ihre Tablets zum Tisch. Alex sitzt schon da und steht erfreut auf, macht Platz für seine Freundin und küsst sie liebevoll.

Florian setzt sich und sieht sich gelangweilt um. Bald gesellen sich zwei hübsche Mädchen zu ihnen und Florian flirtet, was das Zeug hält. Aleksej starrt zu seinem Freund hinüber. Er wundert sich immer wieder, dass Florian so gut mit Mädchen kann. Er selbst ist da gehemmter. Kopfschüttelnd wendet er sich seinem belegten Brötchen zu und beißt kräftig hinein. „Heute ist Kinotag. Gehst du mit mir hin? Sie zeigen eine französische Komödie." „Können wir machen", nickend, mit vollem Mund gibt er Antwort und schaut lächelnd seine Freundin an. Zufrieden, gemeinsame Zeit zu verbringen, essen sie weiter, bis der Unterricht beginnt und sie getrennte Wege gehen müssen. Im Internat ist jede Woche Kinotag. Ein schöner Kinosaal ist im Kellerraum eingerichtet, wo die Schüler die Möglichkeit haben, in ihrer Freizeit einen Film anzuschauen.

„Das Wochenende wird lustig." „Glaubst du, dass das gut geht?", „Natürlich! Wir haben das gut durchgesprochen, oder?" Florian hat keine Zweifel. Er lechzt nach einem Abenteuer. „Aleksej hat gesagt, dass das noch besprochen werden muss!" „Aso...?" Florian wird nach dem Unterricht, wenn er Anastassja an Alex übergibt, Aleksej aufsuchen müssen. Was ist denn das für ein Blödsinn! Hat er nicht aufgepasst?! Ihr Plan ist idiotensicher!

Zwei Tage später ist es soweit. Mit gemischten Gefühlen gehen die Freunde früh in ihre Zimmer, um die Vorbereitungen für den Abend zu treffen. Wie sehe ich aus? Kann ich so gehen, Aleksej?" Anastassja tänzelt vor ihrem Bruder hin und her und führt so ihr Outfit vor. Aleksej hält die Luft an, bevor er losschreit: „Njet! Bist du verrückt?! Das ist zu kurz! Da kann man ja alles sehen! Njet...! Njet...! Njet...!" Vor lauter Ärger ist er ins russische gefallen, dass er, dank seiner russischen Erziehung, besser beherrscht als die deutsche Sprache. „Mir gefällt es aber! Alexander wird es auch gefallen!", Anastassja zieht schmollend eine Schnute und wendet sich ab. Sie stöckelt mit sehr hohen Absätzen auf ihre Seite des Zimmers und beugt sich zum Bett um ihren Mantel zu sich zu nehmen. Stöhnend beobachtet ihr Bruder wie ihr silbern glitzernden Rock sich gefährlich nach oben zieht. Noch kann er ihren Slip nicht sehen. Aber es ist zu viel!

Arrrgh! Sie richtet sich auf und zieht den Mantel über ihr hellblaues Oberteil mit einem großzügigen Wasserfallausschnitt. Gerade noch fällt sein Blick auf den Spitzenrand ihres schwarzen Büstenhalters. Er schüttelt verzweifelt den Kopf. Sie weiß gar nicht, was sie ihm damit antut. Jetzt hat er das Gefühl, dass er die ganze Nacht damit beschäftigt sein wird, die Männer von ihr fernzuhalten. Gerade zieht er seine Jeans an, als es an der Tür klopft. Seine Schwester, die schon ausgehfertig ist, stöckelt an ihm vorbei und öffnet diese.

Alexander lächelt sie an. Aufgeregt zieht sie ihn an sich und küsst ihn schnell. „Hi. Schau mal, wie gefalle ich dir?" Sie öffnet die Knöpfe ihres Mantels und lässt ihn betont lässig auf den Boden fallen. Wie ein Mannequin stöckelt sie einige Schritte von ihrem Freund weg, dreht sich schwungvoll um und kommt hüftschwingend wieder zurück. Wow! Alexander steht der Mund offen. So eine sexy Freundin hat er noch nie ausgeführt. Sein Blick bleibt auf ihrem großzügigen Ausschnitt hängen. Die schwarze Spitze des Büstenhalters scheint ihn zu faszinieren. Bis jetzt hat er noch kein Wort gesagt. „Nun?", fordert Ana ihn auf. „Mhm… ja… mhm… also…" Er räuspert sich. Dann reißt er sich zusammen und breitet die Arme für sie aus und drückt sie stürmisch an sich. Ihre Münder finden sich zu einem wilden Zungenkuss.

Aleksej schaut angewidert weg. Soll Alex sich um sie kümmern! Es klopft und Verena steht vor der Tür. Aleksej schiebt die Küssenden grob zur Seite, um für sie Platz zu machen. Er ist abgelenkt. Verena sieht zum Anbeißen aus! Ein bunt glitzerndes, sehr kurzes Kleid kommt unter ihrem Mantel zum Vorschein. Ihm steht der Mund offen. Zarte, schwarze Strümpfe mit Naht machen sexy Beine. Ihm geht es genauso, wie vorhin Alexander und starrt sie an. Ohne nachzudenken legt er die Arme um sie und küsst sie auf ihre rosa geschminkten Lippen. Sie japst auf. Aber er denkt nicht daran aufzuhören. Jetzt wo er soweit ist! Sie schmeckt aufregend. Er leckt über ihre zitternde weiche Unterlippe. Seine Zunge stößt in ihren Spalt und sie öffnet sich für ihn. Selbstvergessen und gierig kostet er sie innen aus. Seine

Arme haben sich fest um ihren Körper geschlungen und pressen ihn an seinen harten muskulösen Oberkörper. Selbstvergessen verlieren sie sich aneinander und trennen sich keuchend, als Florian an die Tür klopft.

Aleksej muss einen Schritt von Verena zurückweichen, sonst hätte er da weiter gemacht, wo er aufgehört hat. Aleksej hat jetzt nur mehr Augen für seine Angebetete. Anastassja kann anziehen was sie will. Es ist ihm egal. Verena zählt. „Ana, du siehst fantastisch aus! Zieh dir aber Sneakers an und steck deine Pumps in einen Beutel. Wenn uns irgendjemand mit unseren Schuhen sieht, sind wir geliefert!", meint Verena und zeigt ihr ihren Beutel, den sie sich auf die Schulter gehängt hat.

Florian ruft nun ein Taxi, das etwas abseits vom Internat auf sie warten soll. Getrennt, oder zu zweit machen sie sich auf den Weg. Verena und Anastassja gehen voran in die Aula, studieren scheinbar die schwarze Anschlagtafel und folgen in einem gewissen Abstand Aleksej und Florian nach draußen. Sofort eilen sie im Schatten zu der Stelle, an der das Taxi warten soll. Sie treffen Alexander am vereinbarten Treffpunkt und halten Ausschau nach den Scheinwerfern des Autos. Es ist finster und ziemlich kalt. Die Mädchen frieren in ihren dünnen Strümpfen und stampfen unaufhaltsam mit ihren Sneakers. Endlich. Das Taxi kommt langsam auf sie zugerollt und bleibt schließlich stehen. Sie beobachten wie Florian mit dem Fahrer spricht und steigen schließlich erleichtert ein. Drinnen ist es warm. Das Taxi fährt an. Es dauert nicht lange, dass die ersten Straßenlaternen, der nahe gelegenen Ortschaft, die Wege erleuchten. Aufgeregt sehen sie dem Abend entgegen. Der Kick des Erwischt werden, hat das Adrenalin aller in die Höhe schnellen lassen. Das Taxi fährt an der Disco ‚Excalibur' vor. Florian zählt das Geld aus seiner Börse und sie steigen aus.

Unisono schauen sie auf die glitzernden, blinkenden Buchstaben des Einganges. Aufgeregt setzen sie sich in Bewegung. Eine kurze Menschenschlange blockiert den Eingang. „Wir müssen uns anstellen! Gott sei Dank sind wir früh da, sonst würden wir weiter hinten stehen!", meint Florian erleichtert. Sie rücken vor… Nach überraschend kurzer Wartezeit, sind sie dran. Sie werden von den beiden Türstehern abgecheckt und schließlich hinein gewunken. Erleichtert, endlich hinein ins Warme zu kommen, setzen sie sich in Bewegung. Sie kommen nicht weit, weil sie an der Kasse schon wieder anstehen müssen. Verena und Anastassja gehen inzwischen zur Garderobe und legen Jacke und Mantel ab und streifen die anderen Schuhe über. Kichernd stöckeln sie verspielt hüftschwingend zu ihren Jungs zurück. Sie fühlen sich von mehreren Seiten beobachtet, was sie nur übermütiger macht. Sie breiten fröhlich ihre Arme aus und tänzeln um ihre eigene Achse und umarmen sich lachend. Aleksej und Alexander runzeln die Stirn. Es gefällt ihnen gar nicht, wie andere Männer ihre Mädchen nun offen angaffen. Noch müssen sie in der Reihe stehen bleiben, um endlich ihre Tickets lösen zu können.

Verena und Anastassja merken gar nichts von ihrer Umgebung. Längst haben sie den Rhythmus des Songs, aus den überlauten Boxen nebenan, ausgemacht und tanzen. Sie halten sich an den Armen, um sich gegenseitig abzustützen und schwingen ihre Hüften, bewegen sich weiter voneinander weg und bewegen sich wieder einander zu. Verena schwingt ihre Freundin unter ihrem Arm durch und lässt sie zweimal um die eigene Achse drehen. Mit glänzenden Augen hält sich Ana an Verena fest. Beinahe wäre sie gestürzt. Ihre Lippen treffen zufällig aufeinander, bleiben kurz und tanzen verspielt und hüftschwingend weiter. Aleksey und seinen Freunden steht der Mund offen. Der Bruder ist geschockt. Ihn ekelt es. Seine Schwester ist doch keine Schlampe! Das Schauspiel scheint kein Ende zu nehmen. „Genug!", Aleksej schnappt Anastassja am Arm und zerrt sie von Verena weg. „Schämst du dich denn gar nicht? Du führst dich auf wie eine Schlampe! Komm, wir gehen hinein. Ich warne dich…" Er hebt drohend seinen Zeigefinger vor ihre Nase. „…noch einmal so eine Sauerei und du bist das letzte Mal mitgegangen!" Verena übergeht er betont absichtlich, denn seiner Meinung hat sie ihn nicht verdient!

„Lass mich los! Du tust mir weh!", Anastassja stolpert hinter ihrem Bruder her. Er kennt kein Erbarmen. Er ist furchtbar wütend und beachtet sie nicht weiter. Er nimmt keine Rücksicht auf ihre Bedürfnisse und so knickt sie mit ihren Stöckelschuhen ein. „Au…!", jammert sie. „Jetzt ist es aber genug!" Alex eilt ihr zu Hilfe und kniet sich neben sie. „Aleksej was ist mit dir los?! Sie hat ja gar nichts Schlimmes getan?!" Fürsorglich hilft er dem Mädchen in die Höhe und stellt sicher, dass sie auch alleine stehen kann. Es ist ihr nichts passiert. Aber er sieht Tränen in ihren Augen und wischt sie mit seinen Fingern liebevoll weg. Böse mustert er seinen Freund von unten bis oben. „Was ist in dich gefahren?"

Aleksej hat sich inzwischen soweit beruhigt. Dass er seine Schwester beinahe verletzt hätte, tut ihm leid. Aber dieser Kuss ist nicht zu rechtfertigen! Sie ist doch keine Lesbe! Herrgott noch mal! Er verschränkt seine Arme und setzt sich in die Sitzgruppe, die noch frei ist. Mit zusammengezogenen Augenbrauen starrt er störrisch den Boden an. Verärgert wippt sein Knie. Seine Beine sind weit gegrätscht. Verena ist ihm scheinbar nicht mehr wichtig. Er denkt nicht einmal mehr an sie. Sie muss zu ihm kommen! Aber dann… Irgendwann riskiert er einen Blick zu ihr. Florian hat das geschockte Mädchen inzwischen an der Hand genommen und führt sie nach drinnen. „Willst du tanzen?" Er will sie aus der Gefahrenzone Aleksejs schleusen. Sie nickt und sie betreten die freie Fläche. Der Sound des Hardrocks lässt sie die Verschmähung einstweilen vergessen. Dennoch riskiert auch sie einen Blick zu ihm…

Schnell schauen Sie wieder in die andere Richtung. Verena gibt sich besonders fröhlich mit Florian. Dieser flirtet mit ihr, um seinem Kumpel zu zeigen, was er versäumt. Aber er wagt es nicht, sie in den Arm zu nehmen. Aleksey scheint äußerst aufgebracht zu sein. Alex und Ana gesellen sich zu den Tanzenden. „Es ist himmlisch hier, nicht wahr?", schwärmt sie. Sie zuckt mit den Armen und hüpft, so gut es geht, mit ihren Pumps über die Tanzfläche. Sie animiert fröhlich die tanzende Menge, sich hinter sie anzuhängen. Bald zieht sie einen langen Menschenschweif hinten nach. Sie ist allzu ansteckend in ihrer Ausgelassenheit. Der DJ legt eine dementsprechend passende Musik auf. Die Menge johlt und tanzt die rockigen Takte mit und Anastassja, die die Menschenschlange anführt, schwingt ihre freien Arme in der Luft hin und her. Sie lacht und jauchzt. Die schrecklichen Minuten mit ihrem Bruder hat sie einfach so weggesteckt. Was soll's?! Sie will Spaß!

Auch Verena und Florian hängen sich lachend hinter den anderen an und springen und hüpfen. Als sie zufällig bei Aleksej vorbeikommen, streckt Verena hoffnungsvoll die Hand aus, um ihn einzuladen, mitzumachen. Aber er weigert sich standhaft. Beinahe hätte er nachgegeben! Das geht gar nicht! Aber Verena hat gemerkt, dass es nicht mehr viel braucht, damit er wieder auftaut und hofft doch noch auf einen lustigen Abend mit ihm.

Ich will tanzen!

Verschwitzt lösen sich Ana und Alexander von der Menge und lassen sich erschöpft neben Aleksej fallen. „Puh!" Sie fächelt sich mit der Hand Luft zu und meint zu ihrem Bruder: „Na komm schon Brüderchen! Es macht Spaß hier! Mach doch nicht so ein griesgrämiges Gesicht!" Sie kommt mit ihrem Gesicht ganz nah an seines und lacht ihn an. Lange kann er nicht mehr widerstehen und seine Mundwinkel zucken. Sie schlingt ihre Arme um ihn und drückt ihn fest. „Igitt! Du schwitzt ja!", beschwert er sich betont angewidert. Aber er lacht und drückt sie noch fester. „Na also! Tanz jetzt mit Verena und alles ist gut!" Sofort will sich sein Gesicht wieder verziehen, aber es gelingt ihm nicht. Sehnsüchtig schauen sie sich schon wieder an...

Aleksej sieht ein, dass er vielleicht überreagiert hat. Außerdem ist böse sein zu anstrengend und er gibt sich einen Ruck. Er steht auf und schlendert zu Verena und stupst sie an. „Hey... du... hey... also..." Er weiß nicht so recht wie er sich ausdrücken soll. Verena macht es ihm nicht leicht und sieht ihn betont arrogant mit hochgezogenen Augenbrauen an. Als nichts weiter von ihm kommt, dreht sie sich wieder Florian zu und legt die Arme um seinen Hals und sie tanzen den Blues zu Ende. Geschockt steht Aleksej da. Sie hat ihn einfach stehen lassen! Er geht ihnen nach. Er streckt die Hand nach dem Arm um Florians Nacken aus und nimmt ihn konsequent in seine. „Es tut mir leid!", brummt er in die Musik hinein. Sie stehen mitten auf der Tanzfläche und starren sich an. Verena abwartend und Aleksej nach Worten ringend. Aber seine Zunge ist wie gelähmt. Seine Hand streichelt zärtlich ihre Wange. Instinktiv schmiegt sie sich an ihn. „Es tut mir leid. Das war gemein von mir! Ich mag dich!" Seine Worte sprudeln nur so heraus. Dann küsst er sie und zieht sie an sich. Florian ist vergessen. Er zuckt darüber nur die Achseln. Er entfernt sich, um sich ein anderes Mädchen zu suchen, wobei er keine Probleme damit hat. Bald tanzt er mit einem sehr hübschen, langhaarigen Girl an.

Jetzt kann der Abend genossen werden! Anastassja kennt keine Müdigkeit. Ausdauernd bewegt sie sich zu den Sounds Of Music. „Ana, ich bin müde! Komm, wir trinken jetzt etwas!", stöhnt Alexander. Seine Beine tun ihm weh. Endlos lange ist er mit ihr herumgehüpft. Er hat genug. „Ich gehe alleine! Ich will tanzen, tanzen, tanzen!" Sie breitet die Arme aus, wirft den Kopf in den Nacken und lacht aus vollem Halse. Sie hat Energie für zehn, denkt er sich und sieht ihr nach. Ana ist alleine auf der Tanzfläche. Sie will sich bewegen. Ihre Energie ist unerschöpflich. Noch ist sie alleine inmitten vieler junger Leute. Alexander sitzt nicht weit weg und behält sie vorsorglich im Auge. Aleksej schüttelt den Kopf. Seine Schwester ist aufgedreht und nicht zu bändigen. Irgendwann muss sie ja umfallen! Er kann seinen Freund verstehen und behält seine Schwester ebenfalls im Auge. Seine Freunde sitzen um ihn herum, albern und haben Spaß.

„Wo ist Ana!?" Verena bemerkt als erste, dass ihre Freundin sich nicht mehr in Sichtweite befindet. Sofort drehen sich alle Köpfe nach ihr um. „Da! Wer ist der Kerl da?" Verena zeigt auf einen großen Mann, der Anastassja tanzend im Arm hält. Sie hängt am Hals eines Mannes, ihr Kopf liegt auf seiner Brust und sie wiegen sich im Takt. Der Mann küsst sie unentwegt auf den Kopf und streift sie mit den Lippen an der Wange entlang. Auf und ab. Ana hat genussvoll die Augen geschlossen. „Das gibt es ja gar nicht! Kaum passt man nicht auf, stellt sie schon wieder etwas an!" Aleksej ist entsetzt aufgesprungen und bahnt sich fordernd einen Weg zu ihr. Er zerrt an der Schulter des wesentlich größeren, muskelbepackten Körper des Mannes. „Hey, nimm deine Pfoten von meiner Schwester!" Um seinen Worten Nachdruck zu verleihen, rempelt er ihn scharf an. Der Mann torkelt mit Ana nach vorne und sie rempeln die nächstgelegenen Paare an. „Was soll das? Seid ihr betrunken, oder was?!", kommen verärgerte Kommentare zurück.

Der Tanzpartner Anas dreht sich betont langsam um und sieht Aleksej von oben bis unten an und meint. „Hau ab! Ich bin beschäftigt!" ...und küsst das Mädchen in seinem Arm. Aleksej sieht rot. Wie ein Stier rüstet er zum Angriff und rennt, mit dem Kopf voran, den großen Kerl fast um. Ein Schrei folgt. Ana torkelt, wegen der nun abrupt fehlenden Umarmung, weg. Sie beobachtet entsetzt, wie ihr Tanzpartner auf ihren Bruder einschlägt. Äußerst erregt will sie ihrem Bruder, der schon auf dem Boden liegt und sich ächzend, fast schon kraftlos, noch zur Wehr setzt, zu Hilfe eilen und geht dazwischen. Zornig bespringt sie den großen Kerl, trommelt mit ihren Fäusten auf ihn ein und schafft es, dass er die Aufmerksamkeit wieder ihr zuwendet.

Der Mann wendet sich ihr mit befriedigter Miene wieder zu. „Komm Süße! Es geht wieder weiter!", lockt er sie. Er schnappt sie um die Taille und zieht sie fest an sich. Verärgert reißt sie sich mit allergrößter Mühe aus den, sie umschlingenden dicken Armen, weg. „Geh weg, Carlo! Aleksej, komm ich helfe dir!" Sie läuft zu Ihrem Bruder. Ängstlich mustert sie sein Gesicht, in dem sich ein geschwollenes rechtes Auge abzeichnet. Stöhnend an sein Auge greifend, lässt er sich von Alexander aufhelfen. Anastassja geht hinter ihnen her. „Warum hast du Carlo angegriffen? Er ist doch viel stärker als du! Das hast du nun davon!", meint sie vorwurfsvoll. Die Freunde starren sie entgeistert an. Anastassja ist sich keiner Schuld bewusst. Sie genießt den Abend und Aleksej verdirbt ihr diesen. Durstig trinkt sie die Cola, die vor ihr auf dem Tisch steht, in einem Zug hinunter und beobachtet sehnsüchtig die Tanzenden. Abwesend wischt sie sich mit ihrem Handrücken über ihren Mund und lächelt in Gedanken. „Du gehst heute keinen Schritt mehr von mir weg! Hast du verstanden?", bestimmt Alexander in einem besonders harten Tonfall. Sie stieren sich schweigend an und sie beugt sich seiner Autorität. Achselzuckend lehnt sie sich an ihn und legt erschöpft den Kopf an seiner Schulter ab.

Aleksej hat die Interaktion von Alexander und Anastassja erstaunt beobachtet. Dass sich seine Schwester so einfach einem anderen fügt, kennt er so nicht. Bis jetzt hat sie immer nur auf ihn gehört. Zufrieden, dass er von jetzt an nicht mehr auf sie aufpassen muss, lehnt er sich ächzend zurück und drückt sich eine kalte, mit Kondenswasser perlende Flasche Cola an sein schwellendes Auge. Verena lehnt sich an ihn und streichelt über seinen Kopf, dass er sich gerne gefallen lässt. Er ist froh, dass er mit Verena wieder im Reinen ist. Florian springt entschlossen auf und meint händereibend. „So… die Show ist vorbei und ihr braucht mich nicht mehr, oder?" Er geht an die Bar und blickt sich um. Bald hat er wieder Mädels aufgerissen, die sich schmachtend an seine Arme hängen.

„Wen haben wir denn da?" Vladimir steht mit verschränkten Armen vor ihnen. Er mustert die Jugendlichen der Reihe nach und bleibt an Aleksej hängen. „Schönes Make Up hast du da.", meint er zur Begrüßung. „Vladimir!" Anastassja springt ihn freudig an, klammert sich wie ein Äffchen an seinen Körper und küsst ihn auf den Mund. Kurz hält er sie an sich, packt sie mit beiden Händen am Po und lässt sie schließlich an sich herunter rutschen. Alexander streckt verärgert die Hand aus und zieht sein Mädchen wieder an seine Seite. „Was macht ihr hier? Ich denke, die Direktion weiß nichts von eurem Ausflug?" „Nein!" „Ihr wisst schon, dass es ein Disziplinarverfahren gibt, wenn ihr auffliegt?", fragt er sie. Aleksej nickt. „Aber du verrätst uns nicht, oder?" Vladimir sieht ihn schweigend an. „Nein! Aber ich fahre euch zurück." „Aber jetzt noch nicht. Es ist sooo lustig!", mischt sich Ana ein. „Tanzt du mit mir, Vladi?" Aleksey schnaubt. Alexander weiß nicht so recht, wie er sich verhalten soll. Vladimir ist irgendwie eine Autoritätsperson, oder…?

„Okay, ich tanze mit dir. Aber dann ist Schluss mit lustig! Du bist ja schon ganz rot im Gesicht! Zeit, bald ins Bett zu gehen!" Er nimmt das fröhliche, unermüdliche Mädchen an der Hand und zieht es zur Tanzfläche. Alexander beobachtet finster das Paar. „Vladimir ist ein fairer Kerl. Er macht sich nicht an sie ran!", beruhigt Aleksej seinen Freund. Dennoch… Mit Argusaugen werden die beiden von Alexander beobachtet. Aber er findet nichts, über das er sich aufregen müsste. Sie tanzen getrennt. Sie hüpft ausgelassen um ihn herum und fuchtelt mit ihren Armen hin und her. Er dreht sich immer wieder nach ihr um und bewegt sich fast gar nicht. Lachend verfolgt Vladimir ihre Ausgelassenheit, bis er nach dem dritten flotten Sound ihre Hand nimmt und sie resolut zu ihren Freunden bringt.

„Es ist soweit! Wir fahren!" Ohne Widerworte folgen sie ihm nach draußen. Sogar Ana, die von Alexander fest an der Hand gehalten wird, geht ohne zu murren mit. Sie trällert den aktuellen Song mit und macht Tanzschritte bis sie beim Auto Vladimirs ankommen. „Wir sind einer zu viel, wie es aussieht!", meint Florian so nebenbei. „Wir riskieren es. Hoffen wir, dass uns keiner unterwegs kontrolliert!", brummt Vladimir. „Sonst muss sich einer verstecken!", sagt Alexander. Sie steigen ein und fahren los. „Wie kommt ihr ins Haus?" „Wir haben einen Notschlüssel." „Dachte ich es mir doch." Dann ist Stille.

Es ist stockfinster unterwegs. Sie haben Glück, dass sie keine Straßenkontrollen passieren und kommen wohlbehalten an der Stelle an, wo sie mit dem Taxi weggefahren sind. Ohne weitere Hindernisse kommen sie unbemerkt in das Gebäude und eine halbe Stunde später liegen sie alle erschöpft im Bett.

Schlafmütze

Das Wochenende ist vorbei. Alexander und Verena holen die Zwillinge ab. Jeder mit seinem Partner erreichen sie gähnend das Frühstückszimmer. „Wo ist Florian?", fragt Anastassja. „Ich habe ihn noch nicht gesehen." „Vielleicht hat er später Unterricht?" „Nein, er hat mit mir Mathe!", Aleksej schaut sich um. Kein Florian. „Ich denke, er verschläft. Ich schaue nach ihm!" Aleksej küsst Verena auf die Wange und verlässt sie, um nach seinem Freund zu sehen.

Er schlägt energisch mit der Faust an die Zimmertür seines Freundes. „Hey, Florian! Bist du da drinnen? Komm schon, mach auf!" „Komme ja schon! Au! Verdammt!" Unterdrücktes Fluchen und dann öffnet sich abrupt die Tür. Der verstrubbelte Schopf Florians steht vor Aleksej. „Wie spät ist es? Shit! Ich habe mich verschlafen! Ich bin in ein paar Minuten fertig!" Entsetzt humpelt er mit einem Bein in der Hose am Stand, um mit dem anderen Bein in das zweite Hosenbein zu schlüpfen und schlägt die Tür zu. Aleksej nickt lapidar der geschlossenen Tür zu, steht einige Sekunden ermattet davor und geht wieder bedächtig zu den anderen. „Er kommt!", meint er nur.

Florian sieht nicht besser, als vorher, aus. Blass und etwas derangiert nimmt er Platz und starrt vor sich hin. Verena stellt ihm eine Tasse heißen Schulkaffee vor seine Nase, den er dankbar annimmt. Vorsichtig schlürft er einige Schlucke. „Guten Morgen, Florian!" Eine Mitschülerin geht an ihm vorbei, wobei sie kokett eine Haarsträhne zwischen zwei ihrer Finger zwirbelt. Er lächelt automatisch zu ihr hin, zieht seinen Kopf wieder zwischen die Schulter ein und schlürft weiter seinen Kaffee. Die anderen sitzen ebenfalls abgespannt und blass am Tisch. Jeder für sich, hoffend auf ein Wunder, essen und trinken sie. Auch Anastassja, die sonst immer die Aktivste ist, zeigt sich entkräftet und still.

„Was seid ihr nur für ein müder Haufen?!" Justin blickt auf die stille Runde von oben herab. „Man könnte meinen, ihr habt eine schlaflose Nacht gehabt?" Überheblich grinsend steht er mit seinem Tablett da und macht Anstalten, sich zu ihnen an den Tisch zu setzen. „Mann, hau ab! Du bist widerlich!", zusammenzuckend will Florian den überlauten Mitschüler verjagen. Seine Kaffeetasse ist leer und sein Tablett noch unberührt. „Hey Süße! Kannst du mir noch einen Kaffee bringen?" Gerade sind wieder Mädels rein zufällig vorbeigeschlendert. Eilfertig nickt das hübsche Mädchen und läuft zur Kaffeekanne. Seine Freunde schauen etwas dumm aus der Wäsche. Für sie holt keiner einen weiteren lebensnotwendigen Kaffee! Etwas neidisch beobachten sie, als Florian seine frische Tasse übernimmt und das Mädel auffordert, sich doch neben ihn zu setzen. „Wie heißt du doch gleich?" „Nora!" „Danke Nora!" Er hebt lächelnd die große Tasse mit dem aromatischen Getränk in die Höhe und kostet gleich wieder schlürfend den nächsten Schluck. Er ist froh, dass Nora keine von den immerfort plaudernden Mädchen ist. Still sitzt sie neben ihnen und isst mit Genuss ihr Brötchen.

„Na, wo wart ihr heute Nacht?" Justin steht noch immer da und lässt nicht locker. Ahnt er was? „Verpiss dich!", Alexander ist sauer. Was will der Bursche von ihnen? „Ihr wart im Excalibur! Ich habe euch gesehen!" „Hast du jetzt gerade zugegeben, dass du im Excalibur warst? Willst du von der Schule fliegen, oder was?" Alexander fixiert ihn mit hochgezogenen Augenbrauen. Justin wird blass. „Ihr werdet mich doch nicht verpfeifen wollen, oder?" „Wir halten den Mund! ...und jetzt verpiss dich!", Aleksej schaut ihn betont gelangweilt an. Dieser nickt. Justins Aufgeblasenheit ist wie fortgewischt und er verschwindet. Seufzend starren sie weiter vor sich hin.

„Du bist Nora, nicht wahr?" Sie nickt. „Sag mal, kannst du uns allen noch Kaffee bringen? Das wäre sehr nett!" Anastassja sieht sie ganz lieb an. „Natürlich! Gerne!" Sie springt auf. „Das ist aber eine ganz Nette!" Alexander dreht sich ächzend nach der Davoneilenden um. „Ja, sie ist in der Malstunde bei uns! Sie ist immer sehr still. Aber die kann

malen! Ihr müsst ihre Bilder einmal anschauen. Brillant!"
Anastassja schwärmt und Verena nickt zustimmend. Kurz
darauf kommt Nora mit einem Tablett voller dampfender
Kaffeetassen zurück. „Du bist ein Schatz!" Aleksej greift
gierig danach. „Ja, super! Danke!" Alexander bedient sich.
„Ich gönne mir auch noch einen!" „Hey! Hände weg! Du
hattest schon zwei! Die sind für uns!" Verena klopft Florian
auf die Finger. „Komm schon Florian, stell sie wieder hin!"
Nora nimmt ihm die Tasse aus der Hand und übergibt sie
schmunzelnd Verena. Irgendwie haben die Freunde mit einer
resoluten Nora nicht gerechnet. Sie gaffen sie an und dann
Florian, der sich anstandslos gefügt hat. Er lässt sich
normalerweise von keinem Mädchen etwas gefallen!

„Na, ihr seid eine lustige Runde!" Die Sekretärin kommt an
ihren Tisch vorbei. Sofort geben sich alle betont geschäftig.
Sie bestreichen ihre Frühstücksbrötchen mit Butter, greifen
nach Schinken, Honig oder Marmelade und nehmen einen
Schluck aus der Tasse. „Guten Morgen, Frau Sejdic!"
Anastassja und Verena schauen sie betont fröhlich an.
„Guten Morgen!" Sie betrachtet die Jungen, die sich noch
immer beim Gähnen abwechseln. „Ich soll euch Burschen
mitteilen, dass die Holzfällerstunde mit Herrn Vladimir
heute ausfällt. Wie ich sehe, seht ihr heute sehr müde aus.
Also kommt es euch ja gelegen, nicht wahr? Hattet ihr eine
lange Nacht?" Natürlich bekommt sie keine Antwort. Frau
Sejdic sieht sie misstrauisch an. Es kommt ihr verdächtig
vor. „Ich werde euch beobachten!"

„Ich werde mich jetzt auf den Weg machen. Ich habe jetzt
Mathe!" Verkündet Nora und steht auf. „Da haben wir ja den
gleichen Weg! Wir begleiten dich, nicht wahr Florian?"
Aleksej rempelt Florian an, sodass er beinahe vom Sessel
fällt. „Äh... hey...! Was soll das?" Mühsam rappelt er sich
hoch. „Wir begleiten Nora zum Unterricht!" „Äh... ja..."
Fügsam steht er auf und sie nehmen Nora in die Mitte. Die
anderen gucken ihnen nach. „Sag mal, sind Nora und Florian
zusammen?", fragt Ana neugierig. „Weiß ich nicht."
Achselzuckend geht Verena neben ihr her. Ana hakt sich bei
Alexander unter. Sie haben Englisch.

„Wie wäre es, wenn wir heute Nachmittag spazieren gehen? Wir sind übermüdet und es tut uns sicher gut, frische Luft zu schnappen!? Auch den anderen drei würde es guttun!", meint Nora. „Nein, ich muss schlafen!", kontern ihre Begleiter zeitgleich. „Oh…!" Stille. Sie betreten den Unterrichtsraum. Aleksej bietet ihr den Platz zwischen Florian und sich an. Lächelnd setzt sie sich hin. Dass Florian ihr schon seit langem gefällt, lässt sie sich nicht weiter anmerken und genießt es, an seiner Seite zu sitzen. Florian nimmt sie nicht einmal wahr.

Am Nachmittag werden Aleksej und Florian überstimmt. Gut gelaunt spazieren sie durch den erlaubten Teil des Waldes und atmen tief durch. „Machen wir ein Spiel?" Nora schlägt vor, sich zu verstecken. Genug Plätze gibt es hier allemal. „Au ja!" „Yes!" „Ist doch langweilig!" Florian will in sein Zimmer. Er ist müde und nicht für Kindereien aufgelegt. Außerdem kommt ihm die Situation mit Nora nicht geheuer vor. Aber er wird schon wieder überstimmt und gleich als Suchender eingeteilt. Nach einer Weile gefällt es ihm besser. Die Luft belebt seine müden Geister und er findet seine Freunde sehr schnell. Nur Nora scheint unauffindbar zu sein. „Wo ist sie nur?" „Streng dich an!" „So leicht wie bei uns, hast du es bei ihr nicht! Ha… ha… ha…!" Schadenfroh lachen Verena und Anastassja ihn aus und beobachten seine Versuche sie aufzuspüren. Eine halbe Stunde später werden sie unruhig. Wo hat sie sich nur versteckt?! „Nora! Komm raus! Du hast gewonnen!" Aber sie meldet sich nicht. „Sie wird sich doch nicht wehgetan haben?" Besorgt schreien sie immer wieder nach ihr. Aber sie antwortet nicht. „Ich habe gesehen, dass sie in diese Richtung gelaufen ist. Komm wir sehen dort nach!" Verena läuft voraus. Der weiche Waldboden ist mit Laub bedeckt und gibt keine sichtbaren Spuren her. Längst sind sie schon in der unerlaubten Zone. „Vielleicht ist sie da hinunter gerutscht und kommt nicht mehr alleine hoch?", sinniert Alexander und sieht den steilen Abhang vor sich. „Nora!"

Die Rettungsaktion

„Hier bin ich! Bitte helft mir! Hier unten!" Na endlich! „Etwas rutschig. Da können wir nicht so einfach hinunter. Sonst landen wir auch da unten und können nicht mehr hinauf. Was machen wir?" Aleksej schaut sich um. „Wir brauchen Hilfe." „Ach Quatsch! Wir brauchen ein Seil. Ich hole eines." Florian ist sicher, dass sie es alleine schaffen werden und läuft zurück. „Nora! Florian holt ein Seil. Bist du sonst in Ordnung?" „Ich glaube ich habe mir den Knöchel verstaucht! Es tut so weh!", jammert sie. „Florian ist schnell. Er wird bald da sein!" Immer wieder spricht jemand mit Nora, um sie wissen zu lassen, dass sie nicht alleine ist.

Nach einer gefühlten Ewigkeit kommt Florian zurück. „Das ist das längste Seil, das ich in der Gerätekammer gefunden habe. Ich hoffe es reicht." „Es muss reichen! Nora ist sicher schon ausgekühlt. Sie redet auch nicht mehr mit uns. Mein Gott!" „Okay, ich gehe hinunter.", bietet sich Florian an und Alexander hilft ihm, das Seil um seine Hüften zu binden. Alle anderen stellen sich hintereinander, um sein Gewicht zu halten und ihn langsam nach unten gleiten zu lassen. „Bist du fertig?" „Ja." „Los geht's!" „Nora wir kommen, halte durch!", schreit Anastassja hinunter und ergreift das Seil und stemmt sich in den weichen Boden.

Alexander und Aleksej stehen vorne und halten das Seil eisern fest. Langsam lassen sie Zentimeter für Zentimeter los um Florian den rutschigen Abhang hinunter zu lassen. Verena und Anastassja stehen hinter den Jungs und stemmen sich zusätzlich gegen den Zug. Sie sind froh, dass Florian an Arbeitshandschuhe gedacht hat. Jedoch für zwei von ihnen hat er keine gefunden. Aleksej und Alexander haben ihre Ärmel über ihre Hände gezogen.

„Ich kann sie sehen!" Die vier am anderen Ende des Seils atmen erleichtert auf. Sie spüren, dass das Gewicht nachgelassen hat. „Nora!" „Florian! Was bin ich froh, dich zu sehen!" Sie humpelt auf ihn zu und wirft sich erleichtert in seine Arme. „Na... na...! Hast du was abbekommen? Du humpelst!" Er nimmt sie fest in den Arm und klopft ihr beruhigend auf den Rücken. „Ja, mein Knöchel tut sehr weh!", jammert sie. Sich von ihr lösend, greift er vorsichtig nach ihrem Bein. Sie zuckt. „Da können wir jetzt nichts tun. Wir ziehen dich vorerst hinauf. Komm, ich binde dich fest." Er schlingt das Ende des Seils um sie herum und zieht einmal fest daran. „Es geht los!", schreit er hinauf und ruckelt am Seil. Langsam, aber stetig wird sie hinaufgezogen.

Florian sieht sich inzwischen um. Er findet eine Möglichkeit, um sich alleine einen Teil aus dem Abgrund hochzuziehen. Ein umgestürzter Baum liegt längs über dem Abhang. Er testet vorsichtig, ob der Stamm ihn aushält. Es funktioniert. Schritt für Schritt zieht er sich einen Ast nach dem anderen hoch. Immer wieder schaut er nach Nora. Sie ist schon fast oben.

Er keucht. Diese Kletterei raubt ihm die letzten Reserven. Er wusste, dass der Spaziergang keine gute Idee war und dann noch das Verstecken! Ich wollte mich ins Bett legen und ausschlafen, grollt er. Er konzentriert sich auf den nächsten Ast und auf seinen nächsten Schritt. Das Ende vom Baum nähert sich. Bis jetzt hat er erst die Hälfte es Abhangs nach oben geschafft. Er setzt sich hin und verschnauft. Er sieht nach oben. Nora wird gerade von seinen Freunden über die Kante gezogen. Wenigstens sie ist in Sicherheit.

„Florian, du bist dran!" „Ich bin hier!", schreit er. „Wo?" „Auf halber Höhe, auf dem umgestürzten Baum!" Er bleibt sitzen. Er fühlt sich erschöpft. Am liebsten würde er hier bleiben und die Augen zumachen. „Wir werfen dir das Seil hinunter!" Er seufzt. Er sieht zu, als das Seil in einem hohen Bogen auf ihn zufällt. Aber es bleibt oberhalb in dem ausgerissenen Wurzelstock des Baumes hängen. Na super! Der Stamm ist ziemlich glatt. Er kann keine Astansätze von seiner Position aus erkennen. Wie soll er nahezu drei Meter ohne nennenswerten Halt hochklettern?! Er ist frustriert. Er macht die Augen zu. Er sitzt bequem, inmitten von dem Geäst, wo er sich niedergelassen hat. „Florian! Was ist los?" Können die keine Ruhe geben? Ich bin müde, soo müde! Er will sich nicht mehr rühren und entspannt sich zusehends. Er schläft ein. „Florian, was ist mit dir?!" Er hört sie nicht mehr. „Irgendwas ist mit Florian los!" „Ja, schön langsam mach ich mir auch Sorgen!" Anastassja probiert es noch einmal und schreit nach ihm. Nichts. „Wir holen das Seil ein und einer muss da runter!" Alexander und Aleksey knobeln aus. Alexander bindet sich schließlich das Seil um die Hüfte und lässt sich zu dem Baum hinunter. „Au…!" Aleksejs Haut brennt und Blut quillt aus seinen Abschürfungen. Ohne Handschuhe gräbt sich das Seil gnadenlos in die Haut ein. Außerdem sind sie nur mehr zu dritt. Aber er hält mit zusammengebissenen Zähnen durch. Endlich löst sich die Spannung. Alexander ist angekommen.

„Kumpel, was ist los mit dir?" Alexander schüttelt Florian an der Schulter. Erschreckt fährt dieser hoch. Gerade noch hält er sich fest, sonst wäre er hinunter gerutscht. „Oh mein Gott! Du schläfst und wir rackern uns ab? Was ist nur los mit dir?!" Alexander sieht ihn ungläubig an. „Ich bin soo müde! Ich kann nicht mehr.", jammert sein Freund. Er ist hochrot und schweißnass im Gesicht. „Bist du krank, oder was? Shit! Komm wir müssen dich hinaufbringen." Alexander nimmt das Seil von seiner Hüfte und schlingt es um Florian. „Zieht Florian hoch! Er hat keine Kraft mehr!" Das Seil spannt sich. „Komm, mobilisiere deine Kräfte. Wir helfen dir jetzt hoch!" Florian rappelt sich auf und hilft den anderen, soweit er es noch selbst schafft. Alexander kann den Stamm weiter entlang hochklettern, als Florian vorhin und hält sich jetzt am Wurzelstock des Baumes fest. Er sieht sich um, um noch eine andere Möglichkeit, näher zur rettenden Kante zu finden. Ein kleiner Felsen ragt zwei Meter über ihm aus dem Boden. Wenn er bis dahin kommt, hat er es fast geschafft, sinniert er. Er zieht sich über die Wurzeln und streckt sich weit hinauf und prüft, ob der Felsen so verankert ist, dass er sich hochziehen kann. Tatsächlich hält er sein Gewicht. Sich an den Felsen klammernd, beobachtet er erleichtert, dass Florian über die Kante gezogen wird. Alexander stemmt seine Fußspitzen in den Boden und zieht sich Schritt für Schritt hinauf. Seine Finger sind schon klamm. Er spürt, dass er sich nicht mehr lange halten kann und hält für eine Sekunde inne. Dann noch ein Schritt und er rutscht aus. Verzweifelt krallt er seine Finger in das harte Gestein, um nicht abzustürzen und sucht Halt mit den Schuhen. Mit verzweifelter Konzentration gelingt es ihm und er findet mit der Schuhspitze einen weichen moosigen Untergrund.

„Alexander, nimm das Seil!" Er blickt kurz auf. Sein Atem geht schnell. Seine Angst steigt. Das Ende des Seils kommt näher zu ihm hinunter. Immer näher. Unter Schmerzen krallt er sich weiterhin am Stein fest und beobachtet das Ende der Rettungsleine. Schweiß rinnt ihm den Rücken hinab. Seine Stirn perlt glänzend. Tropfen erreichen mittlerweile seine Augen. Aber er wagt es nicht, die unangenehme salzige Nässe, die ihm fast die Sicht nimmt, abzuwischen. Die Augen brennen. Er kann den Schweiß jetzt nicht abwischen! Seine Hände müssen sich am Stein festhalten, koste es, was es wolle! Das Seil wird von oben noch einmal aufgewirbelt, damit es nicht unterwegs hängen bleibt und landet schließlich auf seinem Rücken. Jetzt muss er nur mehr zugreifen! „Halt dich fest! Wir ziehen dich hinauf!" Alexander traut sich nicht. Wenn er jetzt loslässt und das Seil verfehlt, dann stürzt er ab. Seine Angst ist jetzt grenzenlos. Zweifel in seine Fähigkeiten stürzen ihn in die Mutlosigkeit. Blut rinnt entlang seine Unterarme hinunter. Er muss etwas tun, sonst ist er verloren. Er zählt bis drei. Ein… zwei… drei… nein! Er drückt fest die Augen zu. Er hat es nicht geschafft. Er hat nicht los gelassen!

„Alexander! Wir müssen nach Hause! Beeile dich! Florian geht es nicht gut." Er darf seine Freunde nicht hängen lassen. Er sammelt sich und … lässt los. Er fasst das Seil und denkt nicht einmal daran, es wieder los zu lassen. Er bekommt Panik. Seine Füße finden keinen Halt mehr! Wie ein Sack hängt er da, bis er spürt, dass es aufwärts geht. Endlich ziehen ihn starke Hände an seinem Gürtel über die Felskante herauf. Er hat es geschafft. Schnaufend liegt er mit geschlossenen Augen da. „Alexander bist du okay? Sag etwas!" Anastassja ist über ihm und hat sein Gesicht mit ihren Händen umfasst. Er öffnet die Augen und fühlt sich unter ihrem besorgten Blick beschützt. Er lächelt und schließt erschöpft die Augen. „Alexander!"

„Wir haben ein Problem!" „Nicht nur eines… viele Probleme!" „Wir brauchen Hilfe!" Verena fasst zusammen.

„Nora hat einen verstauchten Knöchel. Florian hat hohes Fieber und aufgeschürfte Hände. Alexander ist ohnmächtig und hat blutige Hände. Aleksej hat aufgeschürfte Hände. Einzig Anastassja und ich sind in Ordnung. Wer hat ein Handy mit? Wir brauchen sofort Hilfe!" Aleksey hält ihr seines hin und sie wählt die Nummer des ärztlichen Notdienstes der Schule. „Ja... hallo! Äh... Bitte helfen Sie uns. Wir haben vier Verletzte und können uns nicht mehr selbst zur Schule bringen." Sie horcht. „Ja. Wir sind sechs Schüler. Ein verletztes Mädchen und drei verletzte Jungs. Zwei davon sind ohnmächtig! Ja danke!" Sie legt auf. „Sie kommen!" Nun heißt es warten.

„Also mit euch habe ich jetzt nicht gerechnet!" „Vladimir!", Anastassja springt auf und umarmt äußerst erleichtert ihren Freund. Vladimir ist in Begleitung mehrerer Schüler und sie haben drei Tragen mit, auf denen Nora, Florian und Alexander festgeschnallt weggetragen werden. Mit hängenden Köpfen gehen Verena, Anastassja und Aleksej besorgt hinterher. Sie alle werden zur Sanitätsstation der Schule geleitet. Nora, Florian und Alexander, der inzwischen wieder aufgewacht ist, liegen auf den Notbetten. Dr. Schiwago, der Schularzt, führt die ersten ärztlichen Untersuchungen durch. Schwester Natascha desinfiziert die Wunden der verletzten Hände und bandagiert sie mit Verbandsmaterial. Noras Knöchel ist verstaucht. Aber aus Sicherheitsgründen muss er geröntgt werden und es wird ein Wagen für den Transport bestellt. Florian wird zur Bettruhe im Krankenzimmer verdonnert. „Junger Mann, du hast offensichtlich Fieber. Die Schwester wird es gleich messen. Deine Hände sind aufgeschürft. Du wirst zur Beobachtung über Nacht hier bleiben. Alexander, du kannst in deinem Zimmer schlafen. Ich denke, etwas Ruhe wird dich wieder aufrichten. Schwester bitte bereiten sie die Tetanusspritzen für alle vor. Auch für die zwei Mädchen hier. Sicher ist sicher!", wendet er sich an die junge Frau. Eilfertig hantiert sie an dem Pult mit Medikamenten und bereitet sechs Spritzen vor.

Es klopft. Der Direktor kommt mit dem Hausmeister herein. „Guten Tag! Ich habe gehört, dass es einen Unfall mit Folgen gegeben hat? Doktor Schiwago wie sieht es aus?" Mit einem Stirnrunzeln sieht er einen Schüler nach dem anderen an und bleibt bei Florian hängen, der offensichtlich am meisten mitgenommen aussieht. „Dr. Kokoff es sieht schlimmer aus, als es ist. Fräulein Nora müssen wir zum Röntgen schicken, da ich eine Fraktur am Knöchel ausschließen können muss. Florian hat Fieber… wieviel Fräulein Natascha?", wendet er sich an die Schwester an seiner Seite, die schon das Tablett mit den Spritzen bereit hält. „Neununddreißig ein halb Grad!" „Ich werde Florian über Nacht zur Beobachtung hier behalten. Ansonsten haben die Jungs massive Abschürfungen an den Handflächen. Ich werde allen eine Tetanusspritze verabreichen. Einzig Florian wird morgen nicht zum Unterricht erscheinen können. Alle anderen werden morgen wieder dem Unterricht beiwohnen können… mit kleinen Einschränkungen, versteht sich.", beendet Dr. Schiwago seinen Bericht.

„Ich danke Ihnen, Dr. Schiwago! Nun zu Ihnen meine Damen und Herren! Da sie sich noch unter ärztlicher Behandlung befinden, werde ich Sie zu gegebener Zeit zu einer Berichterstattung in mein Büro einladen. Guten Tag!" Die Tür fällt ins Schloss.

Der Arzt hat mittlerweile jedem eine Tetanusspritze verabreicht. „Sie können Fräulein Nora nun in die Stadt fahren." Die Rettungssanitäter kommen gerade bei der Tür herein. „Die anderen sind in ihre Zimmer entlassen. Auf Wiedersehen!" Nora hebt schüchtern die Hand: „Herr Doktor darf jemand mit mir mitkommen?" „Ja, Nora! Ich fahre mit dir mit! Dann ist dir nicht so langweilig beim Warten!" Anastassja ist ganz hibbelig. Die Aufregung lässt sie noch lange nicht zur Ruhe kommen. Der Ausflug und die Rettungsaktion haben ihr Adrenalin in die Höhe getrieben. Sie sorgt sich um Florian und um Nora. Selbstverständlich auch um die anderen. Aber denen ist ja nicht so viel passiert. Ihre Gedanken rasen. Äußerlich gibt sie sich ruhiger, als sie wirklich ist. Aleksej hat eine Hand auf ihre Schulter gelegt. Er spürt ganz deutlich, dass sie kurz vor dem Ausflippen steht. „Bist du sicher?" Sie nickt und sieht den Doktor flehentlich an. „Also gut. Dir fehlt nichts. Wenn du glaubst, dass Nora deine Begleitung wünscht, ist es mir recht. Alle anderen, bitte verlassen sie den Raum und begeben sie sich sofort in ihre Zimmer! Sollten sie sich nicht wohl fühlen, bitte kommen sie unverzüglich wieder zu mir." Schweigsam nicken sie. Verena, Aleksej und Alexander gehen hinaus. Sie müssen auf die Mädels warten. Keinesfalls gehen sie in ihre Zimmer!

„Hoffentlich geht das gut aus!", sorgt sich Aleksej. „Warum?" „Wir haben noch eine Befragung durch die Direktion. Wenn herauskommt, was alles passiert ist, sind wir geliefert." „Äh…?" „Wir waren am Abend zuvor die ganze Nacht nicht in unseren Zimmern!" „Ja… und…?" Alexander ist begriffsstutzig. „Wir sind heute überall durch unsere Müdigkeit aufgefallen. Florian ist fiebrig. Der Direktor ist ein sehr gründlicher Mensch!" „Male den Teufel nicht an die Wand! Das eine hat mit dem anderen nichts zu tun! Wir müssen uns absprechen."

Alexander ist skeptisch. Wenn das nur gutgeht!

Ein Date mit Nora

Am Ende des dritten Tages liegen persönlich adressierte Kuverts für jeden der Freunde in Ihren Postfächern neben der Eingangstür zum Speisesaal. „Was haben wir denn da? Brief von der Direktion?", Alexander schwant Schlimmes. „Ich bin Morgen um sieben Uhr bei der Direktion vorgeladen!" Florian wendet das Blatt hin und her. Seine Unpässlichkeit hat genau eine Nacht gedauert. Er war übermüdet und die Anstrengung hat ihn seine letzten Reserven geraubt. Der Schlaf und die Freistellung vom Unterricht haben ihn erstarkt aus dem Krankenzimmer gehen lassen. Er sieht Aleksej über die Schulter. Sieben Uhr fünfzehn. In Abständen von jeweils einer viertel Stunde sind sie alle aufgefordert, sich zum angegebenen Zeitpunkt im Sekretariat einzutreffen. „Oje! Justin wird uns doch nicht verpfiffen haben?" Verena ist besorgt. „Shit!" „Warten wir es ab! Wird schon gut gehen!" Anastassja ist voller Zuversicht wie immer. „Also, wart ihr doch in der Stadt?", fragt Nora neugierig. Anastassja nickt heftig, sodass ihre Locken tanzen. „Es war sooo toll! Das nächste Mal gehst du mit!" Ihr Bruder rempelt sie unsanft an. „Halt deinen Mund! Das geht niemanden etwas an." „Aua…!"

„Du wirst uns doch nicht verraten?" Florian umschmeichelt sie. Ah…! Jetzt bin ich wichtig genug und er ist nett zu mir, denkt sie sich. Böse und mit hochgezogenen Augenbrauen guckt sie ihn an. Mit einem Pff…! wendet sie sich ab. Irritiert schaut er auf ihren Rücken. Sie steht doch auf ihn, oder nicht? Mit Abweisungen kann Florian nicht gut umgehen und packt energisch ihren Oberarm und dreht sie wieder zu sich. „Ich rede mit dir!" „Ich aber nicht!" Feindselig schauen sie sich an. „Siehst du, wenn du nicht nett bist, bist du alleine!", meint Anastassja von oben herab. „Du glaubst ja gar nicht, wie er mich behandelt hat! Komm gehen wir, ich erzähle es dir unterwegs." Die beiden Mädels hängen sich am Arm unter und entfernen sich tuschelnd.

„Ich glaube das jetzt nicht! Was war das denn? Habt ihr das gesehen? Sie behandeln mich wie Luft!" Florian kann sich gar nicht mehr einkriegen und schaut seine Freunde Beifall heischend an. Prustend schlägt ihm Alexander auf die Schulter. „Mensch! Alter! Du beleidigst die Mädchen und du glaubst damit durchzukommen?!" „Was habe ich denn getan?" Florian ist sich keiner Schuld bewusst. Immer noch lachend gehen Aleksej und Alexander in den Speisesaal. „Hallo Verena!" „Hi!", sie sieht Florian nach, der sie ignoriert. „Was ist denn dem über die Leber gelaufen?" „Nora."

„Ich habe gewusst, dass er ein Arschloch ist!", meint Nora entrüstet, nachdem sie die Geschichte von Anastassja gehört hat. „Ja, aber ein liebes Arschloch! Wenn man ihn näher kennt, ist er ein lustiger und lieber Kerl. Er hat es sich nicht nehmen lassen, dass ER sich zu dir abseilen lässt, obwohl er so übermüdet war. Er hat vorher sogar noch das Seil und die Handschuhe geholt." „Wirklich…?" „Dennoch benimmt er sich seither so, als gäbe es mich nicht mehr." Seufzend nimmt Nora das belegte Tablett und geht damit zum Tisch voraus.

„Hallo Nora!" „Hey Justin!" Sie strahlt ihn an. „Heute ist wieder einmal Kinonachmittag. Schaust du mit mir einen Film an?" „Das ist sooo lieb von dir, dass du an mich denkst! Gerne!" „Geil! Ich hole dich nach der Studierstunde ab!" Justin geht weiter. Lächelnd dreht sie sich wieder zu den anderen am Tisch. Anastassja und Verena beäugen Florian. Er lässt sie nicht lange warten. „Was hast du mit Justin?", will er wissen. Arrogant hebt er die Augenbrauen. Aber er isst weiter. Offensichtlich verärgert, beißt er in sein belegtes Brot. „Was geht dich das an?", meint Nora mit vollem Mund. Die Augen der Freunde gehen hin und her. „Justin ist eine Niete!", knurrt er. „Aha. Und?" „Er will dir nur an die Wäsche!" „Woher willst du das wissen? Er ist nett und wir schauen uns nur einen Film an." „Wir schauen uns auch einen Film an! Alexander… Aleksej?", Florian sieht sie eindringlich an. Die Angesprochenen nicken unisono und grinsen. „Was läuft heute?", will Verena wissen. „Bin mir nicht sicher. Ich glaube eine französische Komödie.", meint

Nora und geht an die Theke um für sich selbst Nachschub zu holen.

„Wir müssen uns wegen morgen noch absprechen!", Alexander sieht seine Freunde an. „Florian!"

„Hast du das gesehen? Dieser Justin hängt an ihrem Rockzipfel wie eine Klette!", entrüstet er sich. „Ja und? Was stört dich daran?", meint Verena und feixt. „Er ist sooo süüüß!" Anastassja guckt schwärmend in die Richtung des Paares. „Er ist einfach klasse! Diese Muskeln! Schultern zum Anlehnen! Ach!" „Jetzt reicht es aber! Er ist ein Arschloch! Er wechselt die Mädchen, wie andere die Unterhosen!" „Florian, was weißt du?" Alexander ist jetzt etwas besorgt wegen Nora. „Es gibt Mädchen, die sich bei mir ausgeheult haben, weil er zudringlich geworden ist!" Florian knurrt. Aleksej hält ihn zurück. „Du kannst jetzt nichts machen. Im Kino sind wir bei ihr. Bedeutet dir Nora etwas?" Florian will sich nicht festlegen.

„Also, was machen wir wegen morgen?" „Ich denke, wir erzählen alles so, wie es sich nachmittags zugetragen hat. Falls wir wegen des Abends befragt werden, streiten wir alles ab", meint Alexander. „Klar, wir sind nur aufgefallen wegen unserer Müdigkeit." Sarkastisch verdreht Aleksej die Augen. „Ihr habt Karten gespielt und wir Mädels haben auf dem Bett gesessen und getratscht. Dabei ist es eben sehr spät geworden!", sinniert Anastassja. „Ja, gute Idee Schwesterchen! So könnte es vielleicht funktionieren. Vorsicht Nora kommt!" Sie verstummen und unterhalten sich über andere Dinge. „Justin hat mich gefragt, ob ich mich beim Essen in Zukunft zu ihm setzen möchte." „Nein!" Florian sieht sie böse an. „Ich glaube, das war keine Frage, sondern eine Info, dass ich ab Mittag nicht mehr bei euch sitzen werde!" Nora ist über die Anmaßung mehr als verärgert. Die beiden wechseln kein Wort mehr miteinander.

Am Nachmittag nehmen die Freunde im Kinosaal des Internats Platz. Sie sind früh dran und setzen sich in den Mittelbereich der Stuhlreihen. „Muss ja ein toller Film laufen! Schaut mal! Die Jungs und Mädchen strömen nur so herein. Habt ihr Nora schon gesehen?" „Nein." „Da kommen

sie." bemerkt Anastassja sie sofort und winkt. „Hallo Nora!"
Nora winkt ihr lachend und wendet sich wieder Justin zu. Er
hat den Arm um ihre Schulter gelegt und küsst sie jetzt auf
den Scheitel. Er ist einen Kopf größer als Nora. Durch seinen
breiten muskulösen Oberkörper wirkt das Mädchen sehr
klein und zart. Florian würde am liebsten hinlaufen und den
Arm Justins wegstoßen. Aber seine Freunde halten ihn
gerade mal so ab. Er knurrt. „Beruhige dich! Noch ist nichts
passiert, dass man ihm an die Wäsche gehen muss." Florian
setzt sich widerstrebend auf seinen Platz, mit Blick auf das
Pärchen. Dazu lümmelt er sich halb umgedreht auf den
Sessel. Den Ellbogen platziert er auf die Lehne und stützt den
Kopf mit der Hand ab. Er lässt die beiden kaum aus den
Augen. Justin schaut grinsend zu Florian, wobei er
provozierend seinen Kopf senkt und Nora küsst. Diesmal
sieht es aus, als würde es überhaupt nicht mehr enden, bis
Nora mühsam den massigen Körper von sich drückt. Sie
lächelt schüchtern. Sie sieht entzückend aus mit ihrer
zartrosa Hautfarbe, den glänzenden Augen und den
feuchtglänzenden Lippen. Florian sieht, dass sie sich mit
ihrer Zunge darüber leckt. Wieder entlockt es ihm ein
Knurren.

„Komm schon, entspanne dich! Es kann ihr hier nichts
passieren, was sie nicht selbst will. Du hattest deine Chance!
Jetzt lass los!", meint sein Freund Alexander. Widerstrebend
gibt Florian abermals nach. Der Vorspann flimmert über die
Filmleinwand. Währenddessen spielen seine Gedanken
immer wieder alle möglichen Szenarien durch, die dieses
Arschloch mit Nora anstellen könnte. Wieder rutscht er
unruhig auf seinen Arschbacken hin und her und dreht sich
nach hinten um.

„Lass los! Ich will das nicht!" Noras spitze Schreie sind
gedämpft. Es ist fast nicht zu hören, als würde sie niemanden
stören wollen. Aber sie kämpft verzweifelt gegen die
zupackenden Arme Justins. Immer wieder schlägt sie mit der
freien Hand auf ihn ein. es nutzt ihr nicht viel. Justin ist
stärker und klemmt nun auch ihren zweiten Arm hinter ihren
Rücken. Brutal küsst er sie auf den Mund. Hilft ihr denn
niemand?! Angeekelt versucht sie den grauslichen

Geschmack auszuspucken. Aber Justin gibt ihr keine Chance und presst seine Lippen erneut auf ihre. Sie beißt zu und schmeckt Blut. Dies scheint Justin eher anzuspornen als abzutörnen. Seine Zunge leckt über den Hals und beißt zu. Der herzzerreißende Schrei lässt ihn noch härter zupacken und er hält ihre Hände problemlos hinter ihrem Rücken fest. Sie windet sich. Die freie Hand grapscht ungeniert am Busen und zwickt sie brutal in eine Brustwarze. Der stechende Schmerz entlockt ihr einen durchdringenden Schrei.

Die Mitschüler, aufgescheucht durch den Schrei, wie der eines verletzten Tiers, schauen nun entsetzt auf das Schauspiel. Florian ist indes wie auf Kommando aufgesprungen und überwindet hechtend die Stuhlreihen zu Nora hin. „Du… du Arschloch! Lass sofort los!", schreit er. „Was soll das!" „Aua…!" Ohne Rücksicht auf die anderen, springt er von Reihe zu Reihe nach hinten auf die beiden zu. „Florian, bring mich hier raus… bitte! Justin hat mir wehgetan!" Blass, entsetzt und tränenüberströmt, will sie jetzt nur noch weg. Sie richtet verschämt ihr Oberteil zurecht, steht hastig auf und hetzt mit eingezogenem, hochrotem Kopf, entlang der anderen Kinobesucher vorbei. Verena und Anastassja erwarten sie bereits am Mittelgang, um sie in Empfang zu nehmen. Gemeinsam verlassen sie schnell den Ort.

„Was denkst du eigentlich, was du hier machen kannst? Ich habe dich schon längst im Visier!", dabei boxt Florian Justin in die Magengrube. „Uff…!" Justin krümmt sich und richtet sich aber gleich wieder auf. Der massive Körper reagiert nicht so, wie es sich Florian gewünscht hätte. Er selbst taumelt nach einem Gegenschlag, auf seine rechte Gesichtshälfte, über die nächsten Stuhlreihen, sodass ihm Hören und Sehen vergeht. Wutentbrannt über die soeben erlittenen Schmerzen, rappelt er sich hoch und zieht knurrend den Kopf ein. Wie ein Stier prescht er vor, überwindet, die im Weg befindlichen Stuhlreihen und es gelingt ihm tatsächlich Justin zu Fall zu bringen. Durch den Aufprall stolpert der große Schüler über die Beine eines Mitschülers, fällt nach hinten und prallt mit dem Hinterkopf an eine Stuhlkante. Justin rührt sich nicht mehr. Das dumpfe

Geräusch des Aufpralls lässt einzelne Schüler erschrocken aufschreien. Entsetzt weichen sie zurück. Dennoch will keiner etwas versäumen. Eine schier unüberwindliche Mauer von menschlichen Leibern umgibt den Tatort.

Vorsichtig nähert sich Florian seinem Widersacher. Seine rechte Gesichtshälfte ist blutüberströmt. Mit der Hinterhand wischt er sich über die Wange und stöhnt schmerzerfüllt auf. Sein Nasenbein ist gebrochen. Er boxt sich durch die gaffende Menge. „Lasst mich gefälligst durch!" Die Schüler schreien durcheinander. „Er hat ihn umgebracht!" „Nein! Er atmet noch!" „Holt einen Arzt!" Der Film läuft noch immer. Der Geräuschpegel ist fast nicht zum Aushalten! Florian stützt stöhnend seinen dröhnenden Kopf in die, vom Blut feuchten Hände. Es ist ihm alles egal. Er will hier nur weg. Er hat das Gefühl nicht mehr fähig zu sein, alleine hier wegzukommen. Ihm ist schwindlig. Er wartet auf seine Freunde. Alexander und Aleksej nehmen Florian zur Seite. „Du hast jetzt genug angerichtet. Komm, wir warten hier. Setz dich!", fordern sie ihn auf und drücken ihren Kameraden auf einen Sitzplatz. Völlig benommen sackt er in sich zusammen. Fassungslos blickt er auf das viele Blut auf seinen Händen.

Doktor Schiwago und Schwester Natascha eilen herbei. „Machen Sie Platz, meine Damen und Herren! Ruhe bitte!" Während Justin ärztlich untersucht wird, betritt der Direktor den Schauplatz. Durch seine Präsenz sinkt augenblicklich der hohe Geräuschpegel. Die entsetzten Mädchen und Jungen verstummen. Der Film ist längst unterbrochen. Er sieht sich mit besorgtem Gesichtsausdruck um und sein nun fragender Blick bleibt schließlich auf Florian hängen. „Herr Jackson! Wir haben morgen schon einen Termin in anderer Sache! Wieso habe ich das Gefühl, dass sie mir nicht das letzte Mal auffallen werden? Sie werden mir das morgen in aller Ruhe erklären müssen! Ich werde nicht umhin können, ihre Eltern zu informieren!", meint er noch.

Dann wendet er sich wieder dem Arzt zu. „Dr. Schiwago! Haben wir Probleme mit der Gesundheit der jungen Männer?" „Nein. Nichts was nicht die Zeit wieder richten kann." „Danke! Sie kommen alleine zurecht?" Dr. Schiwago nickt und verabreicht Justin eine Injektion in den Oberarm.

Dann wendet der Arzt sich Florian zu und beobachtet seine Helferin, die inzwischen seine blutüberströmte Wange und seine Hände säubert. Vorsichtig tastet Dr. Schiwago das Nasenbein ab und nickt. „Wir haben hier eine Fraktur am Nasenbein. Wir werden euch beide heute noch in das städtische Krankenhaus zum Röntgen bringen lassen." Dann leuchtet er noch in Florians Augen und fragt ihn wieviel Finger er sehe. Nach zufriedener Antwort entlässt er die beiden Kontrahenten zum Abtransport durch den Hausmeister, damit er sie in das städtische Krankenhaus fährt.

Versöhnung

Florian und Justin sind endlich im Krankenzimmer des Internats. Zu ihrem Pech müssen sie die Nacht in einem Zimmer zur Beobachtung verbringen. „Shit! Was ist dein Problem Mann?!", fährt ihn Florian wütend an. „Was meinst du?" „Du bist ein Kerl, dem die Mädchen in Scharen nachlaufen! Und was machst du?! Du musst sie mit Gewalt nehmen?! Mann! Das ist echt krass! Wegen dir fliegen wir hochkant aus der Schule! Da habe ich keine Lust drauf!" Justin antwortet zunächst nicht, als würde er überlegen. „Ich weiß auch nicht warum. Wenn ich eine sehe und Lust auf sie habe, muss ich gleich grob werden. Glaube mir, ich bereue jedes einzelne Mal. Bitte verrate mich nicht!" Florian sieht ihn ungläubig an. „Ich denke, dazu musst du auch Nora milde stimmen! Ich kann da nicht viel tun. Ich bin froh, wenn ich nächstes Jahr wieder hierher kommen kann. Hey Alexander! Hey Aleksej!" „Muss der Kerl mit dir in einem Zimmer schlafen?" Sie beide schauen böse auf den zerknirscht dreinschauenden Justin. „Ja. Es gibt nicht viele Möglichkeiten. Er bereut schon…" Äh…? Justin drückt sich ächzend auf seinen Ellbogen. „Mann, ich habe nur mehr ein Jahr! Ich darf nicht fliegen! Helft mir!", stöhnend sinkt er wieder in sein Kissen.

Nora kommt eilig in das Zimmer und läuft direkt auf Florian zu. „Wie geht es dir?" Spontan küsst sie ihn auf die Wange. „Au…!", wehleidig schreit er auf. „Pass auf!" „Entschuldige!" Sie streichelt erschrocken über seine Stirn.

„Nora!" Der Klang der allzu vertrauten Stimme lässt sie zusammen zucken. Sie hat Justin bis jetzt nicht wahrgenommen. Sie weicht ängstlich zurück und rückt näher zu Florian. Sie will mit ihm nichts mehr zu tun haben! „Nora! Bitte! Komm her, ich muss mit dir reden!" Sein Kopf schmerzt inzwischen wieder gewaltig. Er muss sich konzentrieren. Er streckt leicht seinen Arm nach dem Mädchen aus. Nicht zu wissen, was sie jetzt tun soll, schaut sie sich hilfesuchend nach Florian um, der ihr ermutigend zunickt. Langsam, mit Bedacht nähert sie sich vorsichtig und langsam auf Justin zu. Sie hält Sicherheitsabstand, als könnte der schmerzgepeinigte Körper ihr noch etwas antun. „Was ist?" „Nora! Bitte vergib mir! Ich wollte das nicht!" „Ich war nicht die erste!" „Ja, ich weiß und ich bedaure das. Ich muss mir Hilfe holen. Bitte verrate mich nicht beim Direktor. Ich habe noch ein Jahr!" „Wie stellst du dir das vor? Wo willst du dir Hilfe holen?" Zweifelnd sieht sie ihn an und schüttelt bedauernd den Kopf. Sie weiß nicht, was sie tun soll. „Ich überlege es mir!" Aleksej meint, nur so zum Spaß: „Du könntest meiner Tante über dem Sommer helfen. Da kommst du sicher auf andere Gedanken!" Ha... ha... ha...! Mit Gedanken an die Hexe, bei der er zum Holzschichten verdonnert war, würde er sich freuen, wenn ein anderer seinen Platz einnehmen würde.

Die Freunde sehen ihn fragend an. Er erzählt es ihnen in einer Kurzversion und lacht hämisch. „Keine schlechte Idee. Wenn Vladimir auch wieder dort ist, dann kann ich mir vorstellen, dass er ihm keine Pause für schlechte Gedanken überlässt." Ha... ha! Feixend übertreffen sie sich mit Ideen. Justin hört sie nicht mehr. Er ist bereits erschöpft eingeschlafen.

„Also was machen wir?" „Ich möchte nicht schuld sein, dass er seinen Abschluss verpasst!" „Ja, du hast recht. Geben wir ihm eine Chance! Nora?" „Okay. Es ist mir ja nichts Schlimmes passiert und er hat sich reumütig gezeigt. Aber sobald er rückfällig wird, gibt es von mir kein Pardon mehr!"

Nachdem die Freunde Alexander, Florian, Verena und die Zwillinge Aleksej und Anastassja die Hochzeit von Alexanders Mutter gefeiert hatten, sind sie auf Einladung von den Zwillingen Anastassja und Aleksej zu deren Tante Olga in die Einöde Russlands gereist. Die Teenager schauen ungläubig auf das windschiefe Haus der Tante. So ein extrem baufälliges Haus haben sie wirklich noch nie gesehen! „Glaubt ihr, dass dieses Haus einem Windstoß standhalten wird?" Alexander sieht ungläubig auf das alte, fast schon zerfallene Haus. „Hoffen wir, dass es wenigstens den Wildtieren standhalten wird!", meint Florian feixend. „Es sieht nur etwas renovierbedürftig aus.", versichert Anastassja und Aleksej lacht nur. Die Freunde sind geschockt. Sie haben etwas anderes erwartet. Nach dem Luxus bei der Hochzeit… sie hatten in einem fünf Sterne Hotel übernachtet… scheint diese Hütte furchterregend verwittert zu sein!

„Habt euch nicht so! Es wird lustig!" Anastassja ist guter Laune. Sie liebt ihre Tante. Die alte Frau ist ein bisschen schrullig, aber lieb. Argwöhnisch schauen die jungen Leute weiterhin auf das Haus. Die Tür geht auf. Eine hinkende, dürre, auf einem Gehstock gestützte, alte Frau kommt heraus. Scheinbar freundlich lächelnd, begrüßt sie ihre Besucher mit ausgestreckten und wild umher fuchtelnden Armen. „Willkommen… willkommen!" Entsetzt und erschrocken weichen Verena, Florian und Alexander zurück. Das dämonische Grinsen einer Hexe! Sie präsentiert sich mit grauem, langem, zerzaustem und fettigem Haar. Ihr auffallendes desolates, gelbgefärbtes Gebiss, ihre krallenartigen Hände, ihr zerlumptes, zerrissenes Kleid und die klobigen Schuhe an ihren Füßen, lassen die jungen Leute an der Bereitwilligkeit ihres Aufenthaltes zweifeln.

Indessen ist Anastassja jubelnd in die Arme eben dieser grässlich alten Frau gefallen. „Tante Olga! Ich freue mich so sehr! Hast du wieder kleine Kätzchen?" Tante Olga lacht gackernd. Ihre spindeldürren Arme legen sich um das Mädchen und ziehen es liebevoll an sich. „Ja, heuer habe ich auch einige! Nett, dass du so viele Freunde da hast! Es gibt viel liegengebliebene Arbeit!" „Hallo Tante Olga!" „Wie geht's meinem Aleksej? Gut schaust du aus! Willst du mir nicht deine Freunde vorstellen?" Der Junge nickt und zeigt mit dem Zeigefinger auf den jeweiligen Jungen, beziehungsweise Mädchen. „Das sind Florian, Alexander und meine Freundin Verena!" Die Alte starrt die Freundin Aleksejs eine kleine Weile an, bis ihr Gesicht zu strahlen anfängt. Erschrocken weicht Verena zurück, als ihr klar wird, dass die Alte sie berühren will. Schutzsuchend stellt sie sich hinter Florian und Alexander.

Weiterhin Abstand haltend, stehen die Neuankömmlinge da, als wären sie erstarrt. „Was machen wir jetzt?" „Was meinst du?" „Rufen wir zu Hause an und lassen uns wieder abholen?", flüstert Alexander. Florian nickt heftig. Alexander nimmt hastig sein Handy aus der Hosentasche und wählt die Nummer seines Vaters an. „Shit!" „Was ist?" „Ich habe keinen Empfang!" Aleksej hat sie belustigt beobachtet. „Hier gibt es keinen Empfang! Ihr müsst dableiben!", grinst er wegen der entgeisterten Gesichter. „Das ist nicht dein Ernst! Sieh dich um! Was sollen wir hier drei Wochen machen!? Drei Wochen!" Florian ist entsetzt.

„Kommt erst einmal hinein in die gute Stube. Tante Olga hat bestimmt gekocht!" Alexander lehnt sich extra stark an das Haus und klopft mit seiner Faust kräftig die Wände ab. Nachdem es diesen Härtetest bestanden hat, nickt er seinen skeptischen Freunden zu und sie folgen kopfschüttelnd den Zwillingen Anastassja und Aleksej hinterher.

Anastassja hat indessen eifrig den Tisch für ihre Freunde gedeckt. Etwas beengt sitzen sie nun vor ihren Tellern und schauen verdrießlich auf den Eintopf unbestimmter Ingredienzen. Aleksej und Anastassja langen inzwischen kräftig zu. Ihre Freunde fangen an, zögerlich zu essen und bald bemerken sie, dass es wirklich gut schmeckt. Florian erbittet sich sogar Nachschlag, obwohl er noch den Mund voll hat. Die Freunde tauen auf. Sie beginnen sich zu unterhalten, bis sie auf ein Geräusch außerhalb der Hütte aufmerksam werden. „Komm herein! Die Hütte wird heute schon nicht zusammenbrechen!" Vladimir steht plötzlich da. In seiner Begleitung ist Justin! „Hey, Leute! Ich habe Verstärkung mitgebracht! Hallo Tante Olga!" Ein Jubelschrei und Anastassja fällt Vladimir um den Hals und küsst ihn stürmisch. Dann wendet sie sich an den Jungen neben ihm. „Was machst du denn hier?!" Ihr Ton ist merklich kühler geworden. „Äh… ich habe Vladimir angerufen und gefragt, ob es während der großen Ferien irgendwo etwas für mich zu tun gibt. Da hat er mich mitgenommen!" Er ist sich unsicher, ob er hier bleiben kann. Er hat sich voriges Schuljahr bei den Freunden sehr unbeliebt gemacht. Florian springt auf. „Na klar! Wir freuen uns, dass du zu uns gestoßen bist!" Er klopft Justin jovial auf die Schulter. Auffordernd sieht er sich um „Nicht wahr…?", hakt er forsch bei seinen Freunden nach.

„Natürlich! Justin, jeder ist willkommen, der mir bei der Arbeit helfen will! Setz dich! Anastassja bring bitte noch zwei Teller und Besteck für Justin und Vladimir!" Die Alte kommt mit ausgestreckten Armen auf den geschockten Justin und umarmt ihn mit ihren schlangenartigen Armen. Er zuckt merklich zusammen. Hilflos, etwas blass, muss er sich diese vermeintlich nette Geste über sich ergehen lassen. Seine Hände sind hilflos neben der Alten ausgestreckt. Er wagt die Umarmung nicht zu erwidern. Erleichtert setzt er sich zwischen Florian und Vladimir. Die Gespräche werden wieder aufgenommen, bis Vladimir sich bei Tante Olga erkundigt. „Liebste Tante, was können wir dieses Mal für dich tun?" Sie kichert ob der netten Anfrage, dabei zeigt sie einige Zahnlücken und ihre schwarzgelben Zähne. Justin zieht angeekelt seinen Kopf ein. Die Alte raubt ihm den Verstand. Verstohlen sieht er sich um. Den anderen ergeht es offensichtlich nicht anders. Florian starrt sie sprichwörtlich wie das achte Weltwunder an. Alexander hustet in seine Hand, als müsste er sich übergeben und Verena versteckt verschreckt ihr Gesicht hinter Aleksej.

„Das Haus wackelt bei Wind schon sehr gefährlich. Vielleicht kannst du mit den Jungs das Haus etwas stabilisieren?" „Klar! Ich werde es mir ansehen.", meint Vladimir und er schaufelt sich einen weiteren Löffel des leckeren Eintopfs in sich hinein. Zu den Mädchen gewandt meint die Alte: „Ihr beiden könnt die Kätzchen und die anderen Tiere versorgen und mir im Haushalt helfen!" Anastassja nickt enthusiastisch und strahlt. Verena hält sich noch bedeckt. Sie wartet ab.

Die Tante klatscht in die Hände. „Aber vorerst müssen wir die Schlafplätze einteilen. Die Mädchen schlafen im Haus. Die Jungs können sich im Stall aufs Stroh legen. Decken sind genug im Haus!" Gemeinsam gehen sie alle hinaus. Vladimir steht vor dem Haus. Seufzend gesteht er sich ein, dass es nicht einfach sein wird, das Haus soweit in Schuss zu bringen, dass es bis zum nächsten Sommer hält. Erst dann hat er für die nächsten notwendigen Sanierungen Zeit. Am einfachsten wird es sein, ein neues Haus aufzustellen. Aber da fehlt es an Material und vor allem an Zeit. Aleksej steht neben ihm. „Am besten ich rufe Papa an. Er soll einen Trupp Männer vorbeischicken und die stellen im Nu eine neue Hütte auf!" Vladimir sieht ihn hoffend an. „Glaubst du, dass er das machen würde?" „Ja, sicher. Das kostet für ihn gar nichts. Wir schwimmen im Geld!", meint er. „Dann probiere es mal!" „Okay, wie komme ich zu einem Empfang?", schmunzelt Aleksej. „Komm, eine halbe Stunde Fußmarsch von hier haben wir welchen." „Sag bloß nichts zu den anderen, sonst sind sie hinter uns her!", feixt der Jüngere mit einem Blick auf seine Freunde, die bereits eine Besichtigung rund um das baufällige Haus machen. Unbemerkt von den anderen entfernen sie sich.

Anastassja führt die anderen umher und zeigt ihnen alles. Sie hat mit Aleksej den letzten Sommer hier verbracht. Vladimir ist auch da gewesen. Es war eine wundervolle Zeit gewesen! Tante Olga hat ihr Vieles gezeigt. Sie haben Kuchen gebacken, gekocht und Wäsche im nahe gelegenen Fluss gewaschen. Es hat Spaß gemacht! Vor allem hat ihre Tante sie nie geschimpft. Sie war geduldig und nachsichtig, wenn sie etwas falsch gemacht hat. Anastassja seufzt selig. Sie freut sich auf die kommende Zeit hier in der Wildnis. Immer noch unsicher, was sie eigentlich hier ganze drei Wochen tun sollen, schauen sich die Freunde um, bis sie schließlich den Stall aufsuchen, um ihr Lager vorzubereiten. Dort stoßen sie auf junge Kätzchen, eine meckernde Ziege und ein altes Pony. „Die Ziege und das Pony können über Nacht draußen bleiben. Dann habt ihr genug Platz für euer Lager!", meint die Tante.

Es dämmert bereits. Alexander, Florian und Justin tragen herumliegendes Stroh zusammen. Viel gibt es nicht. Aber mit alten Brettern und den vielen Decken aus dem Haus wird es schon gehen. Zum Glück haben sie Schlafsäcke mitgebracht. „Wo sind eigentlich Aleksej und Vladimir abgeblieben?" „Sie kommen bald wieder!", meint die Tante. Sie macht sich keine Sorgen. Denn Vladimir kennt sich hier in der Wildnis bestens aus.

Ein große Überraschung

„Hi Papa! Tante Olga hat uns gebeten, dass wir ihr Haus stabilisieren. Aber Vladimir und ich denken, dass es schwierig sein wird, weil zu viel zu tun wäre. Wie wäre es, wenn wir ihr ein neues Haus aufstellen? Ist das machbar? Ja? Super! Morgen? Du bist klasse Papa! Gib Mama einen Kuss von mir!" Aleksej streckt Vladimir seine Hand zu einem High Five entgegen. Vladimir schlägt grinsend ein. Gut gelaunt kehren sie zu den anderen zurück. „Wo wart ihr?" „Wir hatten etwas zu regeln. Alles okay. Habt ihr die Schlafplätze fertig? Ich bin müde. Morgen wird es echt heftig!" Aleksej gähnt vor allen anderen und zieht Verena zu sich. Er merkt, dass sie sich etwas verloren fühlt. Sie schmiegt sich in seine ausgebreiteten Arme und lässt sich auf den Scheitel küssen.

Aleksejs Blick geht zu Vladimir. „Willst du bei Anastassja im Haus schlafen? Dann kann Verena bei mir bleiben." Er merkt, dass Verena jetzt nicht von seiner Seite weichen will. Sie hängt fest an seinem Arm dran. Außerdem will er mit ihr kuscheln. „Das kommt nicht in Frage! Wenn, dann bin ich derjenige, der bei Anastassja schläft!" Eifersüchtig schnappt Alexander seine Freundin und legt einen Arm um ihre Schultern. Anastassja küsst ihn vor allen anderen und zieht ihn hinter sich her zum Haus. Sie fühlt sich matt. Die Fahrt zur Tante war ermüdend lange. Sie will auch endlich ins Bett. „Dann ist ja alles geregelt! Gute Nacht!" Vladimir richtet sich in die Mitte des langen Lagers im Stall ein. Rechts von ihm legen sich Verena und Aleksej hin und links Florian und Justin. Nach und nach verstummen die leisen Gespräche und die ersten leisen Schnarch Geräusche stellen sich ein. Es ist stockfinster.

Florian erwacht mitten in der Nacht. Ihm ist heiß. Er kann sich nicht bewegen. Vorsichtig richtet er sich halb auf seinen Ellbogen auf. Neben ihm legt Justin brummend einen Arm über ihn. Eines seiner Beine blockiert seine Beine. Was soll das?! Ärgerlich befreit er sich, dreht sich weg von Justin und zieht sich die Decke bis zum Kinn. Die Nacht ist kalt. Bald schläft er wieder ein.

„Seht euch das an. Sind sie nicht süß?" Lachend stehen die Mädchen vor den schlafenden Jungs, die ineinander verschlungen auf dem Lager liegen. Die Decken liegen zusammen geknüllt auf Hüfthöhe. Florian hebt ein Augenlid, um nachzusehen, wer in aller Frühe so viel Lärm macht. Er ist müde! Geht weg! Aber alles was er sieht, ist das Gesicht Justins... hautnah an seinem. Ihre Arme und Beine sind ineinander verkeilt. Shit! Erschrocken reißt er sich los. Was ist passiert?! Justin ist inzwischen auch munter. Irritiert setzen sie sich hoch und wenden sich abrupt voneinander ab. Justin reibt sich verlegen über das Gesicht. „Seid ihr verliebt?", will die neugierige Anastassja wissen. „Gebt es doch zu!" „Lass mich in Ruhe!", brummt Justin und springt auf und rennt schneller als der Wind hinaus aus dem Stall. „Halt die Klappe!", brummt Florian gleichzeitig und verdreht verächtlich seine Augen.

Summend kommt Anastassja in die Hütte zu Tante Olga, die schon fleißig beim Frühstück zubereiten ist. „Florian ist in Justin verliebt! La... la... la..." Verena, die hinter ihr in die Hütte kommt, grinst. „Was du nicht sagst!", sagt die Ältere lächelnd und bittet die Mädchen ihr zu helfen. Plaudernd und kichernd arbeiten sie Hand in Hand, bis die Jungs nach und nach in die Hütte eintrudeln. Florian und Justin verschlingen schweigend und verdrießlich ihr Essen. Sie haben sich und den anderen nichts zu sagen. Das Geplapper der Mädchen geht ihnen auf den Sack. Dem wissenden Blick der Tante weichen sie verlegen aus. Es gibt kein wir. Sie sind nicht verliebt und basta!

Plötzlich hören sie Motorengeräusche. „Wer ist das denn?" Sogar Tante Olga sieht neugierig und verwirrt aus dem Fenster. Dann klopft es. „Herein!" Die Eltern der Zwillinge treten ein. „Mama... Papa!" Anastassja springt auf, läuft freudestrahlend in die Arme ihrer Mama und küsst sie stürmisch. Auch ihr Papa kommt nicht zu kurz. Wohlwollend klopft Herr Kaminov seiner Tochter auf den Rücken und lächelt nachsichtig. Frau Kaminov streichelt dabei ihre Tochter immer wieder liebevoll über ihr Haar.

Aleksej schlendert gemächlicher auf sie zu und umarmt sie fest. Seinem Papa gibt er die Hand. Er wird zusätzlich mit einem kräftigen Schlag auf die Schulter begrüßt. „Hallo Aleksej! Willst du uns nicht deine Freunde vorstellen?" „Natürlich! Hier, das ist Verena, meine Freundin." Er macht Pause, um die bedeutende Nachricht sacken zu lassen. Frau Kaminov gibt dem Mädchen freundlich lächelnd die Hand. Auch Herrn Kaminov gefällt das Mädchen und nickt wohlwollend. „Das sind Florian, Alexander, Justin und Vladimir kennt ihr schon!" Nacheinander werden die Hände geschüttelt. Bei Vladimir zögern sie kurz. Das schockierende Bild vom vorigen Jahr, ihrer Tochter auf dem Schoß von diesem jungen Mann, haftet noch lebhaft im Gedächtnis der Eltern. Es hat ihnen gar nicht gefallen. Aber Anastassja ist ein sehr eigenwilliges Mädchen. Sie hat sich an dem teils versteckten, teils aggressiven Tadel nicht gestoßen.

„Und… Alexander ist mein Freund!", beeilt sich die Tochter hinzuzufügen und legt ihren Arm um die Schulter ihres Freundes und schmiegt ihre Wange an seine. Überrascht zucken die Augen zu dem Jungen, der etwas verlegen die stumme Musterung der Erwachsenen erduldet. Verlegen rutscht er auf seinem Sessel hin und her, bis Anastassja ihn noch vor allen anderen küsst. Shit!

Seufzend wendet sich Herr Kaminov schließlich an die alte Frau. „Ich habe ein paar Arbeiter hierherbeordert, damit sie dir ein neues Haus an einen Platz deiner Wahl aufstellen. Es wird zirka zwei bis drei Tage dauern, bis es steht." Olga sieht ihn lange schweigend an. „Was kostet es mich?" „Nichts! Es soll ein Geschenk sein." „Oh!" Anastassja springt klatschend auf. „Papa, das ist ja sooo super! Tante Olga! Ich freue mich so auf das Haus!" Zögerlich stimmt Olga zu. Sie fühlt sich wohl in ihrem alten Häuschen. „Na gut. Tut was ihr nicht lassen könnt!" „Komm mit, Olga!" Herr Kaminov geht voraus und zeigt ihr die Männer, die nur auf den Befehl ihres Chefs warten. Ein großer Lastwagen mit vielen Holzstämmen steht etwas abseits der holprigen Zufahrt. Ein anderer Wagen mit diversen Baufahrzeugen und anderen Gerätschaften steht dahinter.

Wow! Die Freunde stehen staunend hinter Tante Olga. „Na dann, lass hören Tante, wo willst du dein Haus hingestellt bekommen!" Vladimir hat stützend einen Arm um die Schulter der überwältigten alten Frau gelegt. Lachend sieht er sie an. Gut gelaunt klatscht er mit Aleksej ab. Die Überraschung ist ihnen gelungen. Tante Olga sieht zuerst Vladimir an, der sie aufmunternd ansieht, dann streckt sie die rechte Hand aus und zeigt mit ihrem knochigen langen Zeigefinger auf den Waldrand links neben der Zufahrt. „Hier ist es besser geschützt, denke ich. Was meint ihr?" Die anderen denken nach, sehen sich um und verteilen sich, um die möglichen guten Plätze auszukundschaften. „Olga, es wird ein Massivholzhaus! Es hält viel aus! Du kannst es überall hinstellen!", versichert ihr Herr Kaminov.

„Dann stellt es mitten auf den Platz da!", meint sie. „Das ist eine gute Idee! Da hast du rundherum einen Ausblick und das Licht kann von allen Seiten in dein Haus hineinfallen!" Die praktische Verena hat sofort einen Vorteil erkannt. „Außerdem können die Arbeiter rundherum ohne Hindernisse arbeiten. Ist doch praktisch, nicht wahr?", fügt sie noch hinzu. „Wo werden die vielen Männer schlafen? Ich hoffe, dass sie Schlafsäcke mithaben. Ich habe keinen Platz mehr!", wendet Tante Olga ein.

„Kein Problem! Da hinten steht noch ein großes Wohnmobil. Da können sich die Männer zurückziehen und haben auch genug Vorräte mit.", beruhigt sie Herr Kaminov. „Sonst noch welche Fragen? …" Dann fällt ihm noch etwas ein. „Ja…, was ich noch sagen wollte… Das alte Haus wird abschließend abgerissen und entsorgt. Du musst deine Sachen hinaus schaffen, die du im neuen Haus wieder haben willst. Aber für diese Arbeiten hast du ja deine eigenen Helfer, nicht wahr?" Sein Blick schweift zu den jungen Leuten, die zustimmend ihre Köpfe neigen. Anastassja klatscht in die Hände. „Ja, das wird lustig!" Übermütig legt sie ein kleines Tänzchen hin. Dann fällt sie ihrem Papa spontan um den Hals und küsst begeistert seine Wangen. Liebevoll nachsichtig tätschelt er ihre Schulter.

„Meine Liebe, ich glaube, dass wir uns wieder auf den Weg machen werden. Hier wird es summen vor Arbeit, von der wir niemanden abhalten wollen!", lacht er und streckt die Hand nach seiner Frau Nikita aus. Bedauernd über den kurzen Besuch bei ihren Kindern, legt sie ihre in seine hinein. Winkend verlassen sie das alte Haus. Anastassja begleitet sie zum Auto. „Schade, dass ihr schon weg müsst! Können wir noch eine Woche nach Haus kommen, bevor wir wieder in die Schule müssen?" Etwas traurig sieht sie ihre Eltern an. Ihre Mutter umarmt sie. Sie hat Tränen in den Augen. „Ich würde mich sehr freuen, wenn ihr heimkommt! Ihr könnt auch eure Freunde mitnehmen, wenn ihr wollt. Wir werden euch allesamt rechtzeitig zur Schule fahren." Aufgeregt umschlingt sie beide gleichzeitig mit ihren Armen und drückt sie fest an sich, bis sie schließlich loslassen muss. Mit Tränen in ihren Augen beobachtet sie die wegfahrende Limousine mit ihren Eltern. Vorsichtig über die holprige Straße fahrend, verschwindet sie bald hinter den hoch aufragenden Nadelbäumen, die die Straße einsäumen.

Langsam kehrt Anastassja zurück zu den anderen. Die vibrierende Stimmung der anderen lenkt sie sofort auf das kommende Abenteuer, das heute beginnt. Pläne schmiedend sitzen sie kauend um den Tisch. Tante Olga hört ihnen ohne Kommentar zu. Insgeheim ist sie froh, wenn alles wieder vorbei sein wird. Sie hat so schon genug Arbeit für die Jungs. Sie braucht Holz zum Heizen für den kommenden Winter und sie haben noch nicht mit dem Schlägern begonnen!

„Alle mal herhören!", Tante Olga erhebt die Stimme. Die Gespräche verstummen. „Da ihr nicht für das Haus verantwortlich seid, werdet ihr das Holz schlägern, spalten und schichten. Vladimir und Aleksej zeigen euch, wie es geht. Es gibt viel zu tun. Also los, an die Arbeit, Jungs!" Sie klatscht in die Hände. „Anastassja und Verena werden mir helfen die Meute satt zu bekommen und alles im Haushalt zu erledigen was zu tun ist! Außerdem müssen die Tiere versorgt werden. Anastassja weiß Bescheid."

Verena, Florian, Alexander und Justin sehen die alte Frau geschockt an. Sind sie zum Arbeiten hergekommen?! Vladimir fängt an zu lachen. „Ihr müsst eure Gesichter einmal ansehen, als unsere Tante euch zur Arbeit verdonnert hat. Ha… ha… ha…!" Auch Aleksej grinst. „Wir dachten eher an Ferien!", mault Florian. „Hab dich nicht so!", fordert ihn Aleksej heraus. „Du wirst sehen, es macht Spaß!" „Na, wenn du das sagst?!" Florian trottet verdrossen den anderen hinterher.

Baum fällt!

Vladimir übernimmt das Kommando. Er hat inzwischen die Beile und die Baumsäge gesucht und auf den freien Platz einer Baumlichtung gelegt. Nun erklärt er ihnen, was zu tun ist. Gemeinsam gehen sie zum Waldrand, um einige Bäume zu markieren. Vladimir will den freien Platz vergrößern, weil das neue Haus größer sein wird, als das alte. Er zeichnet ein paar der Nadelbäume an, die sie zu Brennholz verarbeiten werden. Es wird wohl viel und harte Arbeit auf die Jungs zukommen.

Verena hilft Anastassja inzwischen den Tisch abräumen und das Geschirr abwaschen. Gemeinsam gehen sie dann in den Stall, um die kleinen Kätzchen, die Ziege und das Pony zu versorgen. Verena gefällt es, sich um die zutraulichen und gutmütigen Tiere zu kümmern. Besonders das Pony und die Ziege haben es ihr angetan. Sie lockt das Pony mit einer Karotte und die Ziege mit saftigem Gras und Blumen, bis beide nicht mehr von ihrer Seite weichen und das Mädchen nicht mehr alleine weitergehen lassen. Anastassja ist vollauf von den Kätzchen entzückt. „Schau wie süß!" Sie hat ein schwarzweißes miauendes flauschiges Tier im Arm. Sofort hüpft ein anderes an ihr hoch. Lachend zieht sie es streichelnd zu sich. Verena liebt die größeren Tiere jetzt schon und geht mit ihnen zu den Jungs, um nachzusehen, wie es ihnen geht.

„Hallo Jungs!" Sie winkt ihnen verbal zu. „Bleib weg! Baum fällt! Verdammt! Nimm die Viecher da weg!" Aleksej kommt auf Verena zu gerannt und versucht sie hastig aus der Gefahrenzone wegzuzerren. Justin schnappt die Ziege bei den Hörnern und Florian zieht an der langen Mähne des Ponys und sie rennen in die entgegengesetzte Richtung... nur weg von dem mächtigen Stamm, der sich langsam aber sicher neigt, bis er bedrohlich schneller werdend auf den Boden aufschlägt! „Die Tiere!", Verena wehrt sich vehement gegen den starken Griff Aleksej. „Justin und Florian kümmern sich um die Viecher! Schnell, nicht stehen bleiben!", schreit er sie an und stößt sie weiter weg, bis sie beide hinfallen, direkt in den stinkenden Matsch eines dieser lieblichen Tiere. „Scheiße!", Aleksej wälzt sich absichernd über Verena und zieht den Kopf ein und legt ihn in ihre Halsbeuge. Seine Arme und Hände umschließen schützend ihren Kopf. Seine Augen sind fest verschlossen. Hoffentlich geht alles gut! Er hört den furchtsamen Schrei des Mädchens unter sich und umklammert sie mit seinen Beinen fester an sich. Der Baumstamm, den sie mit den Beilen bearbeitet haben, schlägt direkt neben ihnen auf. Äste mit spitzen Nadeln stechen peinigend in seine Haut ein. Ein schriller Schrei und dann Stille. Unter den kleinen, mit Fichtennadeln ausgestatteten Ästen, wartet das Paar wie betäubt ab.

Vladimir beobachtet entsetzt den fallenden Baumstamm. Aleksej läuft mit Verena vor dem fallenden Stamm entlang. Vladimir schreit Justin und Florian zu, sich um die beiden Tiere zu kümmern und sie in Richtung Wald zu treiben. Für sie besteht zu keiner Zeit allzu große Gefahr. „Alex kümmere dich um Ana! Ich sehe nach Aleksej und Verena!" Er sprintet los. Der riesige Baum hat seine Schützlinge unter sich begraben! An der Stelle, an der er Aleksej und Verena vermutet, fängt er hektisch an, sich durch das Geäst zu wühlen. Wild die Äste zur Seite schiebend, ruft er immer wieder nach den Beiden, bis er ein leises Ächzen hört. Er verstärkt seine Bemühungen, hackt immer wieder Äste mit seiner Axt weg und entdeckt sie schließlich. „Hierher!", brüllt er den anderen Jungs zu, die sofort die Tiere frei laufen lassen und herbeieilen. Während starke Hände die Zweige zur Seite halten, schiebt sich Vladimir dazwischen. „Aleksej! Verena! Seid ihr verletzt?" Besorgt legt er Aleksej die Hand auf dessen Schulter.

„Ich glaube, mir ist nichts passiert.", meint Aleksej leise und blickt ängstlich auf Verena hinab. Er fürchtet sich davor, dass er sie erdrückt hätte. Ihre Augen starren geschockt zu ihm auf. Aleksej, der schwer auf ihr liegt, fröstelt. Sie verlieren kein Wort und lassen sich aufhelfen. Aleksej sackt unter Vladimirs Zugriff zusammen. Seine Beine sind wie Wackelpudding. „Florian… Justin… helft Verena heraus. Aleksej kann nicht gehen!"

Olga steht an der Tür ihrer alten Hütte und beobachtet gelassen das angespannte Szenario. Vladimir stützt Aleksej und Justin trägt Verena auf den Armen zum Haus. „Oh! Brüderchen! Was ist mit dir!" Anastassja eilt geschockt an die Seite ihres Zwillingsbruders, dann sieht sie Verena und schreit erschrocken auf. Sie sind voller blutiger Abschürfungen an Armen und Beinen! Blut rinnt stetig aus den vielen kleinen Schnitten entlang ihrer nackten Arme, Gesicht und Hals hinab. Sie muss helfen! Eilfertig hantiert sie an der Feuerstelle. Sie will Wasser aufheizen und Tücher bereitstellen. Wunden müssen versorgt werden. Mit befeuchteten Tüchern reinigt sie sorgfältig die wundgescheuerte Haut. Es sind oberflächliche Wunden und nichts Ernsthaftes. Sie legt Kräuter und Salben auf, die sie in den Vorräten der Tante gefunden hat.

Die Tante hat sich an den Tisch gesetzt und beobachtet rings um sich herum das hektische Geschehen. Anastassja scheint ja alles im Griff zu haben. Sie mischt sich nicht ein. Sie hatte es dem Mädchen vor einiger Zeit gelehrt, wie sie mit Wunden umgehen muss und freut sich, dass sie es nicht vergessen hat. Sie stellt sich sehr geschickt an.

Ich bin nicht schwul!

Florian kommt bei der Tür herein. Etwas blass um die Nase bemerkt er dennoch ätzend: „Was stinkt hier so?" Florian zieht die Nase kraus. Er geht der Quelle nach und findet sie an Aleksejs Hose, die über einem Sessel hängt. „Uiiih… uiiih…!" Gespielt entsetzt hält er sich die Nase mit Daumen und Zeigefinger zu. „Florian hast du die Tiere in den Gattern geführt und gesichert?", fragt ihn die Tante. Sie sieht ihn mit funkelnden Augen an. Ihr dürrer Zeigefinger zeigt auf ihn. Ertappt sieht er sie an und nickt beklommen. „Komm, wir kontrollieren das noch einmal!" Justin führt ihn hinaus. Die Alte ist Florian immer noch unheimlich und er läuft freiwillig mit dem älteren Jungen hinaus. Sie schlendern zu der kleinen umzäunten Weide und beobachten still die Blumen fressende Ziege und das friedlich grasende Pony. Sie scheinen die Gefahr ohne Schaden überstanden zu haben.

„Was ich…" „Äh… wegen… äh… heute…" Die beiden fangen gleichzeitig zu sprechen an. „Du zuerst." „Nein, du zuerst!" Sie sehen sich etwas verlegen in die Augen und schauen aber schnell wieder weg. Sie wissen, dass sie dasselbe Thema ansprechen wollen. Heute Morgen sind sie engumschlungen aufgewacht. Justin legt eine Hand auf die Schulter seines Freundes und sieht ihn tief in die Augen. „Ich habe mich heute Morgen wohl gefühlt." Florian zuckt zurück. „Nein!" Er kann es nicht fassen, was er da zu hören glaubt! „Ich weiß, es ist schwierig.", fängt Justin nach einer kurzen Weile wieder an. „Glaube mir, ich bin auch etwas neben der Spur. Aber ich habe es schon das letzte Schuljahr gespürt, als wir aufeinander gekracht sind. Ich mag deine Gegenwart. Ich mag es, dich zu berühren." Florian sieht ihn an und schüttelt fast unmerklich den Kopf. Seine Gedanken fahren Achterbahn. Er spürt eine Verbindung zu Justin, aber doch nicht so! Er schüttelt den Kopf und wendet sich ab. Er geht in den Wald hinein, bis zu dem kleinen Wasserlauf und setzt sich auf einen quer liegenden Baumstamm. Sein Blick heftet sich auf den kleinen Bach. Er beobachtet die kleinen Stromschnellen, die an Steinen in kleine Wirbel hochplätschern. Seine Gedanken überschlagen sich. Justin und er? Nie im Leben! Er mag Mädchen! Justin hat Nora angebaggert! Er schüttelt angewidert den Kopf. Was sollen sich seine Freunde denken? Seine Familie. Sein Dad jagt ihn aus dem Haus! Undenkbar! Sein Atem kommt wieder zur Ruhe. Er hat sich selbst überzeugt. Er ist nicht schwul. Er doch nicht! Er ist zuversichtlich. Er geht wieder zurück. Er strafft die Schulter, weicht dabei Justins Blicken beharrlich aus und geht zu den anderen.

Die Aufregung hat sich gelegt. Aleksejs Fuß ist verstaucht und angeschwollen und auf Befehl seiner Schwester hin, hat er ihn in kaltnassen, mit Kräuter versehenen Tüchern gewickelt, hochgelegt. Verena hat sich zu ihm auf das Lager im Stall gelegt und sie schlafen erschöpft ein. „Es wird dunkel, ich lege mich auch schon hin.", meint Vladimir einige Zeit danach. Anastassja und Alexander haben sich auch schon zurückgezogen. Nur Florian steht noch vor dem Lager. Der Platz neben Justin ist frei geblieben. Dabei wollte er sich weit weg von ihm hinlegen! Seufzend nimmt er den einzigen freien Platz an und dreht sich demonstrativ von Justin weg. Lange bleibt er wach. Immer aufpassend, ob Justin ihm nicht zu nahe kommt, bis auch er langsam, aber sicher wegdriftet.

Justin wacht, mitten in der Nacht, kurz auf. Ein Körper schmiegt sich fest an seinen Rücken. Ein Bein liegt über seinem. Er lächelt träumerisch und legt seine Hand auf den Arm, der um seine Mitte geschlungen liegt und schließt entspannt wieder seine Augen. Florian erwacht ein anderes Mal. Sein Traum ist verwirrend gewesen. Er ertappt sich dabei, dass er fest an den Körper von Justins gepresst ist! Erschrocken weicht er zurück und dreht sich um. Er versucht, nicht wieder einzuschlafen. Aber es gelingt ihm nicht. Wie von einem Magneten angezogen, dreht sich Justin brummend zur Seite und drückt sich an den Rücken seines Nachbarn und schlingt nun seinerseits seinen Arm und ein Bein um Florian. Er wacht dabei nicht auf. Etwas später dreht sich Florian in der Umarmung um und schlingt wieder selbst seinen Arm um Justin herum. Gesicht an Gesicht, mit Armen und Beinen übereinander, wachen sie schließlich am späten Morgen auf. Die anderen sind längst weg. „Was habe ich dir gesagt! Du sollst von mir wegbleiben!" Erbost stößt Florian den noch halb schlafenden Justin grob von sich. Dieser stützt sich klagend und augenreibend ab. „Du kannst es nicht verleugnen!" Beleidigt dreht sich Florian um und zieht sich die Decke über den Kopf. Justin geht schweren Schrittes, ob der wiederholten Zurückweisung in die Hütte, um mit den anderen zu frühstücken. „Guten Morgen!", ruft er betont fröhlich in die Runde. Die auffällige Ruhe dämpft seinen betonten Enthusiasmus. „Guten Morgen!", kommt es teils mürrisch von Morgenmuffeln, teils neutral zurück. Keiner erwähnt die Tatsache, dass sie beide ein zweites Mal ineinander verschlungen gesehen wurden. Sie konzentrieren sich lieber auf ein kräftiges Frühstück, das ihnen die Tante zubereitet hat.

„Wo ist Florian?" Anastassja wendet sich neugierig an Justin. „Er schläft noch, glaube ich." Kauend blickt er unsicher auf und senkt sofort wieder den Blick. „Was ist da zwischen euch?" Aleksej bohrt nach. Er, Verena und Vladimir haben es gesehen. Natürlich sind die beiden Jungs Gesprächsthema Nummer eins gewesen, bis Justin aufgetaucht ist. „Nichts." „Aha. Wie interpretierst du das gestern und heute Morgen?", will nun Alexander von ihm wissen. Alle Blicke, einschließlich die der Tante, sind auf ihn gerichtet. „Also gut. Ich empfinde etwas für Florian. Florian verleugnet es. Zufrieden?" „Mhm!", Alexander schnaubt. Endlich kommt Florian auch herein. Alle Blicke richten sich auf ihn. Seine Wangen bekommen eine rote Farbe. Äußerst unbehaglich setzt er sich an seinen Platz und greift nach einem Stück Brot. Anastassja füllt seine Tasse mit Kaffee. „Danke!" Er genehmigt sich einen Schluck und beschäftigt sich mit Butter streichen. Er wagt es nicht, seinen Blick zu heben. Es ist ihm zuwider, dass er neben Justin sitzen muss. Am liebsten würde er sofort von hier verschwinden. Die ganze Situation ist ihm megapeinlich.

„Kann ich dich nachher alleine sprechen, Florian?" Ertappt sieht der Junge zu Vladimir hinüber und nickt. Was will er von ihm? Hat er was angestellt? Er fühlt sich unsicher. Die ganze Situation mit Justin hat ihn durcheinander gebracht und es überfordert ihn. Scheiße! „Was ist los mit dir?" Vladimir hat Florian zum Waldrand mitgenommen. Gemeinsam sitzen sie auf einem gefällten Baumstamm gegenüber. „Was meinst du?" „Alles bestens!", weicht der Jüngere aus. „Justin steht auf dich! Du…?" „Ich stehe nicht auf ihn! Was soll das?" Florian gibt sich betont verärgert. Sein Kopf ist gesenkt. Seine Hände sind fahrig und er klammert sie schließlich fest ineinander, um sie ruhig zu halten. „Schau mal, Florian. Es ist nichts Schlimmes, wenn du auf einen Mann stehst und dich zu ihm hingezogen fühlst. Lass dich darauf ein und probiere es aus! Vielleicht ist ja nichts dahinter und du kannst dich wieder beruhigt zurücklehnen und weiterhin den Mädchen den Kopf verdrehen." Florian drückt fest die Augen zusammen. Er will es nicht! Wieso lassen sie ihn nicht in Ruhe? „Verdammt, wie komme ich aus der Scheiße wieder raus?", flucht er im Stillen. Vladimir sieht das Gefühlschaos, das im Kopf von Florian herrscht und beobachtet ihn stumm.

Florian merkt nicht, dass Justin sich ihnen nähert. Vladimir überlässt ihm seinen Platz. „Hey…!" Justin macht auf sich aufmerksam. Florians Kopf zuckt hoch. Er will wieder wegrennen. Aber Justin hält ihn am Arm zurück. „Bleib da! Sprich mit mir!" „Was soll ich sagen! Es ist nichts!", pappig gibt Florian Konter. „Du kannst es nicht leugnen! Du hast dich in der Nacht unbewusst an mich geklammert. Ich fand es schön." Justin sieht ihn ruhig und abwartend an. Sie sehen sich in die Augen. Florian senkt sie beschämt als erster. „Mann! Was ich will ist, dass du es zulässt. Du brauchst dich nicht zu schämen. Ich glaube, die anderen würden es akzeptieren! Wenn nichts ist, dann ist es so. Aber dann können wir, ohne es zu bedauern, zurückblicken und uns dann auch noch in die Augen schauen. Gib uns eine Chance! Bitte!" Florian sieht Justin skeptisch an. Er erinnert sich an die gute Nacht. Er hat sich wohl gefühlt. Das kann er nicht leugnen. Aber was bedeutet es für ihn?

Justin nähert sich ihm langsam und umschlingt vorsichtig den Körper seines Gegenübers. Er legt Florian seine große

Hand in dessen Nacken und schiebt sein Gesicht mit etwas Druck in seine Halsbeuge. Justin schließt aufseufzend und abwartend seine Augen. Florian keucht verwirrt auf. Aber er wehrt sich nicht. Er lässt es geschehen. Sein Gefühl ist sonderbar. Es fängt damit an, dass er sich wohl fühlt. Ein leises Gefühl der Geborgenheit macht sich in ihm breit. Schwer lehnt er sich in die Umarmung. Er schnuppert am Hals Justins. Der Duft gefällt ihm. Das Aroma von Holz, Natur und... ja was? Es gefällt ihm. Tief inhaliert er den Duft ein. Unbewusst rückt er etwas näher. Ruhig sitzen sie da. Florian liegt in Justins Armen und genießt es! Er will sich nicht gleich lösen. Er wartet ab.

Justin hält ihn still fest. Endlich darf er Florian in seinen Armen halten. Wie lange hat er darauf warten müssen? Zu lange. Er hat es gefühlt, als der Jüngere ihn wegen eines Mädchens in der Schule angegriffen hat. Spätestens dann spürte er Gefühle, als er den Jungen im Krankenzimmer wieder begegnete. Er und Florian waren gemeinsam auf der Krankenstation. Sie waren beide schwer verletzt, weil sie sich gegenseitig geprügelt hatten.

Jetzt liegen sie sich in den Armen. Er ist selig. Er will es auskosten. Aber für heute will er nicht mehr von dem ängstlich, verwirrten Jungen verlangen. Der erste Schritt ist gemacht. „Komm, wir müssen den anderen helfen! Außerdem kommen bald die Männer wegen dem neuen Haus für die Tante!“ Florian seufzt auf. Seine Gefühle fahren Achterbahn. „Wie geht es jetzt weiter?“ „Ich weiß es nicht. Wir werden es auf uns zukommen lassen. Was meinst du?“ Florian nickt. Gemeinsam gehen sie zu den anderen und lassen sich von Vladimir zur Arbeit einteilen.

Klatsch und Tratsch

Verschwitzt setzen sich die Jungs auf einen erneut gefällten Baumstamm. Die Mädchen haben ihnen Jause gebracht. Einträchtig und mit großem Appetit werden die Körbe geplündert. Währenddessen beobachten sie die Arbeiter bei den Vorarbeiten des neuen Hauses für Tante Olga. Der Platz ist ausgesteckt und sie bereiten mit viel Schweiß das Fundament vor. Das Haus wird ohne Keller sein. Vieles wird nach alter Tradition gemacht. Mischmaschinen werden schaufelweise mit Sand, Zement und Wasser gefüllt. Nachdem alles gut vermischt ist, wird der fertige Beton in Scheibtruhen gefüllt und sie bringen es zu dem vorbereiteten Platz. Nach etlichen Fuhren fragt Verena: „Warum kommt kein Mischer? Das geht doch viel schneller!" „Tante Olga hat darum gebeten, dass große Maschinen weg von ihrem Heim bleiben sollen. Sie hat Angst davor, dass sie zu viel Lärm machen. Das Wild soll nicht verscheucht werden. Außerdem ruinieren sie ihre Zufahrt." Vladimir zuckt die Achseln. Die jungen Leute beobachten weiterhin schweigend die mühevolle Arbeit der Männer.

„Kommt wir haben auch noch viel zu tun." Vladimir treibt seine Helfer an. „Den Baum dort möchte ich heute noch geschlägert haben. Dann müsste es reichen. Wir haben noch die Äste von den Stämmen zu trennen, zu Brennholz zu hacken und aufzuschichten. Es wird bald finster. Hopp… hopp…!" Er klatscht in die Hände. „So ein Sklaventreiber!", mault Florian. Justin lacht nur und schnappt ihn an der Hand um ihn hochzuziehen. Widerwillig und nörgelnd, lässt Florian es zu.

Anastassja und Verena machen es sich im Stall bei den Tieren gemütlich. Immer wieder kommt eines zu ihnen, um sich die Streicheleinheiten zu holen. „Glaubst du, dass die beiden ein Paar werden?" Die Augen des jungen Mädchens blicken grüblerisch in die weite Ferne. „Weiß nicht. Warten wir es ab." „Es ist sooo romantisch!", schwärmt Anastassja.

Verena verdreht gespielt verzweifelt die Augen. „Morgen muss ich unbedingt bald aufstehen!" „Warum?" „Ich will sehen, wie sie sich umarmen!" „Sei nicht soooo…" „Aber sie sind sooo süß!" „Ach was! Sie müssen aufpassen, wenn sie in der Schule sind. Da können sie sich nicht outen, sonst fliegen sie schneller raus, als sie drinnen waren! Sie waren doch voriges Jahr schon auffällig genug." Verena macht sich Sorgen. Das Internat ist nicht bekannt für seine große Toleranz. Es wird nicht gerne gesehen, dass sich Pärchen bilden, schon gar nicht gleichgeschlechtliche!

„Hast du gewusst, dass die Brüder von Florian heuer im Internat anfangen?" „Nein… Brüder?!" „Ja, Zwillinge. Ich habe sie voriges Jahr gesehen, als Florian gekommen ist. Du hättest seine Eltern sehen sollen! Der Mann war ein richtiges Sahnestückchen! Groß und Muskeln hat der gehabt, oh… la… la! Die haben geknutscht und er hat ihr in den Po gekniffen! Stell dir das vor!" Anastassja demonstriert bewundernd das Aussehen dieses Mannes mit ihrem vollen Körpereinsatz. Verena lacht Tränen über die schauspielerischen Gesten von Anastassja. Verschwörerisch beugt sich Anastassja zu Verena. „Aber die Mama von Alexander ist gleich mit zwei Männern gekommen! Kannst du dir das vorstellen? Sie hat ZWEI Männer!", flüstert sie. „Aber sie hat ja erst diesen Sommer geheiratet?! Wir waren dabei." Verena sieht sie skeptisch an. „Sicher! Das ist nur ein Vorwand gewesen. Ich sage es dir!" „Wer war der zweite? War der auch bei der Hochzeit?" „Ja! Es war der Trauzeuge von Holger. Wie hat der noch geheißen? Joe? Jack?" „Joe war das! Du glaubst…?" Verena sieht sie schockiert an. „Du hättest sie sehen sollen! Die Blicke!" „Aber ich habe was anderes gehört. Er soll ein Sandkastenfreund von Alexanders Mama gewesen sein." „Na und?" Anastassja verdreht die Augen. Freund hin oder her. Anastassja fällt noch mehr Tratsch ein. „Alexander hat mir erzählt, dass die beiden Männer dominant sind." „Was heißt das… dominant?" „Anastassja zuckt mit den Achseln. „Ich weiß es nicht. Aber Alexander will auch so werden, hat er gesagt." Anastassja nimmt tief Luft und seufzt. Ihre Neuigkeiten sind ausgegangen. Verena sitzt schweigend neben ihr. Sie muss diesen Tratsch erst verarbeiten.

Schließlich fragt sie ihre Freundin: „Was ist mit Vladimir?"
„Was soll mit ihm sein?" „Na ja, hattest du letzten Sommer
nicht was mit ihm?" Anas Blick verklärt sich. „Ach... ja...
Vladimir! Er ist sooo süß! Er kann küssen, wie kein
anderer!" „Was ist mit Alexander?!" Verena hat Anastassja
und Alexander als unzertrennliches Paar geglaubt.
„Alexander ist auch süß! Er sagt mir immer, was ich tun soll
und das gefällt mir." „Eh... was?! Er schafft an und du
machst das? Geht's noch?!" Verena ist empört. „Du verstehst
das nicht. Ich bin ein bisschen überspontan und da brauche
ich jemanden, der mich vor unbedachten Dingen bewahrt
und das tut Alexander. Früher hat Aleksej auf mich
aufgepasst." „Aha... Aber ich verstehe es trotzdem noch
nicht." „Na ja, ich bin immer kopflos irgendwohin gelaufen
und habe nicht mehr zurück gefunden. Ich denke mir viele
Dinge aus, ohne an Konsequenzen zu denken. So was halt
und Alexander passt eben auf, dass mir dabei nichts passiert.
Da ist so ein komisches Ding in mir, das ich nicht
kontrollieren kann.", fügt Anastassja aufseufzend hinzu.
Verena schweigt. Jetzt versteht sie, warum immer jemand
bei ihrer Freundin gewesen ist. Sie haben auf sie Acht
gegeben!

Die Mädchen beobachten von ihrem Platz die Arbeiten der
Jungs und der Männer. „Komm! Ich glaube sie haben
Durst!" Anastassja zieht die nachdenkliche Verena hoch und
sie gehen in die alte Hütte, um die Flaschen zu holen, die sie
am Bach mit klaren Wasser befüllen wollen.

Die Ferien gehen bald zu Ende. Es ist Zeit, wieder ins
Internat zurück zu fahren und ins neue Schuljahr zu starten.
Schweren Herzens haben sich die Freunde von Tante Olga
verabschiedet. Diese schrullige alte Hexe ist ihnen ans Herz
gewachsen. Sogar Florian gibt ihr zum Abschied einen Kuss
auf die Backe. Sie haben auch noch eine Woche
drangehängt, um das letzte Holz fertig zu bearbeiten. Sie
stehen gemeinsam vor dem unfertigen Bau des neuen
Hauses. „Ich bin gespannt, wie das neue Haus aussehen
wird.", meint Florian und spricht das aus, was sich alle
gedacht haben. Es ist noch lange nicht fertig. Es gibt

Komplikationen und wird deshalb auch länger als geplant dauern, bis es Tante Olga beziehen kann.

Gemeinsam werden die Freunde schließlich von einem Bus abgeholt, der von Herrn Kaminov organisiert wurde und direkt in das Internat gefahren. Einzig Vladimir bleibt, um der alten Frau noch eine Weile mit den Arbeitern beizustehen und um den Fortschritt des neuen Hauses zu beobachten.

„Ich freue mich auf die Schule!", meint Anastassja. „Ja, endlich wieder Ruhe. Die viele Arbeit war schon anstrengend!", gibt Florian ihr recht. Die anderen lachen. „Florian du bist echt nicht für die körperliche Arbeit geschaffen! Ha... ha... ha!", feixt Aleksej. „Dafür hat er es im Kopf!", nimmt Justin Partei für Florian auf, der sofort dankbar die Hand seines Freundes drückt. Inzwischen gehen sie schon sehr viel lockerer um. Justin drückt Florian einen Kuss auf die Backe. Überhaupt sind kleine Zärtlichkeiten schon ein alltäglicher Anblick, den die anderen schon als normal einstufen und sie deshalb nicht mehr permanent beobachten.

Das Drama der Familie Jackson

Inzwischen fahren sie die Auffahrt zu dem Internat hinauf. Das Wetter ist schön und sie vereinbaren nach der Anmeldung, sich wieder vor dem Tor zu treffen. „Seht mal, wer da kommt! Sind das nicht deine Brüder, Florian?" „Ja!" Florian eilt zu dem Auto seiner Familie. Er freut sich wahnsinnig sie zu sehen. Diesen Sommer hat er sie zu kurz um sich gehabt. Mum, Dad! Micha, Seb!", schreit er. Er ist aufgeregt wie ein kleiner Junge. Er läuft seiner Mum direkt in die Arme. Lachend fängt sie seinen ‚Großen' auf. „Na, na, du wirfst deine Mum um! Süße, geht's dir gut?" Noah Jackson, Florians Dad, schaut besorgt seine Frau Sarah an und hält sie unterstützend an der Taille fest. „Ja, ja! Alles gut! Ich freue mich so sehr, dich zu sehen, Florian!" Sie küsst ihn mitten auf den Mund, worauf sie beide glücklich auflachen.

Florian sieht seinem Dad in die lachenden Augen. Es sind seine Augen. Sie sind mittlerweile gleich groß. Riesig. Sarah Jackson reicht ihnen gerade einmal bis zur Brust. Noah klopft seinem Sohn kräftig auf die Schultern. „Ja, mein Sohn hat Muskeln angesetzt. Wie kommt's?" „Wir waren bei Tante Olga und haben Bäume gefällt, zerhackt und geschichtet, damit sie Brennholz für den Winter hat." Justin nähert sich der ausgelassenen Familie. Ohne weiter nachzudenken, legt er gutgelaunt seinem Freund Florian den Arm um die Schultern und drückt ihn an sich. „Hi, Justin!" Sie sind schon so vertraut und haben die Scheu voreinander abgelegt, dass sie die Blicke der anderen nicht mehr wahrnehmen. „Mum... Dad darf ich euch meinen Freund Justin vorstellen?" Dabei legt er seinerseits seinen Arm um die Hüfte seines Freundes und legt kurz und verspielt seinen Kopf auf die Schulter Justins ab. Er strahlt.

Noah Jackson steht wie erstarrt vor seinem Sohn. Stirnrunzelnd nimmt er das Bild des offensichtlich schwulen Pärchens auf. Sein Sohn ist schwul? Das gibt es doch gar nicht! „Florian! Darf ich dich kurz alleine unter vier Augen sprechen!" Die Stimme Noahs ist kurz angebunden. Seine Stirn ist in tiefen Falten gelegt und seine Augen sind eisblau. „Sicher! Was gibt es?" Nicht ahnend, dass er ein mögliches Gewitter heraufbeschworen hat, folgt er seinem Dad. „Was soll das? Bist du schwul?!" Noah Jackson kann es nicht fassen. Sein Sohn ist schwul?! Die Hände vor seiner muskulösen Brust verschränkt, blickt er herablassend auf den jungen Mann vor ihm. „Äh… äh… ja… Dad! Justin ist mein Freund. Wir gehen miteinander!" „Wie lange schon?" „Wir haben uns bei Tante Olga geoutet! Dad! Hast du ein Problem damit?!" „Niemand, absolut niemand in unserer Familie ist schwul! Scheiße!" Noah fährt sich fahrig durch seine dichten blonden Haare. „Okay, machen wir es so. Ihr beide behaltet es bei euch, damit es niemand erfährt. Klar?" „Was soll das jetzt? Schämst du dich für mich?" Florian ist käseweiß im Gesicht. Sein Vater, der immer hinter ihm gestanden hat. Der alles für ihn ist. Der ihn als kleinen Jungen schon in den Männerclub mitgenommen hat und gezeigt hat, wie er mit der rauen Seite des Clubs umgehen muss. Der Vater kann seines Sohnes sexuelle Richtung nicht akzeptieren? Enttäuscht wendet er sich ab und geht bleich und mit gesenktem Kopf an seiner Mutter und Justin vorbei. „Mann, warte doch!" Justin läuft ihm nach, nachdem er sich achselzuckend von Frau Jackson verabschiedet hat.

Sarah Jackson dreht sich zu ihrem Mann um. „Jack!" Sie nennt ihn immer nach dem Clubnamen, wenn sie Ärger riecht. Noah kommt betont gelassen zu ihr zurück. „Jack! Was hast du zu Florian gesagt!?" „Nichts. Reg dich nicht auf, Süße! Denke an unser Kleines!" Dabei legt er beschützend eine Hand auf ihren flachen Bauch. „Ich will es wissen! Du warst grob zu ihm! Gib es zu! Mein armer Junge!" Noah knurrt. Er will es gar nicht, wenn sie ihre Jungen wie eine Glucke vor ihm beschützt. Sie sind alle schon größer als sie selbst. Sie ist schwanger und da ist sie genug belastet! „Süße, ich habe ihm zu verstehen gegeben, dass ich über seine schwulen Anwandlungen nicht glücklich bin." „Jack! Ich bin entsetzt! Du gehst sofort zu Florian und entschuldigst dich bei ihm! Er ist immer noch unser Sohn und hat das Recht so zu sein, wie er ist!" „Kommt gar nicht in Frage!" Noah sieht sie böse an. Aber Sarah lässt sich von ihrem großen Kerl nicht einschüchtern. „Wenn du es nicht tust, gibt es auch keinen Sex mehr mit mir!" Jetzt steht sie mit verschränkten Armen vor der Brust vor ihm und sieht ihn mit hochgezogenen Augenbrauen streng an. Irritiert blickt er auf sie hinunter. „Das hältst du nicht aus!", triumphiert er. „Und ob! DU hältst es nicht aus!" Sie starren sich an. Funkelnde braune Augen duellieren sich mit eisblauen Augen. Sie sieht grandios aus in ihrem Zorn. Ihre Augen blitzen. Ihr Körper zittert. Er will ihr einen Kuss geben. Er kann gar nicht anders und legt einen Arm um ihre noch schlanke Taille. Aber sie weicht ihm in einer Drehung aus und stapft wütend in die Richtung ihrer Jungs davon. Noah fühlt sich wie vor den Kopf gestoßen. Mit offenem Mund starrt er seiner Frau nach, die mit schwingenden Hüften von ihm weggeht. Sie meint es ernst! Scheiße!

„Mein armer Junge!" Sarah geht auf Florian zu, der neben Justin steht. „Ach Mama, ist nicht so schlimm!", meint er leise. Aber er hat Tränen in den Augen. Mein sensibler, tapferer Junge, denkt sich Sarah und streichelt ihm über seine tränennasse Wange. Sie drückt ihn ganz fest in eine Umarmung, bis er sich loseist und neben Justin in Deckung geht. „Mum was gibt es Neues zu Hause?", fragt Florian, um den Fokus von ihm abzulenken. Ihr Gesicht fängt an zu strahlen. „Ihr bekommt ein Geschwisterchen!" Sie greift sich auf den flachen Bauch der noch in einer engen Jeans steckt. „Das sind ja gute Neuigkeiten!" Er freut sich wirklich für sie, da sie offensichtlich glücklich damit ist. „…und Dad, freut er sich auch?" „Natürlich! Wo denkst du hin!" Sie dreht sich nach Noah um und winkt ihm. Sie ist längst nicht so sauer, wie sie es Noah gezeigt hat. Aber Strafe muss sein. Noah muss sich entschuldigen! Wenn nicht, dann muss er die Konsequenzen tragen! Sie weiß, dass er es nicht lange aushalten wird. Süffisant lächelt sie ihm entgegen. Langsam und frustriert kommt er auf sie zu. Sie müssen noch mit den Zwillingen zum Direktor, um sie persönlich anzumelden. Wütend stapft er an seiner Familie vorbei und hält seiner Frau die Tür auf. Ohne Worte geht sie an ihm vorbei. Aufmüpfig hält sie dabei ihre Nase hoch. Die Zwillinge springen gerade noch hinterher, bevor Noah die Tür zuknallen lässt.

„Mensch, was war das? Huch!" Anastassja wedelt gespielt dramatisch mit ihren Händen vor sich. Was für ein Drama! Gierig hat sie jede Einzelheit in sich aufgesogen. Verena wird es sicher wissen wollen!

Nach kurzer Zeit kommt die Familie Jackson wieder aus dem Haus heraus. Sarah verabschiedet sich ausgiebig von den Zwillingen, die die Umarmung und Küsse stoisch über sich ergehen lassen. Dann tritt sie zu Florian, der mit Justin und Anastassja auf der Bank in der Sonne sitzt. „Florian es wird alles gut. Vertrau mir. Dein Dad wird sich einrenken!" Noah steht etwas abseits und beobachtet seine Frau mit Argusaugen. „Sicher, wenn er keinen Sex haben wird, wird er sooo klein werden!", feixt einer der Zwillinge und beide lachen. „Sebastian halte deinen vorlauten Mund!" Noah gibt ihm einen Klaps auf dem Hinterkopf. „Aua!" Florian lächelt und flüstert ihr zu. „Keine Sorge Mum! Ich weiß, dass er mich liebt." Florian redet sich selbst Mut zu. „Mein Großer! Komm lass dich umarmen!" Sarah drückt sich fest an ihren Sohn und zieht seinen Kopf zu sich hinunter, um ihn zu küssen. „Pass auf dich auf Mum. Ich freue mich auf unsere kleine Schwester." „Noch ist es nicht bekannt! Aber ich habe es im Gefühl, dass es ein kleines Mädchen wird." Seine Mum ist glücklich und das ist das Wichtigste. „Komm Sarah, wir müssen fahren!" Noah klopft den Zwillingen jeweils auf die Schulter und schüttelt Florian, trotz allem, doch noch die Hand, ohne seine strenge Miene zu verziehen. Sarah und Noah Jackson steigen in ihr Auto und fahren weg.

„Huch, sind wir froh, endlich da zu sein! Ihr glaubt nicht, was zu Hause los war! Unsere Eltern treiben es wie die Karnickel." Micha schüttelt sich. Seb nickt. Florian geht nicht auf die beiden ein. Er ist auch froh seine Brüder wieder um sich zu haben. Sie haben ihm gefehlt. Anastassja hakt stirnrunzelnd nach. „Was meint ihr mit, sie treiben es wie die Karnickel?" Seb verdreht die Augen gegen den Himmel. „Sie haben ständig Sex. Die ganze Nacht hört man ihr Gestöhne. Das Bett knarzt stundenlang und Mum schreit, als würde sie misshandelt." „Oh...!" „Einmal haben wir nachgesehen, warum Mum so schreit. Glaubt uns, wir haben das kein zweites Mal beobachten wollen! Megapeinlich!"

„Wieso das?" „Hast du deine Eltern noch nie beim Sex erwischt?" „Nein? Was war los?" Das Mädchen ist neugierig. Die Zwillinge schüttelt es. „So schlimm kann es doch nicht gewesen sein!", meint Florian. „Sicher!", setzt Micha fort. „Die letzten Wochen haben sie es jede Nacht getan. Ihr wisst ja, was dabei herausgekommen ist?" „Ein Baby! Ist doch süß, oder?", hakt Anastassja nach. „Ja sicher! Aber etwas leiser hätte es ja auch gehen können. Brrr!" Micha schüttelt sich angewidert. „Na ja, jetzt seid ihr da und könnt euch erholen.", meint Florian lakonisch. Er lehnt sich zu Justin, der sofort den Arm hebt, um ihn an seine Schulter zu lassen. „Seid ihr schwul?", fragt Seb neugierig. „Sei doch nicht so neugierig. Ja, wir mögen uns. Wir fühlen uns wohl miteinander. Aber sagt es nicht weiter. Verstanden?" Die Brüder nicken, aber sie sehen neugierig auf Justins Finger, die Florian am Oberarm streicheln.

„Ich gehe jetzt hinein und suche Aleksej. Er wartet sicher schon auf mich! Hoffentlich finde ich mein Zimmer wieder.", seufzt Anastassja. „Warte, wir begleiten dich!" Justin steht auf und zieht Florian mit sich. „Kommt gleich mit! Welche Zimmernummer habt ihr? Ich nehme an, dass ihr in einem Doppelzimmer untergekommen seid?" Justin sieht die Zwillinge an. Seb und Micha nicken und zeigen ihre neu erworbenen Zimmerschlüssel her. In der Aula schnappen sie ihre Koffer und folgen den Älteren hinterher.

Es wird wieder getratscht

Der Schuldirektor, Dr. Kokoff, hat ein großes Fest angekündigt, das dieses Schuljahr stattfinden soll. Er hat seine Sekretärin, Frau Sejdic, beauftragt, den Schülerinnen und Schüler unterstützend beizustehen. Durch die Vorankündigung bei der Begrüßungsrede zu Beginn des Schuljahrs herrscht große Freude und Erwartung. Alle sind eingeladen, selbst Hand mit anzulegen. Es soll ein Gartenfest werden und deshalb sind Ideen zu der Gestaltung des Festes gefragt. „Mann, hier geht es in letzter Zeit wie in einem Bienenstock zu!", meint Alexander und wirft eine Herz As aus. Die Freunde haben wieder begonnen im Zimmer von Aleksej Karten zu spielen. Florian und Justin, Aleksej und Alexander bilden je ein Team.

Verena sitzt auf dem Sofa von Anastassja. Sie schauen sich eine DVD an. „Stell dir vor, was heute passiert ist!", Anastassja platzt beinahe. Sie muss den neuesten Klatsch ihrer Freundin erzählen. „Mhm?" Verena ist noch von der spannenden Szene, die gerade läuft, abgelenkt. Anastassja schnappt sich Popcorn aus der Schüssel und stopft sie sich in den Mund. „Die Mum von Florian hat seinem Dad gesagt, dass er sich den Sex abschminken kann!" „Warum das?", lacht Verena, sieht aber noch auf den Fernseher. „Er hat Florian beleidigt, weil er schwul ist. Bis er sich nicht entschuldigt, bekommt er keinen Sex!" Jetzt dreht sich Verena neugierig zu ihrer Freundin um. „Was?!" Sie dreht die Lautstärke herunter, um sie besser zu verstehen. „Hat er sich entschuldigt?" „Nein!" Ana schüttelt den Kopf. „So ein…!", empört sich Verena. „Es kommt noch dicker! Er meint, das werden sie noch sehen! Sie wird das nicht aushalten! Sie meint, dass ER es nicht aushalten wird! Sie haben sich richtig laut gezankt. Aber es ist spannend gewesen. Er wollte sie umarmen und sie ist ihm davongelaufen. Dabei ist sie schwanger!" „Wie… davongelaufen?" „Frau Jackson ist zu uns gekommen und hat Florian getröstet. Aber er ist so tapfer gewesen!" „Und dann? Erzähl schon!" Ungeduldig sieht Verena ihre Freundin an. „Na ja, sie sind in die Schule gegangen, um die Brüder anzumelden. Er ist richtig wütend gewesen. Aber er hat seiner Frau die Tür aufgehalten und sie ist hineingestürmt. Sie hat ihn nicht einmal mehr angeschaut. Ha... ha... ha...!" Verena hängt gebannt an den Lippen von Anastassja. „Michael und Sebastian haben noch erzählt, dass ihre Eltern es wie die Karnickel treiben! Sie sind deshalb froh, hier zu sein. Kennst du den Ausdruck?" „Na klar! Weiter. Was ist weiter geschehen?"

„Kannst du dir vorstellen, dass deine Eltern es jede Nacht treiben? Meine Eltern schlafen nicht einmal in einem Zimmer!", plaudert Anastassja aus. „Ich denke, dass meine Eltern auch öfters Sex haben. Aber ich habe sie nie erwischt. Aber die Vorstellung, dass es die eigenen Eltern tun? Brr...!" Verena schüttelt sich vor Ekel. „Micha und Seb haben sie beobachtet und es war ihnen megapeinlich." „Das kann ich mir vorstellen. Mir wäre es auch peinlich, wenn ich meine Eltern dabei erwische." „Also mich würde es vielleicht interessieren was dabei so passiert und vor allem, wie es geht." Verena lacht. Typisch Anastassja. Sie ist ja sooo neugicrig. Alexander schaut bei den Mädels hinein. Er hat die letzten Worte gehört. „Was würde dich interessieren, wie was geht, Ana?" „Äh... ja... äh... Hi, Alex!", lenkt sie sofort mit piepsiger Stimme ab. Er setzt sich an ihre Seite und küsst sie schnell auf den Mund. Die Mädels sind verdächtig still geworden. „Ich glaube, ich gehe jetzt." Verena richtet sich auf und streckt sich erst einmal. „Ja es ist spät geworden. Alexander begleitest du Verena in ihr Zimmer?" Alexander durchschaut sofort, dass Anastassja ihn aus dem Zimmer haben will. Aber er wird sie morgen noch einmal fragen. Er hat die letzten Worte gehört und ist neugierig geworden. Er begleitet Verena hinaus. Florian und Justin verabschieden sich ebenfalls.

Die gestohlenen Stunden

Justin steht mit Florian vor dessen Tür. „Darf ich heute bei dir übernachten? Ich möchte dich nur halten!", versichert Justin ihm. Florian sieht sich hektisch um. Hat sie jemand gehört? Spärliches Licht aus der Deckenbeleuchtung erhellt den Flur. Niemand zu sehen. Dann sperrt Florian auf und nimmt seinen Freund mit sich hinein. Sofort fallen sie sich in die Arme. Sie küssen sich, wie sie es noch nie zuvor getan haben. Sie klammern sich aneinander, als hätten sie sich schon lange nicht mehr gesehen. Dabei ist es erst gestern gewesen. Aber heute mussten sie vor allen anderen Abstand voneinander nehmen. Die Gefahr erwischt zu werden war riskant. Zu viele Leute sind um sie herum gewesen. Sie könnten von der Schule verwiesen werden, wenn sie auffliegen.

Holgers Finger kämmen sich durch Florians dunkle Locken. Sein Mund ist fest auf den seines Geliebten gepresst. Seine Zunge tastet sich vor, um Einlass zu bekommen. Florian keucht. So geküsst hat er noch nie… nicht einmal ein Mädchen. Er hätte sie alle haben können, aber er hielt sie immer auf Abstand. Es hat ihn keine gereizt. Justin. Florian öffnet neugierig seine Lippen und saugt die fremde Zunge in sich hinein. Er lässt ein wenig locker und spielt mit ihr. Er krallt sich in das T-Shirt vor ihm und spürt eine Hand Justins unter seines tasten. Gänsehaut überzieht seinen Körper. Er intensiviert seinen Tanz mit seiner Zunge und stöhnt verhalten auf. Auch seine Hände gehen auf Wanderschaft. Er streift über die ausgeprägten Rückenmuskeln Justins und krallt seine Finger in dessen Po. Stöhnend pressen sie ihre Becken gegeneinander. Ihre Penisse sind prall. „Willst du?" Justins Worte ernüchtern Florian. Er kann sich nicht vorstellen mit einem Jungen Dinge zu tun, die sonst Mädchen mit Jungen tun. Er geht auf Abstand. „Nein!", keucht er. Sie starren sich an. Sie sind auf Abstand. Ihre muskulösen Brustkörbe heben und senken sich, hektisch, als hätten sie einen Marathon hinter sich.

Sie sind gleich groß. Blaue Augen treffen grüne Augen. Florian wirkt graziler. Er ist schlanker und sehniger. Er ist noch jünger. Sein Körper muss sich noch formen. Justin dagegen ist älter und seine Statur ist stärker. Seine Muskeln sind schon ausgeprägter und lassen erahnen, dass er ein kraftvoller Mann werden wird. „Komm, gehen wir ins Bett! Ich verspreche dir, ich werde nichts tun. Aber lass mich dich halten! Bitte!" Justin sieht ihn flehend an. Florian nickt. Er vermisst Justin jetzt schon. Sie stehen getrennt voreinander da und starren sich immer noch tief in die Augen. Zuviel Raum ist zwischen ihnen. Er streckt die Hand aus und zieht ihn zu seinem Bett. Kurz lässt er ihn los. Er zieht sich bis zu seinen Boxer Shorts aus, wirft seine Klamotten über den nahestehenden Sessel und legt sich hin. Einladend hebt er für Justin die Decke. Dazu lässt sich der Geliebte nicht zweimal bitten. Nackt, nur mit dem dünnen Stoff ihrer Boxer Shorts getrennt, rücken sie zusammen. Justin hebt seinen Arm und Florian legt sich hinein. Bald schlafen sie ein.

Justin wacht erschrocken auf. Er ist nicht in seinem Zimmer! Die Dunkelheit weicht schon dem Tag. Er muss gehen, bevor sie erwischt werden! Er sieht auf Florian hinunter. Sein Freund liegt mit dem Kopf auf seinem Bauch. Er streichelt über die dunklen Locken. Florian schnurrt und hebt verschlafen seinen Kopf. Er lächelt Justin an. Spontan küsst er auf den flachen Bauch. „Ich muss gehen, Florian! Sonst sieht uns noch jemand!" Florian zieht eine Schnute. Justin lächelt. Aber er hievt sich, etwas steif von der langen Unbeweglichkeit während der Nacht, hoch. Er streckt sich ausgiebig und lässt grinsend die Muskeln für Florian spielen. Dann beugt er sich hinab, um sich einen Kuss zu holen. „Bis bald!" Dann verschwindet er und die Tür fällt leise ins Schloss. Florian lässt sich stöhnend auf die Polster zurück fallen. Der schnelle Abgang gefällt ihm gar nicht. Er hätte noch gerne etwas geschmust und gekuschelt. Dass er ihn gleich wieder beim Frühstück sehen würde, zählt nicht, denn da müssen sie wieder als ‚normale' Kumpel auftreten. Shit. Florian geht in die Kantine und nimmt sich ein Tablett. Er legt sich ein großzügiges Frühstück auf und geht zu den Tischen. Suchend, ob seine Freunde schon da sind, geht er durch die Reihen zu ihrem Stammtisch. Schließlich hört er

Ana rufen. „Hier sind wir!" Sie wedelt mit der Hand, um auf sich aufmerksam zu machen. Er geht auf sie zu und setzt sich nieder. „Hi, wie geht's dir?" „Gut!", brummt er. Er will keine Konversation führen, solange er noch nichts im Magen hat und schweigt. Außerdem ist Justin noch nicht da und sein Blick schweift ständig zum Eingang des Speisesaales hin. „Suchst du jemanden?" Anastassja ist es langweilig. Florian ist nicht gesprächsbereit und die anderen sind noch nicht da. „Hi!" Justin nimmt Platz gegenüber Florian und sie sehen sich tief in die Augen. Sie merken gar nicht, dass das Mädchen diesen Kontakt auf das intensivste beobachtet. Sie darf nichts verpassen! Florian senkt als erster schüchtern lächelnd den Blick und wendet sich seinem Brot zu, das er mit Butter bestrichen hat. Seine Wangen haben eine leichte Röte angenommen. Justin widmet sich schweigend seinem Frühstück.

Inzwischen sind Alexander und Aleksej angekommen. Verena steht an der Theke und winkt ihnen zu. „Hi. Wie habt ihr die erste Nacht geschlafen?", fragt sie, Platz nehmend, in die Runde. „Gut!" „Na ja." „Geht so." Die Kommentare sind knapp, aber Verena hat wohl eher eine rhetorische Frage gestellt. „Welchen Unterricht habt ihr heute?" Inzwischen bekommt Verena nur mehr von Anastassja Antwort. „Mathe." Die Jungen sind zu sehr mit Essen beschäftigt. „Ich auch. Da können wir dann gleich mal zusammen hingehen." Ana nickt und beißt genüsslich in ihr Croissant, das sie vorher in ihren Kakao getunkt hat.

Die Prügelei im Speisesaal

Lautes Lachen schallt zu ihnen herüber. „Was ist da los? Verena und Ana drehen sich um und recken ihre Hälse. „Ah… das sind Michael und Sebastian! Die Brüder von Florian." „Das sind die Zwillinge? Wow! Die sehen aber gut aus!", bewundernd guckt Verena die beiden an. „Hey, ich bin auch da!", versucht Aleksej sie zu erinnern. Aber Verena nimmt keine Notiz von ihm. Ana und sie schauen weiter zu den auffälligen Jungen. Obwohl sich einige Mädchen um die beiden scharen, haben sie einen guten Blick auf die gutaussehenden Zwillingsbrüder. Sie sind groß, fast schon wie ihr älterer Bruder Florian. Sie sind blond und blauäugig, wie ihr Bruder Florian. Ihre Muskulatur ist jetzt schon ausgeprägter, als die ihres älteren Bruders. Ihr Charisma ist stark spürbar. Grübchen betontes Lächeln, wickelt die Mädels sprichwörtlich um ihre Finger. Irgendwie schaffen sie es, dass sich keine vernachlässigt fühlt. Immer wieder stellen sie körperlichen Kontakt her. Sebastians Hand umfasst kurz einen Ellbogen, Michaels Finger streifen zärtlich die Hand eines Mädchens, oder ein Kinn wird kurz angehoben. Sie machen die Mädels verrückt. „Ah jetzt küsst er sie noch auf den Mund! Der geht aber ran!" Verena und Anastassja amüsieren sich. Ihre Kommentare halten die Jungen an ihrem Tisch auf dem Laufenden. „Jetzt umarmt er noch die Blonde!" „Sieh nur, jetzt hängt sie an ihm, wie eine Klette!" „Sie werden noch Probleme bekommen! Bald haben sie keine Ruhe mehr vor den Mädels!", lacht Verena. Florian schnaubt. Was gehen ihn seine Brüder an? Sie sollen doch machen was sie wollen!

Die jüngeren Brüder albern herum, als wären sie schon immer da gewesen. Sie haben keine Scheu vor den Mädchen, die um sie zwei herumscharwenzeln. „Wie bei Florian! Er hat die Mädels auch angelockt, wie die Fliegen!", ätzt Verena lachend. „Pass auf, was du sagst!", knurrt Florian. „Alter! Drohst du etwa meiner Freundin?" Aleksej schaut Florian scharf an. „Sie hat angefangen! Halt sie zurück!", knurrt Florian. „Einen Scheiß werde ich tun! Du nimmst das zurück! Du... du... Schwuchtel!" Verena und Anastassja starren geschockt, mit einem kleinen Aufschrei, auf Aleksej. Er hat sich in Rage geredet. Florian springt auf und hechtet über den Tisch hinüber zu Aleksej. Geschirr und Messer fallen scheppernd vom Tisch. Gläser mit Orangensaft bersten klirrend unter und neben dem Tisch und splittern noch weiter weg. Scherben überall, wo man hinschaut. Mit Butter bestrichene Brote landen mit der fettigen Oberfläche auf dem Boden. Marmelade, Schinken liegen in dem Scherbenhaufen. Die Mädchen springen entsetzt auf und gehen hektisch zur Seite. „Oh mein Gott! Florian... Aleksej! Hört auf!" Aber der Streit hat die übrigen Schüler auch aufgescheucht. Sie stehen um den Tisch der Streithähne und gaffen. Dieses Schauspiel ist eine aufregende Abwechslung. Gierige Blicke hoffen auf mehr. Justin ist dabei, seinem Freund aufzuhelfen und zerrt ihn aus den Saal hinaus. Zurück bleiben die geschockten Mädchen Verena und Anastassja. Sie halten sich gegenseitig am Arm fest. Ihre Augen sind weit aufgerissen. Alexander versucht den aufgebrachten Aleksej zu beruhigen. „Mann! Hier ist es ja richtig spannend!" Sebastian und Micha sind über so viel Action an ihrem ersten Tag im Internat begeistert.

Inzwischen hat Justin Florian nach draußen gezerrt. Sie gehen zum Waldrand in der Nähe der Schule. „Was hast du dir dabei gedacht!?", schimpft Justin. „Hast du gehört was er gesagt hat? Er hat mich Schwuchtel beschimpft!" Florian ist aufgebracht über so viel Gemeinheit. Aleksej sollte sein Freund sein! Er ärgert sich maßlos über dieses Schimpfwort. „Ja, aber das ist kein Grund sich so aufzuführen! Du musst über dem stehen. Außerdem wird es ihm schon leidtun.", setzt Justin hinzu. „Was meinst du jetzt damit?" „Erst einmal, die Mädels sind bei dir Schlange gestanden! Das meinte sie! Ist ja nicht schlimm, oder? Zweitens darfst du dich nicht provozieren lassen! Wir dürfen nicht aufgedeckt werden!" Herausfordernd sieht Justin ihn an. Florian schnauft verärgert und dreht sich weg. Sein Körper zittert noch immer wegen des Überschusses an Adrenalin. Justin schnappt seinen Geliebten eisern am Arm, wirbelt ihn zu sich herum und küsst ihn brutal auf den Mund. „Ich hoffe, du entschuldigst dich bei ihm!", zischt er. Florian beißt ihn zornig in die Unterlippe und zieht sie dann fest in sich hinein. Der Kuss wird brutaler. Sie kämpfen verzweifelt. Jeder versucht den anderen durch Schmerz zum Aufgeben zu zwingen. Ihre Atmung geht stoßweise und ihre Körper beben, bis sie sich abrupt trennen. Verzweifelt sehen sie sich wild in die Augen. „Alles gut?" Justin hat seine Hände um das Gesicht Florians drapiert. Dieser nickt erschöpft. Justin küsst ihn kurz und sie gehen zögerlich auseinander. Sie lehnen sich getrennt an einen Baumstamm, um sich zu beruhigen, bevor sie wieder in das Gebäude gehen können.

Während des Vormittages sind sich Aleksey und Florian tunlichst aus dem Weg gegangen. Am Nachmittag werden sie in das Büro des Direktors beordert. „Bitte nehmen Sie Platz, meine Herren!" Dr. Kokoff sieht beiden streng in die Augen. Obwohl die Jungen um einiges größer sind als der Internatsvorstand, so zeigt dieser mehr Präsenz. Aleksej und Florian haben Angst, von der Schule zu fliegen und sehen irgendwohin, nur nicht zu dem Mann vor ihnen. Ihnen ist bewusst, dass sie Mist gebaut haben. „Wer möchte beginnen? Herr Kaminov? Herr Jackson?" Er sieht beiden in die Augen. Sie räuspern sich verlegen. „Also ich..." „Nun..." Sie fangen gleichzeitig zu reden an und hören auch wieder auf. Dann dreht sich Florian endgültig zu Aleksej hin und entschuldigt sich etwas stotternd. „Nun... ich... wollte sagen, äh..., dass es mir leid tut, was ich zu dir... äh... gesagt... habe!" „Äh... ja... danke! Ich bin... äh... auch nicht ganz unschuldig! Ich... nehme alles zurück... Freunde?" Aleksej reicht ihm die Hand und Florian schlägt erleichtert ein. „Na dann wollen wir es gut sein lassen! Sie haben sich entschuldigt und sie müssen mir versprechen, dass so etwas nicht mehr vorkommen wird, meine Herren! Sie können wieder gehen!" Er entlässt seine Schüler, nicht ohne einen warnenden Blick.

„Alter, das ist noch einmal gut gegangen!" Florian ist erleichtert und sie gehen ins Freie, wo sie ihre Freunde am schulinternen Sportplatz finden.

Eheliche Konsequenzen

Florian findet keinen Frieden. Seine Differenzen mit seinem Vater drücken ihm schwer aufs Gemüt. Es raubt ihm den Schlaf. Nicht einmal Justin kann ihn besänftigen. Er nimmt nach dem Unterricht sein Handy mit nach draußen, setzt sich auf eine Bank und ruft zu Hause an. „Hi Mum!" „Florian, mein Junge! Wie geht es dir? Ich freue mich so, von dir zu hören! Ist alles in Ordnung bei dir, Sebastian und Michael?" „Ja, ja Mum! alles Bestens! Ist Dad da?" „Natürlich!" Sarah Jackson deckt den Hörer mit ihrer Hand ab und ruft ihren Ehemann. „Noah! Dein Sohn Florian ist dran. Er möchte mit dir reden!" Noah brummt. „Was will er? Ist er wieder zu Vernunft gekommen?" „Noah! Ich warne dich! Ärgere mich nicht. Sprich mit ihm!" Grummelnd nimmt er ihr das Handy aus der Hand. „Hallo, mein Junge!" „Hi Dad! Kann ich zum Wochenende nach Hause kommen?" „Warum?" Sarah sieht ihn böse an und reißt ihm wutentbrannt das Handy weg. „Gib das Handy her! Du... du...!" „Florian natürlich kommst du nach Hause! Wir freuen uns auf dich! Papa holt dich ab! Ich gebe dir noch Bescheid." „Danke Mum! Ich liebe euch!"

Sarah baut sich aufgebracht vor ihrem Mann auf. Als Frau, die um fast zwei Köpfe kleiner ist, als Noah, wirkt sie durchaus durchsetzungsfähig. „Was bildest du dir eigentlich ein? Florian ist dein Sohn! Was hast du für ein Problem?" „Er ist nicht normal! Schwul! Wenn ich nur daran denke! Abartig!" Eisblaue Augen blicken auf funkelnde und sehr enttäuschte braune Augen hinunter. Die Arme sind vor seiner Brust verschränkt. Ihre sind seitlich in die Hüften gestemmt. „Wenn du glaubst, du kannst ihn ausgrenzen, musst du mit den Konsequenzen meinerseits rechnen! Ich habe kein Problem mit seiner sexuellen Ausrichtung! Geh mir aus den Augen und komm erst wieder, wenn du es dir anders überlegt hast!" „Was soll das jetzt heißen!" „Du schläfst nicht mehr in meinem Bett!" „Das ist auch mein Bett!" „Jetzt nicht mehr!" Sarah greift sich plötzlich an den Bauch. Zum ersten

Mal spürt sie Bewegungen in ihrer dritten Schwangerschaft. Sie nimmt tief Luft und lächelt. Die Gegenwart ihres ungeborenen Kindes beruhigt sie wieder. „Was ist los mit dir? Mein Gott! Hast du Schmerzen? Kann ich dir helfen?" Noah ist äußerst besorgt. Sarah ist zu ruhig geworden. Das ist doch nicht normal! „Sarah sag doch was!" „Das Baby. Es bewegt sich! Greif mich nicht an! Bevor du mit Florian nicht ins Reine kommst, kannst du mich vergessen!" Sie zeigt mit ausgestrecktem Zeigefinger zur offen stehenden Tür. Sie ist noch immer böse, sehr böse! Shit! „Aber..." Noah ist perplex.

Er verlässt geschlagen das gemeinsame Zimmer. Er geht in das untere Geschoß wo seine Eltern wohnen. „Kann ich heute bei euch übernachten? Sarah hat mich hinausgeschmissen!" Jason, sein Vater, lacht. „Was ist passiert? Euer Streit war ja sehr unterhaltsam!" Er hat einen Arm um seine Frau gelegt und sieht seinen Sohn amüsiert an. „Florian ist schwul!" „Ja... und?" „Also wirklich! Euer Enkel ist schwul!" Seine Eltern sehen ihn schweigend an. „Was sagt Sarah dazu?" „Sie hat ihn zum Wochenende eingeladen und ich, ICH soll ihn abholen!" „Wir freuen uns sehr, wenn Florian kommt! Wir können ihn auch nach Hause holen. Kein Problem!" Jasons Augen funkeln belustigt. Seine Frau wird ungehalten. „Noah, was bist du nur für ein Depp! Florian ist noch immer dein erstgeborener Sohn und unser Enkel! Wir alle lieben ihn! Egal welche sexuelle Ausrichtung er hat! Es ist sein eigenes Problem! Herrgott noch einmal!" Shit, bei seinen Eltern stößt er ebenso auf Mauern. Er muss sich fügen, ob er will, oder nicht. Er muss Florian selbst abholen, sonst bekommt er es mit seiner schwangeren Sarah zu tun. Seit sie erfahren haben, dass Florian schwul ist, hatten sie keinen Sex mehr! Jetzt darf er nicht einmal in seinem Bett neben ihr schlafen. Das ist kein Spaß mehr! Mürrisch geht er wieder nach oben und legt sich auf die Couch und dreht das Fernsehgerät an. Verdrießlich zappt er sich durch unzählige Kanäle, aber er findet nichts Interessantes. Immer wieder horcht er auf Geräusche. Sarah in der Küche. Sarah im Badezimmer. Sarah im Schlafzimmer. Sarah geht die Stufen zu seinen Eltern hinunter. Ihr Lachen hallt bis zu ihm hinauf. Wenigstens sie hat ihren Spaß! Es muss sich was ändern, sonst dreht er noch durch. Er muss wohl oder übel doch mit Florian auf ein erträgliches Miteinander kommen. Er schaltet das TV-Gerät aus und legt sich gemütlich zurück. Es ist spät und er versucht einzuschlafen. Sarah will sicher, dass er morgen früh losfährt, um seinen ältesten Sohn nach Hause zu holen. Er seufzt. Immer wieder dreht er sich um. Seine Beine sind viel zu lang für die kurze Bank. Sein Kopf liegt auf einem juckenden Polster. Nicht gut. Wieder dreht er sich um. Bummm! Er liegt auf dem Boden. Shit! Vorsichtig streckt er sich aus und bleibt vorerst einmal so liegen. Er langt nach einem der juckenden Zierpolster und bettet seinen Kopf darauf. Schon besser. Er lauscht in die Dunkelheit. Stille. Die Tür zum Schlafzimmer ist einen Spalt offen. Ob er sich trauen soll, sich einfach zu ihr zu legen? Er muss sie ja nicht berühren. Mühsam richtet er sich auf und wagt sich in die Höhle des Löwen. Sie schläft tief und fest. Sie liegt fast quer über der Matratze. Nicht gut. Dennoch setzt er sich vorsichtig an den Rand seiner Bettseite. Langsam legt er sich nieder, um sie nur ja nicht aufzuwecken. Bedächtig schüttelt er seine Decke auseinander und legt sie sich über seinen nackten Bauch und legt entspannt seinen Kopf zurück. Wohlbehagen seufzt er auf und schließt die Augen.

Irgendwann wacht er auf. Er kann kaum seine Beine bewegen. Sarah liegt halb auf ihm drauf. Sie muss sich im Schlaf an ihn gekuschelt haben. Er legt fürsorglich einen Arm um sie und sie legt ihren Arm um ihn herum. Ihre Wange liegt auf seinem Brustkorb und ein Bein schlingt sich über seine. Sie schnurrt wie ein Kätzchen. Es gefällt ihm. Wie sie morgen darauf reagiert, darüber macht er sich jetzt keine Gedanken. Er schläft bis in den Morgengrauen durch, ohne noch einmal munter zu werden. „Noah! Wach auf! Was machst du hier! Ich habe doch gesagt, dass du draußen schlafen sollst!" Seine schwangere Frau ist süß, wenn sie morgens aufwacht. Zerzaustes braunes lockiges Haar liegt über seiner nackten Haut und streichelt ihn. „Äh... die Couch ist zu kurz für mich. Außerdem hast du Dich an mich gekuschelt!", verteidigt er sich und zieht sie unerbittlich an sich und küsst sie auf ihre schmollenden Lippen. Sie wehrt ihn ab und versucht aufzustehen. Noah hält sie nachdrücklich fest. So schnell lässt er sie nicht mehr los. „Ich fahre nachher zum Internat." Sarah hat seinen blauen Augen noch nie widerstehen können. Sie sehen so... Sie beugt sich vor und küsst ihn. Sie streichelt über seinen zerzausten Haarschopf und streift über seine Muskeln an der Brust entlang. Noah übernimmt die Kontrolle und vergräbt sie unter sich. Seufzend unterwirft sie sich.

Noah wählt seinen Sohn an. Es läutet einmal... zweimal... dann... „Hi, Florian! Ich fahre jetzt los! Pack deine Tasche. Ich bin in einer Stunde bei dir!" „Klar Dad!" Noah ist guter Laune, nachdem er fantastischen Versöhnungssex mit seiner Frau genossen hat. Pfeifend steigt er in seinen Wagen und fährt los.

Liebeskummer

Florian legt das Handy zur Seite „Mein Dad kommt. Ich fahre das Wochenende nach Hause." „Wieso erfahre ich das erst jetzt?" Justin richtet sich auf. Er hat bei Florian übernachtet. „Ich habe gestern Mum angerufen. Ich muss mich mit meinem Dad aussprechen. Ich kann so nicht weitermachen. Es macht mich ganz fertig." Florian guckt traurig. „Aber wieso sprichst du nicht mit mir darüber?" Justin ist etwas irritiert. Er ärgert sich darüber, dass Florian ihn so außen vor lässt. „Was sollst du schon machen können? Das ist eine private Angelegenheit." „Was!? Wie meinst du das? Bin ich nicht ein Teil deiner privaten Angelegenheit? Es geht immer noch um uns beide!" Sie starren sich lange an. Florian äußert sich nicht mehr und steht auf. Er holt seine große Sporttasche und fängt an, sie für das Wochenende einzupacken. „Hey, rede mit mir!" Justin ist aufgesprungen und hält Florian am Arm fest. Er reißt sich los. „Lass mich!", er sieht ihn nicht einmal mehr an. „Dann tu wie du willst…!" Justin stürmt wütend und frustriert hinaus. „Er soll doch machen was er will! Wenn er glaubt, soll er doch! Er braucht nicht angekrochen kommen, wenn er alleine da steht! Nicht mit mir!" Justin grollt sich selbst in einen Wirrwarr hinein. Er kickt hart auf einen Blumentopf, der klirrend in tausend Stücke bricht. Erde verteilt sich über den Steinboden des lichtdurchfluteten Gang. Frustriert schlägt er mit der Faust auf das Stiegen Geländer ein.

Schüler starren ihn verwundert an. Vorsichtshalber weichen sie ihm aus, um nicht in sein Schussfeld zu gelangen. „Mann, was ist dir über die Leber gelaufen?" Alexander kommt ihm entgegen. „Nichts!", bellt Justin und läuft weiter, ohne noch einen Blick auf seinen Freund geworfen zu haben. Aleksej schüttelt den Kopf. Plötzlich kracht es hinter ihm. Er macht einen Satz zur Seite. Was war das denn? Er dreht sich um. Justin hat einen weiteren Blumentopf zerbrochen! Inmitten des zerbrochenen Tongefäßes liegt die Erde und die große Pflanze verstreut am Boden. Sogar einige Klumpen der Erde und Teile der Pflanze rieseln in das darunter liegende Stockwerk.

„Jetzt reicht es aber!" Aleksej packt Justins Arm brutal zerrend in dessen Zimmer. „Was ist los! Spuck's aus!" Justin sieht ihn mit nassen Augen an. „Florian fährt dieses Wochenende nach Hause." „Ja und?" „Ohne mich!" „Er wird schon einen Grund haben!" Justin sitzt wie ein Häuflein Elend vor Aleksey. „Er will seine Angelegenheiten mit seinem Dad klären!" Aleksej versteht das Problem noch immer nicht. „Verstehst du nicht? Seine private, nämlich mich, Angelegenheit!" Er zeigt mit seinem Daumen auf sich. Endlich kapiert Aleksej was gemeint ist. „Er wird schon einen Grund haben, oder nicht?", versucht Aleksej Justin zu versöhnen. „Was meinst du? Wenn ich der Grund bin, dann will ich ihm beistehen!" „Hattet ihr Streit?" „Nein! Bis vorhin nicht. Ich habe heute bei ihm übernachtet. Es war schön!", jammert er. „So genau will ich das jetzt aber nicht wissen!", wiegelt Aleksej ab. Justin sitzt verstört auf dem Bett. Aleksej steht nachdenklich vor ihm. Er denkt nach, was er nun mit dem Kerl anfangen soll. „Steh schon auf! Wir gehen hinaus in den Wald joggen. Das hilft gegen Liebeskummer. Widerwillig lässt Justin sich darauf ein. Irgendwas muss er tun, sonst zerfließt er in Tränen. Er zieht sich seine Sportklamotten an und begleitet Aleksej in dessen Zimmer.

„Hi Justin!" Alexander und Anastassja sitzen zusammen auf der Couch vor dem Fernseher. „Hi!" „Was ist dir über die Leber gelaufen?" Ana spürt sofort die negative Stimmung, die Justin ausstrahlt. „Justin hat Liebeskummer! Wir gehen joggen!" „Gute Idee! Ich laufe mit." Alexander küsst Anastassja und springt auf, um sich in seinem Zimmer umzukleiden. „Wartet auf mich!" „Was ist passiert?" Anastassja wittert eine Geschichte. „Florian!" „Was hat Florian? Komm setz dich zu mir und erzähl Tante Anastassja deinen Kummer!" Sie lächelt und klopft auf den Platz neben sich. Bevor er im Zimmer herumsteht und auf Aleksej warten muss, lässt er sich neben dem Mädchen nieder. „Na was ist? Was hat Florian angestellt?" Anastassja sitzt teilnahmsvoll da und wartet geduldig. „Florian fährt dieses Wochenende

nach Hause!" „Ja... und?" Sie runzelt die Stirn. „Er hat es
mir gerade gesagt. Er will seine privaten Angelegenheiten
regeln!" Bei privat macht er Apostrophe. Seine Augen
fangen wieder verdächtig an zu glänzen. Sie legt vorsichtig
eine Hand auf seine. Sie kann es nicht mit ansehen, wenn
jemand so traurig guckt. „Warum macht dich das so traurig?"
„Er schließt mich aus! Die private Angelegenheit bin wohl
ICH!" Irgendwann ist seine Stimmung wieder zu wütend
gewechselt. Seine Faust schlägt auf seinen Oberschenkel.
Anastassja nimmt ein wenig Abstand... Sie will nicht das
Ziel seines Zorns werden. „Nimm das nicht so persönlich.
Vielleicht ist ein Gespräch mit seinem Dad alleine ganz gut.
Später kannst du dann immer noch dabei sein. Denk nach!
Wir haben noch das Schulfest! Da bist du dann neben ihm!"
Sie versucht ihn mit Argumenten zu beschwichtigen, was ihr
ganz gut gelingt. Außerdem hat sie ihm einen Arm um die
breiten Schultern gelegt, ihn an sich gezogen, bis sein Kopf
in ihrem Schoß liegt. Wie ein kleines Kind lässt er sich über
den Rücken streicheln. Er beruhigt sich zusehends.

„Was ist da los?!" Alexander ist in seiner Laufkleidung
wieder zurück. „Er war so traurig! Da habe ich ihn einfach
beruhigen müssen!", meint sie. Justin richtet sich auf.
Peinlich berührt, dass er in so einer dämlichen Situation
erwischt wird, schüttelt er den Kopf und steht auf. „Danke!",
sagt er leise. „Schon gut. Jederzeit." „Kumpel! Wie wäre es,
wenn du den Gang sauber machst, bevor du Ärger
bekommst?" Aleksej, Alexander und Justin gehen hinaus.
Gemeinsam kehren sie den Mist weg und tragen den
gefüllten Plastiksack nach draußen. Sie hoffen, dass es keine
Konsequenzen geben wird.

Männergespräch

Noah Jackson fährt die Auffahrt zum Internat hoch und parkt auf dem Besucherparkplatz. Er muss Florian für das Wochenende bei der Direktion abmelden. Sein Sohn kommt ihm schon entgegen. Florian hat Angst davor, wie sein Vater auf ihn reagieren wird. Aber er hat sich umsonst Sorgen gemacht. Noah klopft ihm kräftig auf die Schulter. „Hallo Junge! Wir freuen uns, dass du uns zu Hause besuchen willst!" „Ja, ich freue mich auch riesig!", grinst Florian erleichtert. „Ich gehe noch ins Sekretariat. Kommst du mit?" Florian ist nun froh, über die Entscheidung, nach Hause zu fahren. Sein Dad ist ihm, wie immer, entgegen gekommen. Keine Spur einer Enttäuschung wegen ihm. Jetzt freut er sich auf daheim. „Ich denke wir fahren Mittag essen. Nur wir beide. Was sagst du dazu?" Florian nickt. Was kommt jetzt? Er muss abwarten. Bald zweigt Noah von der Bundesstraße in eine Nebenstraße ab und bleibt an einem Wirtshaus stehen. Sie hätten nicht mehr weit bis nach Hause gehabt. „Wir müssen reden!" Florian schweigt. Was soll er darauf auch erwidern? Sie nehmen Platz. Sofort kommt der Wirt. Sie sind früh da. „Was darf ich euch bringen? Wollt ihr essen?" „Eine Cola für mich... und du?" Florian bestellt dasselbe. Aber sie haben keinen Hunger. Der Wirt geht.

„Also was ist das mit dir und dem anderen?" Noah beginnt das Gespräch. Florian sieht überall hin, nur nicht zu seinem Vater. Seine Hände greifen nach den Bieruntersetzern und er dreht sie nervös in seinen Händen. „Sprich mit mir, Florian. Ich will es verstehen!" „Äh... Was willst du wissen?" „Na ja... äh... was macht ihr so?" Noah weiß nicht so recht, wie er seine Fragen stellen soll. Also macht er es so wie immer... direkt. „Fickt ihr?" Florian ist schockiert. „Nein!" „Was macht ihr dann? Was ist so Besonderes an einem Mann? Erzähle es mir!" Florian druckst herum. „Er schläft manches Mal bei mir, oder ich bei ihm. Aber wir haben keinen Sex!" Irgendwie ist er in den Verteidigungsmodus gerutscht. Er hat das Gefühl, dass ihn sein Vater sonst wieder ablehnen würde.

Sein Vater sieht ihn lange an. Sein Sohn ist für ihn zu verschwiegen. Er kennt ihn lustig und gar nicht schüchtern. Jetzt ist er unsicher. „Was macht ihr? Küsst ihr euch? Kuschelt ihr? Oder was? Hör mal. Ich will es nur wissen, was ihr macht. Ich will es verstehen. Ich versuche dich nicht zu verurteilen. Aber ich gebe es zu, es war ein Schock für mich!" Noah nimmt tief Luft, reibt genervt über seinen Kopf und starrt weiterhin auf seinen Sohn. Er versucht nicht zu urteilen. Er wartet geduldig ab. „Wir küssen uns und kuscheln. Aber wir haben keinen Sex." „Wieso nicht?" „Ich habe das Gefühl, dass es für mich zu bald ist. Es ist schön, wie es jetzt ist." „Aha!" Irgendwie ist Noah froh, dass es noch nicht soweit ist. Er kann noch hoffen, dass sein Sohn sich doch geirrt hat. Vielleicht ist er gar nicht schwul? „Wie alt ist Justin?" „Er ist zwei Jahre älter. Er ist in der letzten Klasse!" „Bist du nicht traurig, dass er nächstes Jahr nicht mehr da sein wird?" Noah versucht nicht zu frohlocken. „Soweit habe ich noch nicht gedacht. Aber ich denke, dass es nicht so schlimm sein wird. Ich liebe ihn nicht. Aber es ist schön mit ihm zu kuscheln." Noah ist perplex. Was hat er da gehört?! Er nimmt es nicht so schwer, wenn er nächstes Jahr weg ist? Das wird ja immer besser! Wenn der Junge weg ist, kann sich Florian wieder auf die Mädchenwelt konzentrieren, frohlockt Noah. Hoffentlich. „Glaubst du nicht, dass es auch schön sein kann, mit einem Mädchen zu kuscheln?" „Vielleicht. Aber ich habe noch keine gefunden. Da gibt es kein Mädchen in der Schule. Die sind alle so dumm!" Noah ist erleichtert. Sein Florian ist noch nicht ‚verloren'!

„Wie geht es Seb und Micha?" Florian lacht. „Die Mädels kleben an ihnen wie die Fliegen!" „Wie kommt's?!" „Ja, wegen meiner Brüder musste ich zum Direktor. Ich bin noch mal gut weg gekommen! Glaub mir, ich habe Seb und Micha die Leviten gelesen!" „Wieso musstest DU zum Direktor?" „Wegen einer blöden Bemerkung hatten Aleksej und ich eine Rauferei. Keine Angst! Es ist nichts passiert und wir sind wieder beste Freunde." Das ist mein Sohn! Schwul, dass ich nicht lache. Schwule raufen nicht, redet sich Noah ein.

Bald machen sie sich wieder auf den Weg. Sarah, Florians Mum, erwartet sie bereits. Sie beobachtet wie ihre beiden Männer herzhaft lachen. Sie ist überrascht. Ihr Mann hat sich mit seinem ‚Großen' wieder ausgesöhnt. Sie kommen, mit noch immer lachenden Gesichtern, auf sie zu. Florian umarmt sie fest und beugt sich zu ihr hinab, um sie zu küssen. „Hi Mum!" Sie strahlt und zieht gleichzeitig Noah auf ihre andere Seite.

Schockierende Vergangenheit

Wieder zurück zur Schule wird er am nächsten Morgen begrüßt, als wäre er schon seit Ewigkeiten nicht mehr gesehen worden. „Hi, wie war dein Wochenende?" Es ist schön Freunde zu haben. Er setzt sich mit seinem Tablett an den Tisch. „Super!" Er lächelt Justin zu, der sich nicht so zu freuen scheint, wie die anderen. Er blickt, ohne ein Wort, sofort wieder weg. Achselzuckend wendet sich Florian den Anderen zu. Er will sich seine gute Stimmung nicht vermiesen lassen. Soll er doch spinnen! Mir macht das nichts aus, redet er sich ein. Er hat ein tolles Wochenende mit seiner Familie verbracht. Er war mit beiden Opas fischen. Mit seinem Dad ist er im Club ‚Together' gewesen. Die rauen Kerle sind zwar nicht so ganz sein Geschmack, aber er hat sich dennoch gut amüsiert. Sie sind erst spät nach Hause gekommen.

„Erzähle! Was hast du so gemacht? Du wirkst ja ganz entspannt." Anastassja blickt ihn neugierig an. „Ich war fischen mit meinen Opas und mit Papa war ich im Club. War richtig geil!" Er schwärmt und bemerkt gar nicht mehr wie sich das Gesicht Justins immer mehr verfinstert. „Was für ein Club?" „Papa ist Rockerboss gewesen. Er hat mich seinen Kumpels vorgestellt. Tolle Typen!", erklärt er Anastassja. „Was ist ein Rocker?" „Na ja… Es sind ein total wilder und verrückter Haufen Typen, die glauben, dass sie ihre eigenen Gesetze machen können." „Wie soll ich das verstehen?", Anastassja hakt nach. „Mum und ihre Freundin sind einmal von einem Mädchenhändler entführt worden. Mann… äh…", Florian schluckt. Er erinnert sich an die schlimme Zeit danach. „Die Kumpels von Dad haben sie befreit und sie wieder nach Hause gebracht." Florian wird still. Die Erinnerung ist mehr als schmerzlich. Anastassja legt anteilsvoll ihre Hand auf seinen Rücken und streichelt darüber. „Mensch, das muss ja grauenvoll gewesen sein!" „Ja…" Er nickt mit dem Kopf. „Ich war noch nicht alt. Aber ich weiß noch, dass Mum damals ausgezogen ist. Sie hat uns verlassen. Sie hat uns Kinder aber immer besucht. Aber Dad war ständig schlecht gelaunt, oder so traurig, sodass er mit Tränen herumgelaufen ist. Scheiße!" Er wischt sich eine Träne aus dem Gesicht. „Was ist dann passiert?", fragt Anastassja ihn teilnahmsvoll. „Sie ist dann doch wieder nach Hause gekommen und es wurde wieder so schön wie immer. Wir haben eine richtig lustige Party gefeiert. Florian lacht kurz auf, aber seine Gedanken sind noch bei den schlechten Zeiten. „Wo war eigentlich die Polizei?" „Die haben sie auch gesucht, aber die Rocker haben sie vorher gefunden und die beiden befreit." „Woher weißt du das alles? Du warst ja noch ein kleiner Junge?" „Dad erzählte mir einmal alles. Er hat mich am Wochenende in den Club mitgenommen und da haben die Rockertypen mir ihre Taten groß aufgebauscht erzählt. Irgendwie war das amüsant." Er lacht schon wieder. Sie haben mir viel mehr erzählt, das nicht so amüsant war! Aber das müssen nicht alle wissen, denkt er sich. Am Tisch ist es still geworden. Die Freunde starren geschockt auf Florian. Sogar Justin streckt seine Hand aus, um ihm zu zeigen, dass ihm Florians Geschichte nahe geht. „Aber jetzt ist alles vorbei! Mum und Dad sind ein Herz und eine Seele. Wir bekommen wieder einen Bruder oder eine Schwester." Florian sieht betont fröhlich in die Runde und langt wieder nach seinen Brötchen.

„Alexander! Wir haben heute Mathe Test!" „Mhm..." Alexanders Mund ist voll. „Wir haben Deutsch Schularbeit!" Aleksej schaut hinüber zu Justin. Dieser nickt. Bald brechen sie gemeinsam zu ihrem Unterricht auf.

„Das muss ja furchtbar gewesen sein! Stell dir vor, du verlierst deine Mama!" Anastassja ist noch gedanklich bei der traurigen Geschichte. Verena stimmt ihr nickend zu und zieht ihre sensible Freundin in die Klasse. Sie sind spät dran. Eilig setzen sie sich nieder und sehen kurz zu Alexander, der schon hinter ihnen sitzt. Der Lehrer teilt inzwischen die Testunterlagen aus.

Das dritte Mal

Florian will sich auspowern. Er hat am Wochenende viel gegessen. Die lange Nacht im Rockerclub hängt ihm auch noch nach. Außerdem haben ihm die Erinnerungen an seine frühe Kindheit zugesetzt. Er zieht seine Laufsachen über und startet los. Er will alleine sein. Er muss sich auch mit der Situation mit Justin klar werden. Will er da weitermachen? Bedeutet Justin ihm etwas, oder nicht? Ist es nur das Bedürfnis nach Nähe? Oder ist da mehr? Er weiß es nicht. Vielleicht bringt ihm die Joggingrunde eine Erleuchtung. Er läuft in Richtung Wald. Er ist jetzt schon völlig außer Atem. Sein Lauftraining liegt schon lange zurück. Zeit, dass er wieder öfter joggt!

Plötzlich hört er einen erstickten Schrei. Er verlangsamt seine Schritte und dreht sich um die eigene Achse. Er sieht nichts. Woher kommt es? Er lauscht. Er hört jetzt nur sein eigenes Keuchen. Langsam läuft er weiter. Seine Augen suchen die Gegend ab. Da! Er hört es wieder! „Hilfe! Hilfeee!" Es ist ein weiblicher Hilfeschrei. Sehr leise, aber deutlich zu hören. Er horcht und hofft, dass er auf dem richtigen Weg ist. „Hilfeee!" Da! Die helle weinerliche Stimme eines Mädchens. Sie muss schon sehr erschöpft sein. Er geht schneller. Er reckt seinen Hals. Er glaubt, dass sich etwas hinter dem Baum da vorne bewegt hat. Er ruft zurück. „Ist da jemand! Wo bist du!" „Hier! Hier bin ich!" Er sprintet los. Er achtet nicht sonderlich auf den Weg. Immer wieder stolpert er über die langen dicken Wurzeln der großen Waldbäume. Er rutscht über nasse, matschige Flecken. Er hält sich dennoch aufrecht. Bis er über eine besonders schlecht sichtbare Wurzel stolpert. Er fällt kopfüber in ein Büschel sattgrünes Moosfleckchen. Seine Knie schürfen sich an den holzigen Wurzeln auf. „Gott sei Dank, dass du vorbei gekommen bist!" Mühsam rollt er sich auf die Seite. „Hi, Nora!", schnauft er „Florian, hast du dir weh getan?" Er rappelt sich ächzend hoch und setzt sich kopfschüttelnd neben sie. Hechelnd und mühsam nach Luft schnappend treibt es ihm die Seele aus dem Leib. Er ist zu schnell gelaufen. Nach Atem ringend, fragt er sie angestrengt: „Hast... du... dir... wehgetan?" Sie guckt ihn mit waidwunden großen braunen Augen an. „Mein Bein! Ich glaube, ich habe es mir gebrochen!" Weinerlich zeigt sie auf den linken Fuß, der tatsächlich gefährlich zur Seite geneigt ist. „Wie lange bist du schon da?" „Ich weiß es nicht so genau! Ich bin in der Früh losgelaufen. Ich habe Hunger und Durst! Bitte Florian, hilf mir nach Hause!"

Nora ist sehr erschöpft. Sie legt den Kopf an den Baumstamm hinter ihr und schließt ermattet die Augen. Ihr blasses Gesicht zeigt Spuren von getrockneten Tränen. Zum Glück hat Florian eine kleine Flasche Wasser an seinem Hüftgürtel hängen. Er will sie an Nora weiterreichen. Sie reagiert nicht. Also öffnet er den Verschluss und legt die rettende Flasche an ihre Lippen und benetzt sie vorsichtig mit dem kühlen Nass. Schließlich hebt sie die Hände und trinkt gierig. „Langsam!", mahnt er. „Danke!" „Kannst du aufstehen? Keine Sorge, ich helfe dir!" Ohne viel Mühe hebt er sie vorsichtig hoch. Sie versucht alleine zu stehen, aber sie strauchelt und knickt ein. Seine Arme packen fester zu, um ihr den nötigen Halt zu geben. „Es geht nicht! Es tut so weh!" Ihre Augen werden wieder nass. Die Tränen quellen hervor und laufen, die schon sichtbaren alten Spuren, entlang. Florian sieht sich um. „Warte, ich versuche einen Stock zu finden, damit du dich darauf stützen kannst." Er geht suchend umher und hebt hier und da einen Holzstab auf, bis er einen kräftigen Stecken mit einer Gabelung findet. Zufrieden mit seinem Fund, kehrt er zu ihr zurück. Erneut hilft er ihr hoch und reicht ihr die Stützhilfe. Mit kräftiger Unterstützung von Florian auf der einen Seite und dem Stecken auf der anderen, humpeln sie mühsam Schritt für Schritt den Weg entlang zurück. Langsam, aber sicher finden sie Meter für Meter zurück zum Waldrand. „Schau, wir haben nicht mehr weit. Da vorne ist die Schule!" Er ist kurz stehen geblieben. Nora hat den Kopf schwer auf seine Schulter gelegt. „Jetzt nicht schlapp machen! Nora wach auf!" Sie fällt ohnmächtig neben ihm zusammen. Es ist zu viel für sie geworden. Shit! Er muss sie auf die Krankenstation tragen. Kurzerhand hebt er sie hoch. Sie ist nicht allzu schwer für ihn. Das zierliche Mädchen reicht ihm gerade mal bis zur Brust. Er hält beschützend den Arm um sie, als er versucht, das schwere Schultor zu öffnen, die plötzlich von innen aufgerissen wird. „Hey! Vorsicht!" Florian hat zu kämpfen, dass er nicht mit Nora das Gleichgewicht verliert.

„Mann! Ich habe dich gesucht!" Es ist Justin. Dann erst registriert er, dass Florian ein Mädchen auf seinen Armen trägt. „Was ist mit Nora los?" Sie ist noch immer ohnmächtig. „Ich habe sie verletzt im Wald gefunden. Geh mir aus dem Weg! Ich muss zu Dr. Schiwago!" „Wie oft rettest du sie noch?!", ätzt Justin. Florian sieht ihn kopfschüttelnd an und wendet sich ohne Worte ab. Erschöpft erreicht er die Krankenstation der Schule. Dr. Schiwago und Schwester Natascha, seine medizinische Helferin, eilen herbei. Sie winken Florian mit der ohnmächtigen Nora zur Liege, wo er sie aufatmend ablegen kann. „Was ist passiert?" „Ich habe sie im Wald gefunden. Sie war ansprechbar, aber unterwegs ist sie ohnmächtig geworden." Florian ist besorgt. Noras Gesicht ist käseweiß. Dr. Schiwago untersucht Nora gewissenhaft, dennoch muss er sie ins Krankenhaus einweisen lassen. „Schwester Natascha, bitte rufen Sie den Krankenwagen! Wir brauchen eine Blutabnahme und ein Röntgen des Beines!" Dr. Schiwago sieht Florian an. "Herr Jackson, nicht wahr?" Florian nickt. „Können Sie mitfahren? Das Mädchen wird sicher beruhigt sein, wenn sie ein bekanntes Gesicht sehen wird, wenn sie aufwacht! Ich werde der Direktion Bescheid geben." Florian wird angewiesen auf die Rettungssanitäter zu warten. Also setzt er sich neben das Bett auf dem Nora liegt und beobachtet sie. Ihr Mund steht leicht offen. Kleine Scharchgeräusche blubbern aus ihr hervor. Die Wangen sind schwarzverschmiert von ihrer zerronnenen Wimperntusche. Sie muss viel geweint haben! Sie wollte laufen, wie er. Sie hat eine kurze schwarze Jogginghose an und ein bauchfreies rosa Top. Sie ist schlank, zierlich und sie wiegt so viel wie gar nichts. Es war ihm ein Leichtes sie zu tragen. Er muss sie in Zukunft beschützen. Sie zieht die Unfälle magisch an. Irgendwie hat es ihn verändert, seit er sie hier abgelegt hat. Er sieht sie mit

anderen Augen. Er rettet sie schon das zweite Mal? Nein…
das dritte Mal!

Das erste Mal hat sich Justin ihr genähert und sie beinahe zu
etwas gezwungen, das sie nicht wollte. Er hat mit Justin eine
Prügelei angefangen. Das zweite Mal ist sie im Wald über
einen Abhang gestürzt. Er hat sie mit Freunden
herausgezogen und ist dabei selbst zu Schaden gekommen.
Jetzt hat er sie das dritte Mal gerettet! Ist das ein Omen? Er
ist nicht abergläubisch. Aber wieso findet er sie immer
wieder in Gefahr? Ist es Schicksal? Aber wofür? Er schüttelt
seinen Gedankengang ab. Er findet keine Antworten. Er sieht
auf die Uhr. Es ist schon spät. Die Sanitäter des roten
Kreuzes kommen soeben bei der Tür herein. Sie überblicken
sofort die Situation und ergreifen die Initiative. Nach
Rücksprache mit Dr. Schiwago wird Nora auf der Trage in
den Krankentransport geschoben. Florian setzt sich auf den
ihm angewiesenen Sitz. Er muss sich anschnallen und sie
fahren mit Blaulicht davon. Er macht sich Sorgen. Nora ist
noch immer nicht aufgewacht.

Bin ich wirklich schwul?

Florian wartet. Das Personal hat ihn gebeten im Warteraum Platz zu nehmen und abzuwarten. Er sitzt schon eine lange Zeit, ohne dass ihn jemand über Nora aufgeklärt hat. Die Tür öffnet sich und ein Arzt kommt fragend auf ihn zu. „Sie sind…?" „Ich bin Florian Jackson. Nora und ich sind gemeinsam im Internat. Ich habe sie gefunden." „Okay. Ich habe von der Direktion einen Anruf bekommen, dass ich mit ihnen sprechen darf." Florian nickt und wartet etwas ängstlich. Es hat lange gedauert, bis irgendjemand es der Mühe wert gefunden hat, ihm mitzuteilen, was hier los ist. „Der Patientin Nora Singer, geht es den Umständen entsprechend gut. Sie ist erschöpft, aufgrund des Flüssigkeitsmangels und der Fraktur ihres linken Knöchels. Um eine mögliche Gehirnerschütterung ausschließen zu können, möchten wir sie heute Nacht zur Beobachtung hier behalten. Weiters müssen wir sicher sein, dass sie keine sonstigen Verletzungen davon getragen hat. Wenn sie wollen, können sie jetzt zu ihr hinein." Florian nickt erschöpft und folgt der Richtung, die ihm der Arzt gezeigt hat. Er findet Nora, die Augen geschlossen, in den Kissen liegend vor. Sie wirkt so zart, blass und schutzbedürftig! Sie öffnet etwas die Augen, als er sich einen Sessel im Zimmer organisiert und lächelt zittrig. „Hey!" „Wie geht's?" „Ganz gut. Komm setz dich zu mir!" Sie klopft schwach auf das Bett neben sich. Florian stellt den Sessel wieder weg und lässt sich vorsichtig auf die Kante des Bettes nieder. Still betrachten sie sich, bis Nora verlegen wegsieht. „Hey! Ich bin froh, dass ich dich gefunden habe!" Florian greift nach ihrer Hand. Sie nickt und errötet. „Hast du Schmerzen?" „Es geht schon." Wieder stockt die Unterhaltung. Florian hat noch immer ihre Hand in seiner.

Es gefällt ihm. Er kann nicht wegsehen. Ihre Wangen sind nun sauber. Ihre verlaufene Schminke ist weg. Sie sieht wirklich süß aus, denkt er sich. Ihre blonden Haare kringeln sich über das Kissen. Er kann nicht anders und streift eine

Locke von ihrem Gesicht weg. Wie ihre Haut weich ist, denkt er. Er ist ganz hingerissen. Er muss sie noch einmal berühren und fühlt mit seiner ganzen Handfläche ihre Wange. Sie ist ganz heiß und weich. Nora blickt mit ihren grünen Augen in seine. Als er seine Hand zurückziehen möchte, hält sie ihn fest. Sie mag das. Sie fühlt sich umsorgt. Lächelnd schmiegt sie sich hinein. Sie lockt ihn noch mehr in ihren Bann. Sie zieht ihn magisch zu sich hinunter, bis seine Lippen ganz nah an ihren sind. Sie berühren sich. Zart. Streichelnd. Kosend. Ihre Hand hält ihn im Nacken fest. Er will auch gar nicht weg. Der Kuss ist… Er kann dieses Gefühl gar nicht beschreiben. So zart… so… großartig… ganz anders als mit Justin. Justin! Mit einem Ruck löst er sich aus ihrem Bann. „Was hast du?" „Ich… ich… weiß nicht. Ich kann das nicht…" Er stottert und fühlt sich unsicher. Justin? Nora? Was nun? „Ich muss gehen!" „Bitte bleib! Was ist mit dir?" Florian flüchtet eiligst, ohne ein weiteres Wort, aus dem Zimmer. Im Laufen holt er schon das Handy heraus, um sich eine Fahrgelegenheit von der Schule zu organisieren. Verloren sieht sie ihm nach…

Zurück in seinem Zimmer, sperrt er sich ein. Er will alleine sein. Er muss nachdenken. Er weiß, dass er Justin Antworten schuldig ist. Er hat ihn, seit er von zu Hause wieder in die Schule gekommen ist, noch nicht gesprochen. Aber jetzt kann er auch noch nicht. Er ist zu aufgewühlt. Morgen… Es klopft. Florian reagiert nicht. Es klopft noch einmal. Florian bleibt mucksmäuschenstill. „Florian bist du da? Mach auf! Ich bin es, Justin! Lass mich rein!" Florian zieht sich die Decke über den Kopf, dabei wirft er den Wecker auf seinem Nachttisch um. „Florian! Ich weiß, dass du da bist! Mach schon auf!" Justin lässt nicht locker. Ergeben lässt sich Florian umstimmen und öffnet die Tür. „Hi." „Hi." Justin lehnt mit verschränkten Armen und überkreuzten Knöchel abwartend am Türstock. „Komm rein!", fordert Florian ihn auf und weicht zurück. Justin schließt die Tür von innen und kommt langsam auf seinen Freund zu. Florian ist nackt bis auf die Shorts. Mit leuchtenden Augen taxiert Justin die wohlgeformten Muskeln auf Brust und Armen seines Gegenübers. Er umarmt ihn und küsst ihn auf den Mund. Florian legt seine Arme um die Hüften seines Geliebten und erwidert den Kuss hingebungsvoll. „Was ist nur los mit dir? Ich habe dich vermisst!" Zwischen den Küssen versucht Justin zu verstehen, warum ihn Florian versetzt hat. Er versteht nicht, dass er nicht gleich zu ihm gekommen ist, als er von zu Hause wieder zurück in der Schule war. Er musste einen ganzen Tag lang warten und dann hat er ihn mit Nora auf seinen Armen erwischt. Es hat ihn in tiefster Seele wehgetan.

Florian und er kleben verzweifelt und gierig aneinander. Ihre Küsse sind unersättlich. Immer wieder taucht Florian in ihn ein, bis Justin die Kontrolle übernimmt. Justin reibt seine Hüfte an der von Florian. Sein Penis ist steif. Er will mehr von Florian und zeigt es ihm deutlich. Florian löst sich keuchend und starrt ihn an. „Darf ich hier bleiben?", fragt Justin. Florian nickt stumm. Er zieht seinen Geliebten zu sich ins Bett, nachdem er ihn bis auf die Boxer Shorts entkleidet hat. Sie liegen mit dem Gesicht zueinander. Justin starrt Florian vielsagend in die Augen und streichelt ihn überall. Auch Florian hat eine Erektion. Justin legt sich über den anderen. Wieder küssen sie sich und reiben sich an den harten Stellen. Justin löst sich und schiebt sich nach unten. „Was machst du da?!" Florian beobachtet Justin hilflos, als dieser seine Boxer Shorts nach unten zieht. Sein Penis federt zu seiner Bauchdecke hinauf. Die Boxer Shorts segelt auf den Boden. Er spürt die zupackende Hand auf seinem empfindlichen Teil. Keuchend versucht er, die Hand weg zu stoßen. Aber er ist nicht sehr überzeugend. Also macht Justin weiter. „Gefällt dir das?", fragt er. Florian nickt. Er ist nicht fähig ein Wort zu sagen. Er legt stöhnend seinen Kopf zurück und lässt sich darauf ein.

Am nächsten Morgen erwacht Florian als erster. Er blickt zur Seite neben ihm. Justin schnarcht leise. Sofort fällt Florian die Nacht ein. Die Nacht in der sie es getan haben. Es war… ja… es war gut. Es hat ihm wirklich gefallen. Es war erotisch und schön. Er ist schwul! Was ist mit Nora? Gestern war er noch überzeugt, dass er Gefühle für sie hat?! Aber Justin hat ihm Dinge gezeigt, die so geil waren! Mann! Er wird heute noch rot, wenn er daran denkt. Oh Gott! Sein Ding! Es ist schon wieder steif! Justin schlägt die Augen auf. Sein

Lächeln verrät es ihm sofort. Sein erster Gedanke ist ebenso bei den Dingen, die sie getan haben! Florian zieht Justin an sich und küsst ihn. Justin zu küssen ist das Größte! Justin ist ein begnadeter Küsser! Florian verliert sich in ihn. Doch sie müssen sich trennen. Sie wollen ja nicht entdeckt werden! Sie würden von der Schule fliegen! Justin ist schon im letzten Jahr. Aber er, Florian hat noch drei Jahre! Seufzend löst sich Justin, sammelt seine Kleidungsstücke auf und zieht sich an. „Bis später, Liebling!" Justin geht, nicht ohne einen vielsagenden Blick voller Versprechen.

„Hi, Florian! " Nora steht mit dem Frühstückstablett hinter ihm. Er dreht sich um. „Nora! Wie geht es dir?" Florian springt eilfertig und erfreut auf und nimmt ihr das vermeintlich schwere Tablett aus der Hand. „Willst du dich nicht zu uns setzen? Der Platz ist gerade frei geworden!" Er stellt ohne Umschweife das Tablett gegenüber seines. Justin ist schon auf dem Weg in die Klasse. Entzückt, dass sie bei ihm sitzen darf, nimmt sie lächelnd Platz. „Wann bist du aus dem Krankenhaus entlassen worden?" „Gestern. Anastassja und Verena haben mich abgeholt." Er sieht kurz zu den beiden Mädchen hinüber. Sie starren ihn neugierig an. Es ist ihm unangenehm. „Verena Schatz, wir müssen in die Klasse!" Aleksej stupst sie in diesem Moment leicht an. Widerwillig steht sie auf. Zu gern hätte sie das Geschehen noch weiter beobachtet. Einzig, dass Ana noch da ist, beruhigt sie etwas. Ihre Freundin wird ihr schon alles haarklein erzählen, wie es weiter gegangen ist!

„Wie geht es dir heute?" „Na ja, bis auf meinen Knöchel… sie klopft auf die Schiene am linken Bein… ist wieder alles gut." Florian nickt. Überhaupt kann er nicht den Blick von ihr lassen. Tief blickt er ihr in die Augen. Sie errötet leicht und lächelt verschämt auf ihr Tablett. „Hi, Bruderherz!", Sebastian schlägt kräftig auf die Schulter von Florian. Michael tut es ihm gleich. „Haut ab! Ich habe zu tun!" Sein Pech, dass seine kleinen Brüder nicht mehr auf ihn hören. Sie fläzen sich auf die jetzt leeren Sessel am Tisch. „Was geht ab?" „Nichts!" „Ach komm schon! Da sitzt ein schönes Mädchen und du starrst es die ganze Zeit an! Wir dachten, du seist schwul?!" „Das wusste ich gar nicht?! Ist das wahr?"

Nora sieht Florian groß an. Irgendwie hat er das Gefühl, dass sie enttäuscht ist. „Ähm… ja… aber…" Er stockt. Er kann nicht mehr denken. Die großen braunen Augen des Mädchens vor ihm, machen ihn verlegen. Warum nur müssen gerade jetzt seine Brüder hier auftauchen?! „Das ist schon okay!" Großmütig steckt Nora die Enttäuschung weg. Schnell beendet sie ihr Frühstück und macht sich eilig humpelnd auf den Weg zu ihren Unterricht. Verärgert über seine Brüder muss er hilflos mitansehen wie Nora das Feld räumt. Florian bleibt mit einem mulmigen Gefühl zurück. Er mag sie und er mag Justin. Was soll er nur tun? Er sitzt gewaltig in der Klemme! Shit. „Was bist du jetzt, Bruder?" Michael lässt nicht locker. „Das geht euch einen Scheißdreck an! Und jetzt verpisst euch!" Florian ist wütend. Keiner braucht sich einzumischen! „Na… na…! Ts… ts…!", kontert Micha kopfschüttelnd.

Florian beobachtet eine kleine Gruppe Mädchen, die flirtend an ihrem Tisch vorbeikommen. „Hi Sebastian, wie geht's? Bist du jetzt auch in Mathe?" Sie zwirbelt neckisch eine blonde Strähne ihres Haares mit ihren Fingern und wirft sie sich anschließend auf ihren Rücken zurück. „Hi, Mike! Komm mit! Wir sind auf dem Weg in die Klasse. Ich leiste dir Gesellschaft." Das andere Mädchen beugt sich provozierend über Seb hinüber. Florian beobachtet mit hochgezogenen Augenbrauen, wie seine Brüder die Aufmerksamkeit der hübschen Mädels genießen. Natürlich lassen sie sich auf sie ein und stehen betont machomäßig auf. „Da lassen wir uns nicht zweimal bitten, nicht wahr, Seb?" Grinsend schlagen die Zwillinge zu einem High Five ein und schnappen sich die Hübschen. Kichernd lassen sich die Mädels abführen. Die übrigen Mädels folgen ihnen kichernd nach. Florian schüttelt nur den Kopf. War er auch so? Er kann sich nicht erinnern. Sein Leben ist zurzeit viel zu kompliziert. Er seufzt laut auf. „Kommst du mit uns zum Deutschunterricht?" Alexander und Anastassja nehmen Florian in die Mitte. Irgendwie ist er froh, nicht alleine gehen zu müssen. Er hätte sich jetzt sehr einsam gefühlt.

Am Abend ist Justin wieder bei ihm. Sie liegen nackt im Bett und unterhalten sich. Florian liegt auf der Schulter Justins gekuschelt. Er genießt solche Momente. Er fühlt sich geborgen und äußerst wohl. Es klopft. „Wer ist das?" „Keine Ahnung!" „Ignoriere es!", meint Justin. Es klopft noch einmal. Florian löst sich widerwillig von seinem Geliebten und steht auf. Er zieht sich ein Shirt und Boxer Short über und geht zur Tür. Vorsichtig öffnet er einen kleinen Spalt. „Nora! Was machst du hier!" Florian ist schockiert. Mit ihr hat er nicht gerechnet. Zumal sie sich im Pyjama im Jungentrakt befindet. „Lass mich rein! Bitte!" Ohne weiter zu überlegen öffnet er kurzerhand weiter die Tür und zieht sie schnell hinein. Kurz vergewissert er sich, ob sich keine anderen Personen auf dem Gang befinden und schließt leise die Tür. „Hi Nora! Was hast du hier zu suchen?" Justin fläzt sich im Bett. Er hat die Decke provozierend bis zu seinen Hüften hinuntergestreift. Seine Hand liegt locker auf seinen Hüften. Er will keine Unklarheiten aufkommen lassen. Florian bietet ihr seinen Schreibtischstuhl an. Sie nimmt Platz und guckt neugierig zu den Jungs hinüber. Florian hat auf der Bettkante Platz genommen. Nora blickt auf Florian, dann auf Justin, dann wieder zurück. „Ich dachte…, vielleicht kann ich dich ins Kino einladen? So als Dankeschön?" Florian blickt zu Justin. Dieser zuckt mit den Achseln. „Äh… ja… das wäre wirklich nett von dir! Mache ich gerne!" „Ja…, also ich möchte nicht weiter stören!", sie springt auf. „Nora!" „Ja?" Sie dreht sich noch einmal um. „Bitte, das hier bleibt unter uns!" Florian zeigt auf sich und Justin. „Ja. Sicher." Sie schlüpft hinaus.

Besitzergreifend legt Justin die Arme um Florian. „Fühlst du etwas für sie, Florian?" Florian sieht ihn traurig an. „Ich weiß nicht. Ich liebe es mit dir zusammen zu sein. Es ist beruhigend und aufregend zugleich. Aber Nora ist nett. Ich würde auch gerne Zeit mit ihr verbringen!" In letzter Zeit seufzt er immer wieder laut auf. Er ist unruhig, als würde ihm etwas fehlen. „Ich hätte kein Problem, wenn du mit ihr Zeit verbringst. Aber komm immer zu mir zurück, wenn ich dich brauche! Komm her!" Justin wedelt mit seinen Händen und Florian legt sich sogleich in seine ausgebreiteten Arme. Sie schmusen und legen sich wieder zurück. Heute will er nichts weiter als nur Kuscheln. Justin ist es recht.

Nora

Florian macht sich zurecht. Heute geht er mit Nora ins Kino. Der neueste Actionfilm ‚Fast And Furious‘ läuft an. Nora hat ihn gefragt und er hat gewählt. Sorgfältig sprüht er sich mit einem wohlriechenden Deo ein und zieht seine Lederjacke an. Sie haben bei der Direktion extra um Erlaubnis gefragt, ob sie ins Kino in die City fahren dürfen. Weil er sie gerettet hat und sie ihm dafür danken will, wurde es ihnen gestattet.

Er klopft bei Nora an. Sie öffnet ihm sofort, als hätte sie schon gewartet. Sie sieht sehr hübsch aus. Florian kann nicht anders als sie von oben bis unten zu betrachten. Sie steht ganz still und lässt die Begutachtung lächelnd über sich ergehen. Sie hat eine Sanduhrfigur. Ihre langen blonden Haare hat sie in dichte seidige Locken gedreht und ihr Make Up ist dezent. Er hat das Gefühl als leuchte sie von innen heraus. Sie sieht aus wie ein Engel. Er steht ganz still und starrt sie ehrfürchtig an. Irgendwann dringt ihre melodische Stimme zu ihm durch. „Können wir? Ich glaube, dass wir von der Direktion ein Taxi zur Verfügung haben.“ Er schüttelt sich. Peinlich! Er steht da wie ein starrender Esel! Er räuspert sich. Resolut nimmt er ihre Hand und zieht sie an seinen Brustkorb. Seine Lippen berühren ihre zu einem kleinen Kuss. Das hat er nicht gerade getan! Oder doch? Er ist verwirrt. Er muss sich konzentrieren! Sie lächelt ihn mit ihren glänzenden grünen Augen an. Dann lacht sie laut auf. „Komm, gehen wir!“ Humpelnd zieht sie ihn hinter sich her.

Sie sind zu früh dran. „Gehen wir noch auf eine Cola?“ Er nickt und sie steuern den nächsten McDonalds an. Bald sitzen sie sich gegenüber. „Erzähl mir von dir!“, fordert Nora ihn auf. „Was willst du wissen?“ „Wer bist du? Wer sind deine Eltern? Deine Brüder sind so aktiv und du eher nachdenklich, obwohl du voriges Jahr auch ein Mädchenschwarm warst. Aber nie irgendwelchen Mädchen den Vorzug gegeben hast!“ „Na ja. Mein Dad ist ein ehemaliger Rocker. Meine Großeltern auf beiden Seiten waren die Gründer der Rocker. Aber jetzt sind sie solide!" Er lacht leise in sich hinein. „Einer meiner Opas ist Architekt und der andere ist Anwalt." Nora ist gebannt. „Voriges Wochenende war ich mit Dad in dem Club, wo die Rockerband gegründet wurde. Da habe ich Sachen gehört. Sie hatten immer Sex im Club! Stell dir das vor! Ich sage es dir... es war megapeinlich!", er schüttelt sich. Sie hebt auffordernd die Augenbrauen „Ja...?" „Ich will nicht ins Detail gehen. Aber zu wissen was meine Eltern so getrieben haben ist scheiße!" Er schüttelt sich schon wieder, als wäre er traumatisiert. „Hey, rede nicht so! Für dich ist es nicht vorstellbar, dass deine Eltern Sex haben. Aber es wird schon so sein. Irgendwoher müssen ja du und deine Brüder herkommen und jetzt noch das Baby!" Er schluckt und sie lacht ihn aus.

„Sag mal, hattest du schon etwas mit einem Mädchen?" Nora sieht ihn neugierig an. Etwas unsicher sieht er sie an. Wie wird sie reagieren, wenn er zugibt, noch keinen Sex mit Mädchen gehabt zu haben? Dennoch schüttelt er verschämt mit dem Kopf. Sie legt ihm die Hand auf die Wange. „Ist doch nicht schlimm. Wir sind noch nicht alt. Meine Mama sagt immer, dass alles zu seiner Zeit kommt." Er lächelt. Sie gefällt ihm immer mehr. „Hattest du schon Sex mit einem Mann?" Sie schüttelt selbstbewusst den Kopf. „Ich bin erst sechzehn. Ich habe noch Zeit!", meint sie. „Hattest du Sex mit Justin? Er errötet. Sie beugt sich vor. „Wie ist das so zwischen zwei Männern? Was macht ihr da?" „Ehrlich?" „Ja!" „Ich will darüber nicht reden! Es ist zu persönlich." Es ist alles noch so neu. Etwas enttäuscht lehnt sie sich wieder zurück.

„Jetzt bist du dran!" „Äh... Da gibt es nicht so Spannendes." „Wer bist du? Erzähle es mir!" Er blickt ihr tief in die Augen. Er ist fasziniert von dem Grün. „Na ja...wir sind eine Durchschnittsfamilie. Ich bin die jüngste von drei Schwestern. Hanne und Beate sind schon außer Haus und haben selbst eine Familie. Ich bin schon dreifache Tante!" Sie hält lachend inne. „Willst du selbst einmal eine Familie mit vielen Kindern?" Sie sieht ihn träumerisch an. „Ja, natürlich. Ich liebe Kinder! Aber ich habe ja noch jede

Menge Zeit." „Magst du Kinder?" „Ja." „Glaubst du, dass du dich einmal in ein Mädchen verlieben kannst?" Sie hält den Atem an. „Ich denke schon. Wenn die richtige kommt…" Er sieht in die Ferne und plötzlich kommt ihm ein Gedanke. Nora könnte die Richtige sein. Oder? Ich mag sie… sehr. „Hey! Wo bist du?" Sie wedelt vor seinem Gesicht, bis er sie direkt ansieht und grinst.

„Komm mit! Der Film fängt gleich an!" Sie schlendern Hand in Hand die Straße entlang. Sie schweigen. Es ist ein gutes Schweigen. Sie brauchen jetzt keine Worte. Immer wieder sieht Florian zu ihr. Wenn ihre Blicke sich treffen, lächeln sie sich verliebt an, bis Nora ihn in eine Hausnische zieht und ihn küsst, richtig küsst, mit Zunge. Florian ist überrascht. Nora zieht ihn total in ihren Bann. Bis jetzt kannte er nur Justins Küsse und die sind phänomenal. Nora leckt über seine Lippen und fordert ihn heraus. Er kostet ihre Zunge und wird immer neugieriger. Sein Arm zieht sie an der Taille zu sich und seine Hand liegt in ihrem Nacken. Fixiert an seinem Mund, lässt sie sich fallen. Ihre Augen sind lustvoll geschlossen. Ihre Hände wollen seine Haare gar nicht mehr loslassen. Sie kämmt sich durch seine weichen Strähnen und zieht hin und wieder daran. Als sie sich keuchend voneinander loseisen können, starren sie sich lange an. Beide Augenpaare glänzen träumerisch und erstaunt über die Intensität des Kusses. Grüne Augen starren in blaue Augen. „Wahnsinn!" Nora spricht es aus. Florian grinst. So etwas scheiß Geiles gibt es doch nicht, denkt er sich. Er verschwendet keinen Gedanken an Justin.

Justin selbst hat die Gelegenheit wahrgenommen und sich ein williges Mädchen mit in sein Zimmer genommen. Es ist nicht das erste Mal für ihn. Er hatte schon mehrmals Sex mit Mädchen aus der Schule. Jetzt liegt er schweißüberströmt in seinem Bett. „Wow! Du bist Klasse!", schwärmt sie schnurrend. Ihre Hand streift über seinen muskulösen Oberkörper bis in die unteren Regionen und noch weiter. Aber er hält sie auf. „Ich will nicht mehr. Wir müssen wieder hinaus, bevor uns irgendwer erwischt!", warnt er sie. Sie rührt sich nicht von seiner Seite und ergreift seinen Penis energischer. „Einmal geht noch! Bitteee!" Er sieht sie an.

Aber er will nicht mehr. Er mag es nicht, wenn sie klammert. „Nein! Auf mit dir!" ...und klapst auf ihre Kehrseite. Sie schmollt und drückt ihre Unterlippe vor. Aber er bleibt eisern. Er springt über sie hinüber und geht in sein Badezimmer. „Wenn ich fertig bin, bist du weg! Verstanden?!" Zornig über diese rüde Behandlung, packt sie ihre Sachen und zieht sich hastig an. Er hört die Tür zuknallen und seufzt. Hoffentlich hört das keiner.

Nora und Florian gehen aus dem Kinosaal. Der Film ist langweilig gewesen. Es war keine gute Wahl. Es ist schon finster. Sie haben bis Mitternacht Ausgang. Ganze zwei Stunden haben sie noch für sich, bevor sie mit dem Taxi wieder zurück müssen. „Ich kenne hier eine Disco! Wie wäre es?" Nora ist entzückt. Die Aussicht, dass sie mit Florian engumschlungen tanzen kann, begeistert sie. Hinkend hängt sie an seinem Arm, bis er sie lachend an sich zieht und sie sich küssend um den Hals fallen. Florian bezahlt den Eintritt und sie betreten das schummrig beleuchtete Lokal. Es ist noch nicht so voll und so finden sie einen kleinen freien Tisch mit einer Couch an der Wand. Sie lassen sich hineinplumpsen und warten auf die Kellnerin, welche auch sogleich kommt. Sie bestellen sich Coca-Cola, nippen kurz daran und es geht ab auf die Tanzfläche. Engumschlungen wippen sie sich durch die Musik. Immer wieder knutschen sie und streifen mit ihren Händen an dem Körper des anderen entlang. Verschwitzt kehren sie schließlich nach einem Block Kuschelrock zu ihrer Couch zurück. Verträumt rücken sie zusammen. Sein Arm liegt auf ihrer Schulter und ihr Kopf ruht auf seiner Brust. Bald entledigt sie sich ihrer Ballerina und zieht ihr gesundes Bein zu sich hinauf. Das verletzte Bein hat sie auf den Schoß von Florian liegen. „Nicht einschlafen!" Zärtlich streifen seine Lippen über ihr seidiges Haar. „Es gefällt mir hier! Woher kennst du dieses Lokal?" Florian lacht leise. Er erinnert sich.

„Meine Kumpels, ihre Mädchen und ich sind voriges Jahr heimlich hierher gefahren. Das war abgefahren! Vladimir hat uns erwischt und uns wieder nach Haus gefahren." Sie setzt sich auf. „Vladimir? Unser Trainer?" Er nickt. „Erzähle mir davon!", fordert sie ihn auf. Sie setzt sich wieder gerade und lehnt sich an ihn. Er denkt nach. Dann erzählt er von der heimlichen Aktion. „Anastassja hat vom Tanzen nicht genug bekommen und sich immer wieder in Szene gesetzt. Wir anderen hatten zu tun, um sie in Schach zu halten!" Florian schüttelt sich vor Lachen. „Aleksej hatte eine Wut auf Verena, weil sie und Ana einen sexy Tanz bei der Kassa hingelegt und sich öffentlich zur Schau gestellt hatten." Florians Brust bebt unter Noras Gesicht. Sie sieht zu ihm hinauf. „Dann hat Ana mit einem fremden Mann getanzt, was Alexander nicht gefallen hat. Glaub mir, es war irgendwie spaßig. Ich habe mich auf jeden Fall köstlich amüsiert!" „Wann ist Vladimir aufgetaucht?" Er denkt nach. „Eher zum Schluss. Anastassja hat keine Ruhe gegeben, bis er mit ihr getanzt hat. Dann hat er sie gepackt und wir sind in seinem Auto zurück zur Schule." „Woher kennt ihr Vladimir?", fragt sie. „Aleksej und Anastassja kennen ihn schon länger. Ich und die anderen haben ihn erst im Sommer privat kennen gelernt. Er ist in Ordnung." „Komm tanzen!", fordert sie ihn auf und zieht ihn hoch. Betont träge lässt er sie abmühen, bis sie sich schließlich zu den anderen Tanzenden gesellen.

Hattet Ihr einen Dreier?!

„Darf ich heute bei dir schlafen?" Sie sieht ihn von unten her, mit bittenden Augen an. „Ich möchte nur neben dir liegen und kuscheln. Nicht mehr!" Sie sieht ihn treuherzig an und er nickt schließlich, auch wenn ihm nicht gut dabei ist. Er kann es ihr nicht einmal abschlagen, wenn er in ihr hübsches Gesicht mit den großen glänzenden Augen sieht. Es wird ihm aber auch gefallen! Vorsichtig schleichen sie sich in den Jungentrakt. Wenn sie nur nicht erwischt werden!

Es ist Mitternacht. Ohne ein Licht anzumachen, ziehen sie sich bis zur Unterwäsche aus und gehen zum Bett. Er legt sich hinein und hält ihr die Decke hoch, sodass sie sich zu ihm legen kann. In Löffelchenstellung kuscheln sie sich aneinander und liegen mit offenen Augen da. Sein Arm liegt locker um ihre Taille. Sie schmiegt sich noch enger an ihn und seufzt wohlig auf. Er spürt, dass sein Penis sich regt und traut sich nicht, sich zu rühren. Plötzlich legt sich ein schwerer Arm um Florian und Nora. Florian drückt sich erschrocken herum und stößt dabei Nora unabsichtlich aus dem Bett. Mit einem lauten Plumps fällt sie auf dem Boden auf. „Au... aua...!", kreischt sie unterdrückt leise. Sofort dreht er sich wieder zu ihr herum. „Scheiße! Hast du dir wehgetan? Nora warte! Ich helfe dir!" Mit Rücksicht auf ihr verletztes Bein, holt er sie wieder zur Bettkante hinauf. Leise jammert sie schmerzvoll vor sich hin.

Justin! „Was machst du da?!! Scheiße! Nimm deine Hände von Nora weg!" „Na, na. Was soll das Geschrei?" Justin grinst träge. In gemütlicher Seitenlage hat er seinen Kopf mit einer Hand abgestützt. Die Situation gefällt ihm außerordentlich gut, dass sie zu dritt in einem Bett liegen. Hier tun sich einige Möglichkeiten auf und er leckt sich über die Lippen. Nora sitzt verwirrt vor ihnen und merkt nicht, dass sie einen grandiosen Anblick bietet. Ihre langen Locken sind zerzaust und sie hat nichts anderes an, als ein knappes Shirt und einen String. Ihre sexy Rundungen sind unübersehbar für die Augen Florians und Justins. Justin taxiert sie ungeniert, bis der andere ihm einen Stoß vor die Brust gibt. „Ist Justin immer da?", fragt sie. „Nein, nur wenn ich ihn eingeladen habe!", faucht Florian in Richtung Justin. „Habt euch nicht so! Wir haben auch zu dritt Platz! Wir müssen nur eng zusammen rücken. Dann klappt es schon!", meint Justin mokant. „Um was zu tun?", fragt Nora spitz. „Hau ab, Mann!" Florian reicht es. Justin und Florians Blicke duellieren sich, bis Justin bettelt. „Du kannst mich doch Mitternacht nicht hinaus werfen! Bitte Florian. Ich bin auch ganz brav. Kommt wieder ins Bett!", meint er betont gähnend und lüftet die Decke. Florian ist hin und hergerissen. Er will mit Nora die Nacht ausklingen lassen. Aber Justin ist sein Freund!

Nora entscheidet die Situation. „Okay, keiner braucht hier Mitternacht hinaus. Wir legen uns wieder hin und jeder lässt seine Hände bei sich! Ich meine das ernst!", fügt sie bedrohlich hinzu. Die Burschen nicken. Florian zweifelt und Justin grinst über seinen Erfolg. Sie legen sich wieder hin. Bald legt Justin im Schlaf gewohnheitsmäßig einen Arm um Florian. Dieser rückt näher an den warmen Körper. Nora, der Körperwärme in ihrem Rücken beraubt, rückt nach. Irgendwann dreht sie sich im Arm Florians um und legt sich mit dem Gesicht nahe seines. Justin zieht das Becken Florians zu seinem und rückt sich zurecht. Florian presst sich noch härter an ihn. Beide Penisse sind steif. Nora wird fester an den Brustkorb Florians gedrückt und sie legt ihr Bein um seine Hüften und klammert sich an die Beine Justins fest.

Aleksej und Alexander sind frühmorgens unterwegs zu Florian. Wie jeden Tag klopfen sie an seine Tür, um sicher zu gehen, dass er nicht verschläft. Normalerweise gibt er brummend Bescheid, dass er sie gehört hat und sie gehen weiter zum Frühstücken. Heute reagiert Florian nicht auf sie. Aleksej klopft energischer an die Tür. „Mensch, Florian aufstehen!" Alexander probiert an der Türschnalle und sie haben Glück. Die Tür ist unverschlossen. Engumschlungen werden Justin, Florian und Nora in einem Bett aufgefunden! Sie sind schockiert. Keiner ist durch das Klopfen aufgewacht. Nora hat ihr Bein über beide Jungs gelegt.

Florians Arm umschlingt Nora und Justin hat seinen Arm locker um beide gelegt. Ein leises Schnarchen zeugt von der Tiefe ihres Schlafes. Aleksej und Alexander stehen schockiert der Mund offen. Schnell machen sie die Tür zu. „Wir müssen sie aufwecken, Mann! Schnell, bevor die ganze Schule auf dem Gang ist!"

Aleksej rempelt Florian grob an, worauf dieser ein knurrendes Geräusch von sich gibt. Alexanders Schlag auf Justins Oberarm fällt noch härter aus. „Lass das! Ich bin müde!" Justin schlägt kurz die Augen auf. Langsam aber sicher dämmert es ihm, was hier los ist. Shit! Die Zeit ist überfällig! Sie haben vergessen den Wecker zu stellen! „Hey Florian! Wir sind aufgeflogen!" „Mann, gib Ruhe! Ich bin müde!" Im selben Moment schnellt er entsetzt in die Höhe. Scheiße! „Was macht ihr denn da?!" Unsicher sieht er hoch zu den Jungs vor ihm. „Wir wollten dich wecken, wie immer.", meint Aleksej. „Was macht ihr da? Hattet ihr einen Dreier?!" Nora inzwischen auch munter, geht auf Tauchstation. Sie hat sich verschämt und knallrot im Gesicht, die Decke über den Kopf gezogen und lässt sich vorerst nicht mehr blicken. „Scheiße! Wartet beim Frühstück auf uns. Wir kommen gleich nach!" Florian kommentiert dieses Arrangement nicht und schickt seine Kumpels hinaus.

„Beeilt euch!" Überflüssigerweise drängt Florian zum Aufbruch. Justin ist schon in seiner Jeans. Gerade zieht er seine Socken über und schlüpft in seine Schuhe. Im Hinausgehen hat er sein Shirt übergezogen und schleicht sich ungesehen hinaus. Sobald er die Tür hinter sich zugedrückt hat, kann er sich entspannen. Er ist im Jungentrakt und fällt hier nicht weiter auf. Da hat es Nora schwieriger. Ängstlich steht sie vor Florian. „Was mache ich jetzt? Die Leute da draußen werden mich sehen und sich fragen, was ich in deinem Zimmer getan habe! Du weißt, dass Mädchen absolutes Verbot haben, sich hier aufzuhalten! Ich werde von der Schule fliegen!" Nora ist bleich und den Tränen nahe. „Lass mich nachdenken!" Florian hat Nora an sich gezogen und hält sie beschützend umschlungen. Beruhigend drückt er einen Kuss auf ihren Kopf. Seine Gedanken rotieren. Ihm fällt nichts Brauchbares ein. Plötzlich klopft es. Aleksej steckt den Kopf bei der Türe rein. Hinter ihm stehen Alexander, Anastassja und Verena! „Wir dachten, ihr braucht Hilfe!", meint Verena schmunzelnd. „Was macht ihr hier?! Ich bin so froh euch zu sehen!" Noras Tränen, die inzwischen über ihre Wangen kullern, versiegen prompt. Die Mädels nehmen sie in ihre Mitte und gehen mit ihr hinaus, als wäre es das Normalste auf der Welt. Drei Mädels und drei Jungs, die lachend und vor allem korrekt angezogen aus einem Zimmer kommen und zum Frühstück gehen. Das ist nicht weiter schlimm, oder? Niemand ihrer Mitschüler schöpft Verdacht. Sie kennen die Freunde und vermuten, dass sie Florian abholen würden, der für sein notorisches Verschlafen bekannt ist.

Beim Frühstück werden Nora und Florian permanent beobachtet. Justin hat sich aus dem Staub gemacht und sich zu anderen Freunden dazu gesetzt. „Habt ihr, oder habt ihr nicht?" Anastassja platzt vor Neugierde. „Nein!", knurrt Florian. „Wie war euer Ausflug?" Alexander versucht von der anderen Seite mehr zu erfahren. „Toll!" Nora ist ebenso wie Florian kurz angebunden. „Erzählt! Ihr seid sehr spät heimgekommen." „Beobachtet ihr uns?", knurrt Florian erbost. Ana schüttelt den Kopf. „Ich konnte nicht schlafen und habe mich auf den Gang gesetzt und euch durch das Fenster gesehen. Also, wie war der Abend? Was habt ihr gemacht? Nora?!"

„Ja, es war sehr schön!" Nora taut auf. „Wir haben ein Taxi von der Schulleitung bekommen, sogar das Essen haben sie bezahlt. Das alles, weil Florian mich gerettet hat. Stellt euch das vor!" Nora kommt ins Schwärmen. „Wir sind später in die Disco gegangen und haben viel getanzt!" Nora seufzt auf. Sie ist gedanklich weit weg. Es war wirklich schön! Anastassja seufzt ebenfalls auf. Sie wittert eine neue Liebesromanze. „…und dann seid ihr zusammen ins Bett gefallen? Wie romantisch!" Sie hat offensichtlich Justin ganz vergessen. Aber Aleksej reißt sie vehement aus ihren verträumten Träumen. „…welche Rolle hat Justin da gespielt?" Er hebt auffordernd eine Augenbraue. „Das würde ich auch gerne wissen!", legt Alexander nach. „Ja… DAS wird jetzt interessant." Anastassja reißt neugierig die Augen auf. Vier Augenpaare sind unerbittlich auf Florian und Nora gerichtet. Florian beißt heftig an seiner Buttersemmel ab und Noras Gesicht läuft rot an. „Ich dachte, du seist schwul?", Verena bringt die vermeintlichen Tatsachen auf den Tisch. Florian blickt ihr direkt in die Augen. Was soll er sagen? Er weiß es nicht. Er ist sich nicht mehr so sicher. Er sagt erst einmal nichts und widmet sich dem Honigglas.

Justin kommt mit seinem leeren Tablett vorbei. „Hi, Kumpel! Tolle Nacht heute! Das können wir einmal wiederholen!" Den letzten Satz hat er Florian ins Ohr geflüstert. Dieser reagiert nicht und wendet sich schnaubend von ihm ab. Auf keinen Fall wird er einen Dreier mit Nora und Justin haben! „Übrigens habe ich heute Cosma aus Justins Zimmer kommen sehen.", bemerkt Aleksej nebenbei und sieht niemand im Besonderen an. Er mag Justin schon lange nicht mehr. Er hat ihn öfters mit einem Mädchen knutschen sehen. „Wie meinst du das?", Anastassjas Augen weiten sich. „Glaubst du...?" „Cosma war zerzaust und ist eindeutig mit schlechtem Gewissen weggelaufen." „Oh mein Gott!" Lässt Verena hören und fächelt sich theatralisch die Hand vor dem Gesicht.

Florians Gedanken rasen. Justin hat ihm großzügiger Weise erlaubt, dass er mit Nora Zeit verbringen kann. Dabei vergnügt er sich schon lange anderweitig herum? Das gefällt ihm gar nicht. Er sieht zu Nora hinüber. Aber sie hat den Kopf gesenkt und widmet sich ihrem Frühstück. Er muss Justin zur Rede stellen! Plötzlich springt er auf. Er hält das nicht länger aus! Er muss mit Justin reden. Jetzt. Er lässt das Tablett, wo es ist und läuft wutentbrannt aus dem Speisesaal hinaus. Er findet Justin auf dem Gang mit zwei seiner Mitschüler stehen. „Justin! Ich muss mit dir reden!" „Klar! Komm wir gehen hinaus." Justin ist der Überzeugung, dass Florian mit ihm knutschen möchte und geht ihm vor das Schultor und weiter zu einer nahe gelegenen Baumgruppe, voraus. Erwartungsvoll dreht er sich nach dem Jüngeren um. Florian kommt gleich zur Sache. „Was ist dran, dass du dich mit Mädchen triffst?" „Ich treffe mich jeden Tag mit Mädchen!" „Du weißt, was ich meine! Du hast Sex mit Mädchen! Ich dachte du bist mit mir zusammen?!" Justin denkt kurz nach. Florian schnaubt und wendet sein Gesicht ab. Er kann den verlogenen Kerl vor ihm nicht mehr in die Augen sehen. „Es ist also wahr?" Er wendet sich traurig und gleichzeitig gekränkt ab. Justin hält ihn auf. „Hey, was soll das! Ich habe ja auch nichts dagegen, wenn du und Nora was zusammen habt!", rechtfertigt sich Justin. „Wir hatten keinen Sex! Du... du! Du hattest heute Sex mit Cosma und dann kommst du einfach so in mein Zimmer und legst dich in mein Bett als wäre nichts gewesen? DAS ist Scheiße!" Florian schüttelt sich angeekelt. „Mit uns ist es vorbei!", schreit er aufgebracht. „Mann, hab dich nicht so! Ich mag dich immer noch! Ich liebe es mit dir zusammen zu sein! Ich mag aber auch Pussys!" Holger legt seine Arme auf die Schultern von Florian und schaut ihm tief in die Augen. Er beugt sich vor und will ihn küssen. Florian wehrt sich „Lass das! Ich dachte, das was wir haben, wäre exklusiv!" „Was heißt hier exklusiv? Ich habe immer schon Mädchen gebumst. Was ist da schon dabei? Ich mag aber auch Jungen! Florian mit dir ist es etwas Besonderes! Glaub mir!" Florian ist bleich geworden. „Wie lange läuft das schon so?! Sage es mir!" „Es war nie anders! Ich wusste wie du reagieren würdest und habe es dir nie gesagt. Tut mir leid!" Holger versucht noch einmal, Florian an sich zu ziehen.

Florian, bleich wie eine Wand, lässt sich nicht mehr aufhalten und er läuft schnurstracks in sein Klassenzimmer und setzt sich wütend in die letzte Reihe. Er hat Mühe, sich während der Stunde ruhig zu verhalten. Immer wieder faucht er vor sich hin. Seine Freunde Aleksej und Alexander, die neben ihm sitzen beobachten den wütend starrenden Jungen aus den Augenwinkel, immer auf der Hut, ihn zu beruhigen, sollte er ausrasten.

Trennungsschmerz

„Hallo Florian, warte doch! Gehst du mit mir Mittagessen?" Nora läuft hinter den davon eilenden Jungen nach. Aber er verschwindet in der Masse der Schüler, die gerade aus den Klassenzimmern strömen. „Lass ihn! Er hat gerade Stress!" Alexander hat Nora am Arm zurück gehalten. Gemeinsam gehen sie weiter. „Was ist los?" „Justin und er hatten Streit." „Wegen mir?" „Nein, keine Sorge! Komm setz dich im Speisesaal zu uns. Ich denke der Platz von Justin ist soeben frei geworden!" Von Florian ist keine Spur. Die Freunde sitzen gemeinsam beim Essen und reden miteinander, als wäre nichts vorgefallen. „Morgen ist Besprechung für das Schulfest! Ich bin schon so gespannt! Freiwillige können noch mitkommen. Nora, bist du dabei? Verena und ich sind im Komitee." „Ja, das wäre sicher spannend! Ich bin dabei!" Nora wendet sich zu Anastassja. „Was muss ich tun?" „Komm einfach morgen in den Besprechungsraum im ersten Stock und hör dir das einmal an. Dann kannst du entscheiden, welchen Beitrag du leisten willst." „Okay."

„Wisst ihr, was mit Florian ist?" Anastassja ist immer diejenige die als erster Ärger wittert. Sie sieht sich in der Runde um und ihr Blick bleibt auf Aleksej hängen. Sie kennt ihren Zwillingsbruder in und auswendig und weiß, wenn er ihr Geheimnisse vorenthält. „Aleksej?" „Ich bin mir nicht sicher. Ich denke die Zeit mit Justin ist vorbei?" Er sieht Alexander an. Dieser nickt bedächtig. „Das Gefühl habe ich auch." Sie nicken unisono. „Ist ja auch klar, wenn Justin mit anderen herummacht. Da würde ich auch Schluss machen!", macht sich Ana für Florian stark. Verena nickt zustimmend. „Der arme Florian!" Anastassja ist voller Mitgefühl. „Aber dafür hat er jetzt dich!" Anastassja sieht Nora lächelnd an. Nora senkt errötend den Kopf und stochert auf ihrem Teller herum. „Scht! Florian kommt!" Verena sieht ihn näher kommen und isst betont unauffällig weiter. Dennoch bemerkt Florian, dass seine Freunde die Unterhaltung gestoppt haben, als er in ihre Nähe gekommen ist.

Er stellt sein Tablett stumm vor sich auf den Tisch. Bedächtig fängt er an, sein gegrilltes Kotelett zu schneiden. Dann blickt er in die Runde. Vier Augenpaare sind auf ihn gerichtet. Einzig Nora hält den Kopf gesenkt. „Um eure Neugier zu befriedigen… Ich habe mit Justin Schluss gemacht!" „Ohne boshaft zu sein… Ich bin froh darüber! Ich mochte ihn sowieso nicht!" Anastassja ist schon wieder vorlaut. Florian sieht sie ohne Worte an und isst weiter. Nora holt Florian auf dem Weg ins Klassenzimmer ein. „Florian ich muss mit dir reden!" Er dreht sich zu ihr um und sieht sie mit traurigen Augen an. Er hat jetzt keine Bock, dass er mit ihr gehen will. Aber er mag sie. Sie hält ihn mittlerweile am Arm fest und er sieht an sich hinunter, ohne ein weiteres Wort zu verlieren. Verschämt lässt sie ihn los. „Bitte sag mir, dass ich nicht schuld daran bin! Hast du wegen mir mit Justin Streit?" Er schüttelt den Kopf. „Nein!" Er geht weiter. Sie läuft neben ihm her. Sie haben zufällig den gleichen Weg. Plötzlich bleibt er stehen. „Schau mal Nora. Ich mag dich. Aber ich habe jetzt keine Nerv dazu, dass wir etwas anfangen können. Ich muss mich selbst erst wieder auf die Reihe bringen." „Ja, ja das verstehe ich! Ich will ja nichts von dir. Aber können wir trotzdem Freunde sein?" Florian nickt und geht ein paar Schritte stumm weiter. Nora bleibt hartnäckig. „Florian! Ana, Verena und ich sind morgen beim Schulfest Komitee. Hast du Lust mitzukommen? Vielleicht bringt dich das auf andere Gedanken? Es ist sehr einsam, wenn man sich gestritten hat." „Ich überlege es mir!" Er geht ohne ein weiteres Wort wieder weiter.

Am späten Nachmittag nach dem Abendessen verzieht sich Florian sofort in sein Zimmer. Er mag mit niemanden sprechen. Er will alleine sein. Er legt sich auf sein Bett und verschränkt seine Arme unter dem Kopf und lässt die letzten Stunden und Tage Revue passieren. Es macht ihn traurig und wütend zugleich, dass Justin ihn hintergangen hat. Er ist sich sicher, dass sie über alles hätten sprechen können. Vielleicht wäre auch ein Abkommen möglich gewesen? Er kann es nicht sagen. Aber hinter seinem Rücken mit Mädchen herummachen und auch Sex mit ihnen zu haben? Das geht eindeutig zu weit. Es klopft. Er öffnet. Justin. Stumm lehnt Justin mit erhobenem Arm an dem Türrahmen abgestützt und sieht Florian ruhig an. „Komm rein!" Florian geht voran und überlässt es Justin, die Tür wieder von innen zu schließen. „Was willst du?" „Mit dir sprechen!" Sie stehen, beide mit verschränkten Armen, schweigsam einander abwägend, gegenüber. Ihre Augen sind auf gleicher Höhe. Sie sind beide gutaussehend und werden gleichermaßen von den Mädchen der Schule umschwärmt.

„Hör mal, es tut mir leid, wie es gelaufen ist." „Was meinst du? Dass du hinter meinen Rücken Sex mit Mädchen hattest? Oder…, dass ich es erfahren habe?" Florian kann Justin nicht in die Augen sehen. Er befürchtet, dass er sonst in Tränen ausbrechen wird. „Dass wir uns nicht von Anfang an ausgesprochen haben! Ich hätte dir sagen müssen, dass ich auch Mädchen will. Aber auf dich zu verzichten, fällt mir sehr schwer! Wir hatten eine schöne Zeit!" Justin geht etwas in die Knie und schaut Florian von unten her flehentlich in die Augen. „Oder…?!", hakt er nach. Florian nickt langsam und zustimmend. Er hat Justin wirklich gemocht. Aber die Situation ändert alles. „Kannst du mir verzeihen?" Justins Stimme ist dünn geworden. Florian sieht ihn das erste Mal direkt an. Justin kämpft nun seinerseits mit den Tränen. „Wie stellst du dir das vor? Willst du weiter hinter meinem Rücken Mädchen anbaggern und bumsen?" „Ich weiß es selbst nicht." Justin resigniert. Er hat keinen brauchbaren Vorschlag. Sie starren gemeinsam weiterhin den Boden zwischen ihnen an.

„Hattest du schon einmal Sex mit einem Mädchen?", fragt Justin. Florian schüttelt den Kopf. „Wieso probierst du es nicht einmal, bevor du dich als schwul outest?" Florian denkt nach. Ja, warum eigentlich nicht? Kann ja nicht so schwer sein, oder? Aber dann denkt er an die vielen Mädchen vom vorigen Jahr, die er immer neben sich hatte. Aber sie haben ihn nicht gereizt. Er wollte sie nicht einmal küssen! Dann fällt ihm Nora ein. Noras Küsse schmecken ihm gut. Er hat sich wirklich verloren in ihrem süßen Geschmack. Vielleicht kann er mit ihr Sex haben? Dann weiß er wie es ist. Aber dann ekelt es ihm vor sich selbst. Wie kann er nur daran denken, als wäre es nur ein Zwischending! Nora ist mehr wert! „Ich glaube Sex ist eine Gefühlssache für mich! Ich kann nicht einfach auf Fingerschnippen ein Mädchen bumsen.", stellt Florian klar. Sie seufzen beide auf. „Nora ist dir unter die Haut gegangen, nicht wahr?", stellt Justin fest. Florian nickt und lächelt leise in sich hinein.

„Ich glaube, dass es mit uns vorbei ist. Schade. Aber du willst nicht zufällig zwei Partner auf einmal zufrieden stellen? Habe ich recht?" Justin trifft den Kern der Sache. Florian nickt bedauernd. „Wollen wir trotzdem Freunde bleiben?" „Mhm…" „Komm her! Gib mir ein letztes Mal einen Kuss!" Justin überwindet die Kluft zwischen ihnen und greift Florian fest in den Nacken. Er zieht ihn bestimmend an sich und leckt ihm über die Lippen, die sich daraufhin willig öffnen. Wie Verhungernde stoßen sie ihre Zungen aufeinander und umschlingen sich. Florian rückt näher und klammert sich verzweifelt ein letztes Mal an den warmen Körper Justins. „Ich werde dich nie vergessen, Florian!", keucht Justin in Florians Mund. Nach einem scheinbar endlosen Kampf ihrer Münder, reißen sie sich abrupt und endgültig los. Justin seufzt auf und verlässt, ohne ein weiteres Wort zu verlieren, den Raum. Florian sackt zusammen. Er ist sich der Tragweite des Geschehens voll bewusst. Er sinkt zu Boden und weint lautlos vor sich hin.

Früh am Morgen steht er auf und zieht sich die Laufklamotten über. Florian hat sich die ganze Nacht ausgeheult wie ein Mädchen. Er sprintet sich die Seele aus dem Leib. Sobald das nicht ausbleibende Seitenstechen unerträglich geworden ist, bleibt er keuchend stehen und beugt seinen Oberkörper weit nach vorn. Er bekommt kaum Luft. Sein Atem pfeift gierig aus seiner Lunge ein und aus. Die trüben Gedanken und der Herzschmerz sind in den Hintergrund gerückt. Lange bleibt er so stehen, bis er von einem einsamen Sportler hinter ihm angesprochen wird. „Hey…, geht's dir gut? Oh… hallo Florian!" Es ist Vladimir. „Sag mal, wenn du laufen willst, dann zeige ich dir gerne, wie es geht. Habe nur nicht gewusst, dass du dich sportlich betätigst. Ich habe ja heuer das Lauftraining auch übernommen. Melde dich an! Es wird dir guttun." Vladimir beugt sich besorgt zu Florian hinunter. Der Junge ist hochrot im Gesicht. „Es geht schon!", japst er. Vladimir wartet ab, bis die Atmung sich halbwegs normalisiert hat. „Ich laufe mit dir zurück! Komm wir machen es langsam." Er startet mit Florian los und gleicht sich dem Schwächeren an.

„Ohne mich in deine Sachen einzumischen... läuft die Sache mit Justin noch?" Florian verzieht schmerzvoll das Gesicht und schüttelt heftig den Kopf. „Nein!" „Entschuldige, ich wollte dir nicht zu nahe treten!", versucht Vladimir zurück zu rudern. „Schon gut! Wir haben gestern Schluss gemacht!" „Shit! Das tut natürlich weh.", meint leise Vladimir und schweigt mitleidig. Florian hingegen ist erleichtert. Es laut auszusprechen, verhindert alle noch ‚was wäre, wenn' Möglichkeiten. Endlich frei von zermürbenden Gedanken, kehrt er zurück in sein Zimmer.

Am Frühstückstisch informiert er kurz seine Freunde und Nora, die sich auf Bitten von Verena und Anastassja zu ihnen gesetzt hat, über sich und Justin. Verena und Anastassja geben sich ein heimliches High Five. Ja! Sie freuen sich diebisch, weil sie nie Freundinnen von Justin waren, seit er im vorigen Jahr Nora so gemein überfallen hat. Ihnen ist es bis heute ein Rätsel, was Florian an Justin so toll gefunden hat. „Können wir für dich etwas tun?", fragt Anastassja. Sie hat dennoch ein mitfühlendes Herz für Jedermann, insbesondere für Florian. Er ist ihrer Meinung der sensibelste und der liebenswerteste Mensch, der ihr je untergekommen ist. „Nein! Ich will nur meine Ruhe!" Florian sieht sie kurz an und senkt schnell wieder den Blick auf sein Essen. Es ist peinlich, seine eigene Niederlage in den Augen anderer zu sehen!

„Heute ist das Komitee für das Schulfest. Hast du Lust vorbei zu schauen? Nora kommt auch das erste Mal. Vielleicht könnt ihr euch gegenseitig unterstützen?" „Mal sehen." Mehr Zusage bekommt sie nicht. Dann kommt Justin bei ihrem Tisch vorbei. „Hallo Florian!" „Hi!", Florian hebt nicht einmal den Kopf. Er will ihn nicht sehen. Seine Tränendrüsen sind noch nicht gefestigt. Es tut ihm noch immer im Herzen weh. Justin geht, ohne ihn weiter zu beachten, an ihm vorbei. Die Freunde tauschen vielsagende Blicke aus. „Florian wir sind heute gemeinsam in Mathe. Begleitest du mich?" Nora wagt erneut einen Vorstoß. Das erste Mal blickt er ihr in die Augen. So traurige Augen, denkt sie sich. Sie lächelt ihn zaghaft an. „Ja…" Irgendwie ist es ihm egal. Aber er will ihr nicht wehtun. Seine Gefühle sind noch wie tot. Er fühlt einfach nichts. Gar nichts. Bald erheben sie sich von ihren Stühlen und werden auch von Aleksej und Alexander begleitet. Sie nehmen ihn in die Mitte, um unerwünschte Blicke abzuschirmen. Florian ist dankbar über so viel Mitgefühl. Aber es erdrückt ihn beinahe und verzieht sich nach dem Unterricht für den Rest des Tages wieder in sein Zimmer.

Gegen Abend klopft es leise an seiner Tür. „Ist offen!" brummt er. Die Mädchen Verena, Anastassja und Nora stehen in seinem Zimmer. „Komm, wir gehen gemeinsam zur Schulfestbesprechung!" „Ich mag aber nicht!" „Das wird dich ablenken!" Nora legt ihre Hand auf seine Schulter und beugt sich nahe zu ihm. „Ich bin auch das erste Mal dabei! Komm schon! Wenn es langweilig wird, hauen wir wieder ab. Versprochen." Ihr Duft nach Pfirsich und nach etwas Süßem umweht ihn. Seine Nasenflügel blähen sich. Seine Lippen öffnen sich leicht und er beobachtet ihre, wie sie sich mit ihrer kleinen Zungenspitze befeuchtet. „Komm!" Sie lockt ihn und nimmt ihn am Handgelenk, um ihn in die Höhe zu ziehen. Gebannt von ihrer weiblichen Nähe, hievt er sich aus dem Bett und steht ihr so nahe, dass sie Gefahr läuft nach hinten zu fallen. Instinktiv streckt er seine Hände aus und holt sie an ihren Hüften zurück. Er hält sie an sich gepresst und es fällt ihm nicht einmal auf. Mit geschlossenen Augen atmet er tief das weibliche Aroma von Nora ein. Dabei hält sie, wie elektrisiert, ganz still. Die Aura um die beiden knistert. Es ist stark spürbar. Sogar Verena und Anastassja sehen wie gebannt auf die beiden. „Oh…!" Ana fächelt sich Luft zu. Verenas Mund steht offen.

Ich will mit dir schlafen!

Der Besprechungsraum ist schon besetzt mit Freiwilligen. „Willkommen! Neue Freiwillige sind immer herzlich willkommen!" Die Lehrerin, die für die Organisation zuständig ist, winkt den Freunden, die gerade eintreten, erfreut zu. „Setzt euch! Wir haben noch sehr viel zu tun. Ladies und Gentlemen, unser Schulfest steht kurz bevor!" Sie blickt in die Runde und bleibt an Nora und Florian hängen. „Wir haben noch Einladungen zu verschicken. Wir brauchen Leute, die diese schreiben, vervielfältigen und mit den richtigen Adressen versehen. Nora... Florian? Wollt ihr dies übernehmen? Ich kann diese umfangreiche Aufgabe an keinen anderen mehr übergeben. Wir sind alle komplett ausgelastet! Könnt ihr das übernehmen?" Ergeben nicken sie. „Ich komme gleich zu euch!" Sie bespricht noch mit den anderen ihre jeweiligen Aufgaben. Später tritt sie an die beiden heran. Lächelnd sieht sie auf sie herab. „Also jetzt habe ich für euch beide Zeit. Schön dass ihr da seid!" Sie setzt sich neben ihnen und zieht einen Notizzettel hervor. „Ihr übernehmt, wie gesagt die Einladungen! Ihr holt die Adressen aus unserem Sekretariat von Frau Sejdic. Geht sie mit ihr durch. Eingeladen werden die Eltern und Geschwister unserer Schüler. Den Text überlass ich euch beiden und das Papier für die Einladungen bekommt ihr ebenso von Frau Sejdic. Bitte verwendet den Computerraum für die Vervielfältigung. Dort befindet sich auch ein fähiger Drucker. Seid kreativ. Ich vertraue euch voll und ganz. Falls ihr Fragen habt, wendet ihr euch an mich, oder Frau Sejdic. Soweit alles klar?" Völlig überrumpelt nicken die beiden und sie sind entlassen.

Dann stehen sie vor der Tür. Nora hat den Spickzettel, den sie von der Lehrerin bekommen hat, in der Hand. Völlig benommen stehen sie da und sie haben keinen Plan wie es jetzt weitergehen soll. „Äh... Was machen wir jetzt?" „Ich weiß nicht. Was schlägst du vor?" Florian sieht sie ratlos an. „Hast du Lust nach draußen zu gehen? Frische Luft würde uns gut tun." „Sicher!" Draußen vor dem Schultor atmen sie erst einmal tief durch. „Das ist gut!" „Ja…" Sie gehen in den angrenzenden Wald und genießen die fast winterliche Kälte, bis Nora zu zittern anfängt. „Wir müssen wieder zurück. Du wirst sonst krank." Fürsorglich rubbelt er ihre fast nackten Arme. „Wir hätten unsere Jacken mitnehmen sollen!"

„Es wartet eine Menge Arbeit auf uns. Wir sollten anfangen und schauen, wie wir vorankommen." Nora und Florian sitzen sich beim Essen gegenüber. Sie haben den Nachmittag mit Nichtstun verstreichen lassen und sind lieber einen Film anschauen gegangen. „Nach dem Essen ist noch Zeit genug." Kauend schindet Florian mehr Zeit heraus. Es schaudert ihn, wenn er daran denkt, wieviel Arbeit er und Nora sich aufgehalst haben. Er hat keinen Plan, wie sie das schaffen sollen! Er beißt in sein Stück Brot und versucht das Unangenehme weit von sich zu schieben. „Wir schaffen das!", versucht Nora sich beiden Mut zuzusprechen. Florian zuckt mit vollem Mund die Achseln. Sein Optimismus ist nicht ident mit dem von Nora!

Dennoch sitzen Sie bald vollbepackt mit Infos aus dem Sekretariat im Computerraum. „Was machen wir jetzt?" Florian ist genervt. Er hat keinen Plan wie sie vorgehen sollen. „Ich denke wir müssen uns ein Motiv für die Einladungskarten ausdenken? Denk nach! Was macht unsere Schule aus?" Florian starrt sie verständnislos an. Er beobachtet hingerissen, wie sie ihre Stirn in Falten legt. Die Augen sind himmelwärts gerichtet und ein Zeigefinger liegt auf ihren vollen Lippen. „Ob ich sie küssen soll?", überlegt er. Aber er rührt sich nicht von der Stelle, weil er sie von ihrer Konzentration nicht ablenken will. „Ich habe es! Warum glaubst du, sind wir alle hier?" Er sieht sie abwartend an. „Weil wir ein gemischtes Internat sind! Es gibt nirgends in diesem Bundesstaat ein Internat, wo es Mädchen und Jungen gibt! Weißt du eines in der Umgebung?" Er verneint kopfschüttelnd. Trotzdem hat er keine Ahnung, worauf sie hinaus will. „Wir zeichnen eine kleine Gruppe von Mädchen und Jungen! Das ist es!" „Ich kann nicht zeichnen!"

Sie klatscht in die Hände und reibt Lebensfreude versprühend die Hände und zieht einen Bleistift aus ihrer

Tasche hervor. Sofort fängt sie an zu skizzieren. Bald hat sie ein abstraktes Bild von einigen Menschen mit schlanken und fülligen Körpern, sowie langen und kurzen Haaren. Währenddessen lugt ihre Zungenspitze vor und eine letzte schwungvolle Linie wird über das Blatt Papier gezogen und dann sie sieht lächelnd auf. „Woher kannst du so gut zeichnen?", fasziniert beobachtet er, wie sie mit wenigen Strichen das Bild entwirft. „Ich habe schon immer gezeichnet. Einmal habe ich sogar einen Kurs besucht und ein paar Kniffe gelernt. Es funktioniert. Sieht nicht schlecht aus, oder?" Florian sieht es sich an und nickt. „Wie geht es jetzt weiter?" „Wir müssten dies auf den Computer bringen, um es vervielfältigen zu können! Kennst du jemanden der sich dabei gut auskennt?" „Ja, ich! Komm ich zeige es dir!"

Sofort fährt er den Computer neben ihren hoch. „Woher kennst du dich so gut aus?", wiederholt sie seine Frage. „Mein Dad hat eine Software Firma. Er hat mir viel beigebracht. Wenn ich mich nicht auskenne, rufe ich ihn einfach an!" „Das ist toll! Glaub mir, die da draußen werden Augen machen!" Jetzt ist Nora fasziniert von Florian. „Wow!" Seine Finger tanzen auf den Tasten, als mache er den ganzen Tag nichts anderes. Florian grinst. Er nimmt sein Handy zur Hand und wählt seinen Dad an. „Hi, Florian! Was gibt's?" „Dad ich habe mich für die Organisation für das Schulfest breitgemacht. Ich soll Einladungskarten entwerfen. Nora und ich haben zwar einen Entwurf auf Papier. Aber hast du einen Vorschlag über welches Programm ich es am besten übertragen soll?" „Wer ist Nora?" „Meine Freundin!" „Ah... Okay... Toll... Also ganz einfach, du scannst deinen Entwurf, kopierst und bearbeitest es anschließend. Wenn der Entwurf passt, könnt ihr vervielfältigen. Ansonsten hast du das PowerPoint, oder Paint, vielleicht habt ihr CAD?" „Das habe ich mir auch schon gedacht. Ich probiere es einmal aus. Ich rufe dich an, wenn ich nicht weiter weiß!" „Mach das! Bye!"

„Ich bin deine Freundin?", Nora sieht ihn erfreut an. „Natürlich!" Er küsst sie schnell auf den Mund und wendet sich seiner Aufgabe zu. Sein Grinsen gefällt ihr. Sie lehnt sich zurück und betrachtet bewundernd seinen breiten

Rücken. Er ist groß... mehr als einen Kopf größer als sie. Seine blonden, gewellten Haare sind etwas länger als üblich und seine blauen Augen sind umrahmt mit schwarzen dichten Wimpern. Sie träumt vor sich hin... Er stößt sie leicht an. Irritiert wird sie aus ihren Träumereien herausgerissen. Er schickt sie zum Scannen und sieht ihr nach. Sie ist kurvig und trotzdem schlank. Das gefällt ihm. Die dünnen Mädels von der Schule, die sich um ihn geschart hatten, haben nichts an sich, was ihm gefallen hätte. Nora ist natürlich. Sie ist nicht so mit ihrem Äußeren beschäftigt. Er kann sich an ihr festhalten, ohne an Ecken und Kanten zu stoßen. Ihre Rundungen laden ein, zum Festhalten. Nora hat mitbekommen, dass er sie abcheckt und lächelt ihn über ihre Schulter zu. Er lächelt zurück. Er lehnt sich zurück, legt lässig einen Arm über die Lehne, spreizt nach Männermanier seine Beine auseinander und beobachtet sie weiterhin, wie sie am Scanner der Schule hantiert. Sie kennt sich offensichtlich nicht gut aus. Aber er bietet seine Hilfe auch nicht an. Er beobachtet sie lieber... und es gefällt ihm. Ihm wird ganz heiß.

„Beobachtest du mich?" Sie steht plötzlich ganz nah an seiner Seite und reißt ihn aus seinen Träumereien. Ihr Duft umhüllt ihn. Es erinnert ihn an Vanille. Seine Nasenflügel blähen sich. Sie steht ganz still und beobachtet ihn ihrerseits. Seine Hand hebt sich ohne seinen Willen und legt sich auf ihre Hüfte und lockt sie auf seinen Schoß. Automatisch hebt sie ein Bein und legt es über ihn und setzt sich rittlings auf seinen Schoß. Sie starren sich gebannt in die Augen. Florians blaue Iriden sind ganz dunkel und weit geworden. Noras meergrüne Augen glänzen geheimnisvoll. Ihr Gesicht nähert sich seinem und streichelt mit ihren Lippen leicht über seine, während ihre Hände in seine blonden Haare wühlen. Ihr gefällt die Seidigkeit der Strähnen und hält sich daran fest. Stöhnend öffnet er den Mund und sucht ihre Zunge mit seiner. Zart umschlingen sie sich. Seine Hände wandern unentwegt über ihren Körper, bis sie an die Fülle ihrer Brüste landen. Nora schreit leise überrascht auf. Ihre Nervenbahnen spielen verrückt. Sie weiß nicht mehr was sie mit sich anfangen soll. Unruhig rutscht sie herum. Ihre Hände haben sich in seinen Schultermuskel gekrallt. Ihr Mund steht offen.

Florian ist fasziniert von ihrer unverhohlenen Hingabe und es lässt ihn nicht kalt. Durch ihre Bewegungen auf seinem Schoß, hat er mit seinem steifen Glied seine liebe Not. Es tut weh, wenn er so in seine Jeans eingeengt ist! Er muss das beenden! Er greift nach ihrem Kopf und zieht ihn wieder zu sich und küsst sie verlangend.

Langsam aber sicher beruhigen sich ihre Gemüter. „Wahnsinn! Das war…" Nora sieht ihn benommen an. „Ich möchte mit dir schlafen!" Florian weiß nicht so recht, was er dazu sagen soll. Sie sind in einem Internat. Wenn sie erwischt werden, sind sie von der Schule gefeuert! Aber… mit Justin ist er auch ein volles Risiko eingegangen. Aber er ist leichter unbemerkt aus seinem Zimmer hinausgekommen. Er schläft im selben Trakt. „Hallo, ich bin auch noch da!" Nora weckt ihn, gegen die Schulter schlagend, aus seinen düsteren Gedanken. Er lenkt sie wieder zu ihr. „Das ist ein großes Risiko! Ich falle im Mädels Trakt auf und du in meinem! Du weißt, es ist absolut verboten in den jeweils anderen zu gehen!" „Ja… ja… ich weiß. Aber ich will es! Hat es dir eben nicht so gut gefallen?" Florian nickt und küsst sie wieder auf ihre Lippen.

„Machen wir weiter?" Er schiebt sie resolut von sich hinunter. Willig, ohne zu murren lässt sie es sich gefallen. Er widmet sich sofort der Tastatur vor sich und holt sich die Datei mit den Scan. Gemeinsam schauen sie kritisch auf den Bildschirm. „Sieht nicht schlecht aus. Wie wäre es mit ein bisschen Farbe?" fragt er. „Ja, aber nur etwas. Jede Figur bekommt eine andere. Es soll bunt werden." Er ruft die Skizze mit einem Doppelklick mit dem Programm Paint auf. Wieder ist Nora fasziniert von der Fertigkeit des Jungen neben ihr. Er öffnet ein Bearbeitungstool und beginnt Farbe mit dem Tool Pinsel in die Skizze einzufügen. „Ja, so habe ich es mir vorgestellt! Weniger Farbe bitte! Ja, genau so!" Sie arbeiten konzentriert und vergessen, dass sie soeben mit anderen Dingen beschäftigt waren. „Das sieht sehr professionell aus! Wie bei einem Modeschöpfer!" Nora lacht. Florian grinst. Seine skizzierten Menschen haben alle möglichen Farben… rot, grün, blau, gelb und lila. Wir brauchen noch einen Text. Ich denke unten in der Mitte schreiben wir ‚Einladung' und fügen noch das Datum hinzu. Was sagst du?" Er schreibt wie sie es ihm sagt. Sie ist die Kreative. Er ist der Macher. „Es braucht noch eine Zeile für die Namen." Kein Problem für Florian. Nach ein paar Entwürfen sind sie zufrieden und drucken es aus. „Sehen wir es uns auf Papier noch einmal an!" Froh, dass sie den Anfang nun doch geschafft haben, lehnen sie sich erschöpft zurück. Jetzt müssen sie den Entwurf dem Gruppenleiter zeigen, um ihn absegnen zu lassen. Sie wollen keinen zweiten kreieren, weil sie von ihrem ersten völlig überzeugt sind.

Nora und Florian haben tolle Arbeit geleistet. Sie sitzen im Auftrag der Schule auf dem Weg zur City in einem Taxi. Den Entwurf der Einladungskarte haben sie mit im Gepäck. „Was werden wir den ganzen Tag machen?" Wir haben bis achtzehn Uhr Zeit!" Florian zuckt mit den Achseln, aber er kann sich ein Grinsen nicht verkneifen. Er hat einen Plan. Er will mit ihr baden gehen. Er kennt das städtische Bad vom vorigen Jahr, als er mit seinen Freunden dort gewesen war. Es soll eine Überraschung für Nora sein. Sie erreichen das Verlagshaus. Ihr Entwurf wird in Auftrag gegeben. „Wir werden die Einladungen spätestens übermorgen in eurer Schule abliefern. Versprochen!" Die Mitarbeiterin schiebt den Auftrag vor die anderen. „Danke! Das ist sehr nett von ihnen!" Nora bezahlt im Voraus und sie verabschieden sich.

„Was jetzt?" „Ich habe eine Überraschung für dich! Wir gehen ins Schwimmbad!" Florian zieht sie weiter. „Ich habe ja gar keinen Bikini bei mir! Du hast mir nichts gesagt!", bedauernd sieht sie ihn an. Sie wäre gerne mit ihm gegangen, da es ihr die Möglichkeit gegeben hätte, ihn vollständig nackt zu genießen. Na ja, bis auf die Badehose eben. „Ich habe Anastassja gebeten deinen Bikini aus deinem Zimmer zu holen!" Florian schmunzelst sie schelmisch von oben herab an. Er beobachtet wie Noras Gesicht zu strahlen anfängt. „Na dann…"

Autorin

Die österreichische Autorin, Ingrid Seemann ist glücklich verheiratet und Mutter von zwei erwachsenen Kindern. Ihre Leidenschaften sind das Schreiben, das Lesen von Romanen mit Happy End und Sport als Ausgleich. Wenn sie nicht gerade vor ihrem Laptop sitzt, oder ein Buch liest, ist sie im Fitness Studio oder mit ihren Nordic Walking Stöcken unterwegs.

Endlich! Die dritte Generation als Buch… drei Bücher! Im dritten Buch präsentiere ich Euch die Abschlussgeschichte ‚Paparazzi‘! Dieser Roman ist bis jetzt noch nicht erschienen!

Ein großes Dankeschön an alle meine Fans!

Die dritte Generation ist für die Jugend geschrieben. Die erste und zweite Generation

Rock Me Sweetheart und Sarah und Noah – Die Trilogie sind dann doch mehr für Erwachsene!

Viel Spaß!